UNICORN

機動戰士鋼彈UC

8 宇宙與行星

福井晴敏

角色設定 安彥良和　機械設定 KATOKI HAJIME　原案 矢立肇・富野由悠季　插畫 虎哉孝征

前情提要

Previous to GUNDAM UC

宇宙世紀0096年，為了爭奪能顛覆聯邦政府，名為「拉普拉斯之盒」的謎樣目標，畢斯特財團、地球聯邦政府，以及新吉翁軍殘黨在檯面下持續爭鬥。住在工業用殖民衛星的少年巴納吉・林克斯，由於協助自稱奧黛莉的神秘少女，也就是米妮瓦・拉歐・薩比而被捲入事件，還受親生父親，畢斯特財團領袖卡帝亞斯託付了前往「盒子」所在的路標——純白MS「獨角獸」。在逃離戰鬥之後，巴納吉與米妮瓦一起被聯邦軍突擊登陸艦「擬・阿卡馬」收容。可是他成了掌握事件的關鍵「獨角獸」的駕駛員，便

插畫／安彥良和、虎哉孝征

無可避免地一步步陷入這場紛亂之中。

受到分階段揭示前往「拉普拉斯之盒」座標的「獨角獸」指引，從拉普拉斯史跡、首都達卡，到特林頓基地，巴納吉轉戰各處，有時甚至身處新吉翁軍一方。為了讓巴納吉服從，取代卡帝亞斯掌握了畢斯特財團的瑪莎．卡拜因俘虜了米妮瓦，展開她的計謀。不僅如此，同樣具有新人類能力，可以與巴納吉心靈交流的強化人瑪莉妲．庫魯斯也落入瑪莎的手中。為了追回她們，巴納吉得到瑪莉妲的長官，也是新吉翁偽裝貨船的船長辛尼曼的幫助，總算成功地奪回她們兩人。收容巴納吉與被救出的人們的「葛蘭雪」脫離地球的重力，與受到布萊特司令的命令，在地球軌道上待機的「擬．阿卡馬」會合了。

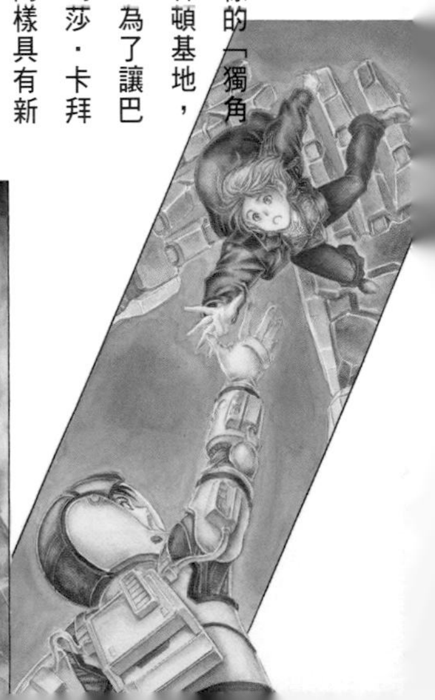

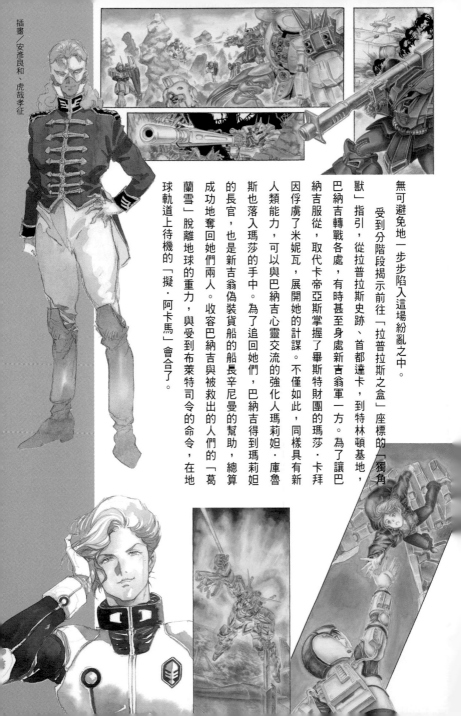

「敬告新吉翁，以及吉翁共和國的所有將士，我是米妮瓦．拉歐．薩比。立刻解除武裝，由此艦上撤離。身為繼承薩比家血脈的一員，我不允許以怨報怨。」(摘自本文)

機動戰士鋼彈UC（UNICORN）8 宇宙與行星

福井晴敏

Kadokawa Fantastic Novels

封面插畫／安彥良和
KATOKI HAJIME
扉頁・內文插畫／虎哉孝征

機動戰士

鋼彈UC UNICORN

MOBILE SUIT GUNDAM UNICORN

0096/Sect.7 宇宙與行星

登場人物

●**巴納吉・林克斯**
本故事的主角。受親生父親卡帝亞斯託付MS「獨角獸鋼彈」，一步步被捲進圍繞著「拉普拉斯之盒」的戰爭中。16歲。

●**米妮瓦・拉歐・薩比（奧黛莉・伯恩）**
昔日吉翁公國開國之祖薩比家的末裔。遭到畢斯特財團囚禁了一段時間之後，終於與巴納吉再一次相會。16歲。

●**利迪・馬瑟納斯**
地球聯邦軍隆德・貝爾隊的駕駛員，政治家族馬瑟納斯家的嫡子。在「拉普拉斯之盒」的處置上與巴納吉對立。23歲。

●**弗爾・伏朗托**
統率諢名「帶袖的」的新吉翁軍殘黨首腦。人稱「夏亞再世」，親自駕駛MS「新安州」，年齡不明。

●**安傑洛・梭裴**
擔任伏朗托親衛隊隊長的上尉。迷戀伏朗托，對於伏朗托所關注的巴納吉抱持執拗的反感。19歲。

●**斯貝洛亞・辛尼曼**
新吉翁軍殘黨偽裝貨船「葛蘭雪」的船長。為了救出部下瑪莉妲而與巴納吉共同行動。52歲。

●**瑪莉妲・庫魯斯**
前新吉翁軍強化人。受畢斯特財團囚禁並重新調整，不過被巴納吉與辛尼曼救出。18歲。

●**亞伯特・畢斯特**
亞納海姆公司幹部。在其姑姑，畢斯特財團的代理領袖瑪莎・卡拜因面前抬不起頭。33歲。

●**塔克薩・馬克爾**
地球聯邦軍特殊部隊ECOAS的部隊司令，中校。為了幫助巴納吉而犧牲了自己的性命。得年38歲。

●**奧特・米塔斯**
在被「拉普拉斯之盒」相關狀況擺弄的突擊登陸艦「擬・阿卡馬」上擔任艦長，階級為中校。45歲。

●**美尋・奧伊瓦肯**
在「擬・阿卡馬」艦上服役的新到任女性軍官，是一位活潑伶俐的女性。22歲。

●**羅南・馬瑟納斯**
地球聯邦政府中央議會議員。利迪的父親。企圖將「拉普拉斯之盒」納於政府的管理之下，以維持聯邦的霸權。52歲。

●**布萊特・諾亞**
隆德・貝爾隊司令。擔任旗艦「拉・凱拉姆」艦長，涉入與「拉普拉斯之盒」相關的事件。階級為上校。38歲。

●**奈吉爾・葛瑞特**
隆德・貝爾隊的王牌駕駛員。與戴瑞、華茲共同組成有「隆德・貝爾三連星」之稱的小隊。27歲。

●**瑪莎・畢斯特・卡拜因**
畢斯特家的女皇。卡帝亞斯的妹妹。企圖將「拉普拉斯之盒」納入掌中，維持畢斯特財團對地球圈的控制。55歲。

●**拓也・伊禮**
巴納吉的同學，是個重度MS迷。目標是成為亞納海姆電子公司的測試駕駛員。16歲。

●**米寇特・帕奇**
在「工業七號」讀私立高中的少女。對巴納吉有好感。與拓也等人一起搭上「擬・阿卡馬」。16歲。

●**卡帝亞斯・畢斯特**
畢斯特財團領袖。將開啟「拉普拉斯之盒」的鑰匙「獨角獸」託付給兒子巴納吉後殞命。享年60歲。

0096/Sect.7 宇宙與行星

1

「奈吉爾・葛瑞特，U007（UNIFORM SEVEN），出擊！」

倒數計時顯示為零，彈射器反彈般地啟動。奈吉爾・葛瑞特握緊了操縱桿，用全身去承受那瞬間最大值達到5G的加速度。

從腳底流過的彈射甲板，比起「拉・凱拉姆」的甲板短上一截，因此射出速度也相對較慢。脫離了彈射器，奈吉爾將腳踏板踩得比以往更深。沒入漆黑宇宙空間中的「傑斯塔」發動推進器，與眼前的噴射座（BASE JABBER）逐漸拉近距離。在它的機械臂抓住台座上的把手，二十公尺長的巨體完全踏上噴射座之際，後繼的機體也現身在彈射甲板的起點了。

依照同樣的程序，戴瑞・麥金尼斯的「傑斯塔」也從「凱洛特」的彈射甲板彈出。被分類為克拉普級級巡洋艦的「凱洛特」，質量只有「拉・凱拉姆」的一半左右，彈射甲板也只有與艦首一體化的這一條。必然與奈吉爾機由同一條軌道射出的戴瑞機，只靠驅動四肢的AMBAC機動調整姿勢，接合在奈吉爾機所搭乘的噴射座底部。與重力下規格的機種不同，宇宙用的噴射座在機體上面與底面都設計了台座，俗稱「木屐」的扁平機體兩面都可以搭載ＭＳ。等到了戴瑞機接合的振動傳達到自己的駕駛艙，奈吉爾再度踩下腳踏板。趴在台座上的「傑斯塔」噴射推進器的同時，噴射座也引燃了自機的火箭推進，載有兩架巨人的輔助飛行系統(SFS)開始加速。得到戴瑞機的推進力，「木屐」逐漸拉開與「凱洛特」的相對距離，被吸進漆黑的真空之中。

　他一邊開起與母艦間的雷射通訊，一邊環顧全景式螢幕。背後映著如籃球大小的地球，正面上方有五車二、畢宿五、參宿七三顆恆星。為了天體觀測而被ＣＧ補正過的群星、閃爍著大得不自然的光芒。腳邊看得到與「凱洛特」組成隊列的同型巡洋艦「坦奈鮑姆」，並由它身旁拉出複數的噴射光，在虛空中畫出銀色的軌跡。那是坦奈鮑姆隊的ＭＳ發出的光。分乘兩架ＳＦＳ的，有一架「完全型傑鋼」以及兩架普通型的「傑鋼」。確認過一同前往Ｌ３方面的坦奈鮑姆隊航跡，將眼神移回可以遙望「月神二號」的正面宙域時，從後面追上來的噴射座與自機並列，搭在上頭的第三架僚機進入了奈吉爾的視線。

　裝備在背包上的光束加農與格林機槍從雙肩突出，四肢包覆了內藏飛彈及榴彈的追加裝甲。這人稱「傑斯塔加農」的重裝規格，還包括一整套的手持光束步槍、實體彈與榴彈槍，整體散發出來的魄力跟水桶腰的華茲．史提普尼可以說是相得益彰。奈吉爾看著坐鎮在「木屐」上的魁梧機體，透過無線說了聲：「好像很重呢，華茲。」『沒什麼沒什麼。』粗獷的聲音傳回來，華茲讓他一機專用的噴射座轉了一圈。

『被地球的重力鍛鍊過了。在特林頓基地欠的債，今天一定要回報給他們。』

『拜託啦，三連星的小哥們。那艘偽裝船，讓我們凱洛特隊也吃了不少苦頭。』

擔任噴射座駕駛員的上尉，透過接觸回路插嘴。『了解。我們不會忘記一宿一餐的恩情的。』聽著戴瑞回答的聲音，奈吉爾將索敵用的視野再度轉回前方。由於月球在隔著地球的另外一邊，眼前的宇宙看起來有如無底的深淵。在米諾夫斯基粒子下雷達派不上用場，也無法目測到目標的噴射光，不過「葛蘭雪」就在這附近。擊墜「凱洛特」的ＭＳ隊、把「拉．凱拉姆」搞得半身不遂的新吉翁偽裝貨船。「帶袖的」的船載著搶來的「獨角獸」，現在一定在這片漆黑的某處，急於和本隊合流。

吉翁殘黨軍襲擊特林頓基地事件，已經過了三天。可以留下輪機部損傷，連離陸都做不到的「拉．凱拉姆」，只讓三連星上宇宙，是奈吉爾等人堅持要追擊而不退讓，以及「凱洛特」艦想要補充損失戰力，兩件事偶然呼應的結果。他們立刻從鄰近的發射基地射上宇宙，與掠過低軌道的隆德．貝爾第三群，第十六任務隊合流，不過「葛蘭雪」似乎已經脫離地球的絕對防衛圈而無法掌握行蹤，半放棄的氣氛包圍了「凱洛特」以及「坦奈鮑姆」所組成的任務隊。不過一小時之前，捕捉到高速移動的米諾夫斯基粒子散布源，使氣氛一瞬間逆轉。

還不知道一邊散布著米諾夫斯基粒子，前往Ｌ３宙域的「葛蘭雪」，目的地到底是什麼地方。在地球與月球之間產生的重力均衡點（拉格朗日點）之一，Ｌ３的共鳴軌道上，只有正在建設中的殖民衛星群ＳＩＤＥ７，以及聯邦宇宙軍的大本營「月神二號」，這附近很難想像會有「帶袖的」的據點。傳聞有新吉翁艦隊潛伏的ＳＩＤＥ６在不同方向上的Ｌ５中，接風的艦隊不太可能來到這裡。

它要去哪裡——不，更重要的是，在特林頓基地引發騷動後的三天之中，它在哪裡、做了什麼？感覺到自己的亢奮，奈吉爾凝神注目著母艦所指示的方位。通話回路的鈴聲響起，『隊長，你有聽說嗎？四群的「擬・阿卡馬」的謠言。』戴瑞這麼說的同時，與背後的地球之間的距離正好達到十萬公里。

「你說去執行參謀本部的隱密任務之後，就一直下落不明的那艘嗎？」

『是啊。「凱洛特」的乘員說他們有看到。在我們還沒來合流之前，特林頓基地遇襲的那一天。』

一股寒意通過了背部。奈吉爾確認了這是只與戴瑞機通訊的單獨回路，裝作不怎麼在意地回了一聲「喔—」。『好像有開啟大氣圈突入制動裝置，而且以要降下地球來說，角度微妙地淺。』聽到戴瑞後續的話語，讓他感覺到背脊的寒意劇增了。

『這跟那艘偽裝船上到宇宙的時機符合。雖然我不這麼認為，不過布萊特艦長的態度也有點奇怪……』

「是啊，感覺起來不太想讓我們前來追擊的樣子。」

這樣一想，特林頓基地遇襲時的遲鈍反應，也讓人感覺像是刻意的。要是平常的布萊特艦長，他就算打我們屁股都會要我們去追擊敵人。『那位利迪少尉，原本也所屬於「擬．阿卡馬」對吧？』戴瑞壓低聲音繼續說道。

『再加上跟「獨角獸」的駕駛員有瓜葛的話，所謂的參謀本部祕密任務……』

可以推查得出來。包括達卡事件到特林頓基地襲擊事件在內，這一個多月來的怪事，其中心都有「獨角獸」在。雖然說是為了打破吉翁的新人類神話、UC計畫的產物——聯邦宇宙軍重編計畫的台柱之一，不過只是為了確保一架新型MS，為何會讓全軍如此奮起？奈吉爾感到到背部的寒意凝結成了冰冷的汗水，保持了一陣子沉默，不過華茲大叫的一聲『捕捉到了！』，讓他心臟猛然一跳。

『上方，L八度。我先走一步！』

話才剛說完，載著「傑斯塔加農」的噴射座發出噴射光，加速的機身往左上方遠去。因為只載著華茲機一架，起步相當快。戴瑞大吼：『喂，華茲！』「好了，讓他去吧。」奈吉爾加以制止，並確認了指示方位上的噴射光源。他對沒有先一步查覺的自己一瞬間感到焦慮，不過仍然驅動噴射座往華茲機追去。

「『傑斯塔加農』的射程較長。讓他先去拖延對方行動。」

『可是隊長，他可能會沒發停船勸告就開火了耶？』

在戴瑞真心擔憂的聲音中，夾雜著華茲的咆哮聲：『給我滾出來，「獨角獸」！來把之前的帳給算個清楚！』看著華茲機描繪出橫衝直撞的軌道，奈吉爾自言自語地說了句「好像不太妙……」，隨後讓自己的「傑斯塔」從噴射座上脫離。

戴瑞機也隨著脫離，卸下重負的兩架機體跟隨著華茲的「傑斯塔加農」。看到坦奈鮑姆隊的「傑鋼」們也丟下各自的「木屐」，組成戰鬥隊型開始加速的奈吉爾，以光訊號傳達自己隊要先走一步，並將光束步槍架在即時射擊位置。『我們是聯邦宇宙軍隆德．貝爾隊。警告「葛蘭雪」，立刻停船。』戴瑞的警告聲迴響的同時，他凝視著捕捉在最大望遠畫面上的目標船影。沒有減速的氣息。那八成經過違法改造的輪機仍然不斷地噴發，「葛蘭雪」依舊在加速著。

那上面載著「獨角獸」，那有如魔物般的白色機體。看著那快要被星光淹沒的噴射光，正驚訝於自己居然完全沒有任何壓迫感的奈吉爾，突然聽到無線電傳來近乎慘叫的聲音：

「『凱洛特』被……!?」

打開後方監視視窗，確認母艦的所在位置。「凱洛特」的艦影才剛浮現，就看到藍白色的火球包圍了船體，產生光暈現象的畫面染成一片白色。看起來似乎是MS的影子從前方掃過，再度產生的爆炸光掩蓋了「凱洛特」的船體。『隊長!?』在戴瑞大叫之前，奈吉爾讓自機緊急煞停。

「華茲，回頭！母艦被襲擊了！」

在感覺到眼球快飛出來的G力同時，嘴巴下意識地動了起來叫道。奇襲？從哪裡？破碎的詞句在腦海中閃爍著。沒有時間等華茲回覆，奈吉爾以超過安全極限的速度將「傑斯塔」掉頭，一邊聽著無線電交錯的訊息『從哪來的!?』『是「帶袖的」嗎!?』，同時將機體朝向正展開對空火線的「凱洛特」加速。

船體兩舷裝備的主砲噴出火光，兩排光軸打在虛空之中。吞噬了帶著粉紅色的MEGA粒子彈後，冒出不知是第幾次出現的火球，一瞬間被照出的敵方機影往艦底移動。機身以曲線為主軸，背上的噴射機組看來像一對翅膀的敵機，似乎是單槍匹馬前來襲擊「凱洛特」。它手上的火箭砲連續發出閃光，射出的實體彈拖著一條瓦斯所形成的尾巴直擊船體。艦尾突出的輪機部被更大的火球所掩沒，「凱洛特」的船體就在閃光之中安靜地碎開了。

膨脹的火球急速冷卻，折成兩半的船體散在滯留的瓦斯雲中。『「凱洛特」被……！』某人的叫聲刺進過熱的腦海中，奈吉爾用目光追著藏身在無數碎片中的敵機。它蹬向一片飛散的碎片，順勢高速變換軌道，翻轉背上的翅膀朝「坦奈鮑姆」飛去。它的機影被擴大視窗捕捉、經過CG補正，鮮明的紅色映在奈吉爾的視網膜上。

「紅色的MS……！那就是——」

夏亞再世，「帶袖的」的弗爾．伏朗托。在確認比對過資料庫後顯示的機名「新安州」的同時，單眼的敵機有如在訕笑般地飛離監視器之外。對方離射程範圍還很遠，奈吉爾目光朝各方向追尋失去蹤影的敵機。紅色的機體不斷地蹬著四散的「凱洛特」碎片，沒什麼使用推進器地曲折飛行，朝向下一個獵物加速。那看起來就像在重現戰史中所記載的「夏亞擊沉五艦」一樣。使用一架「薩克」擊破五艘戰艦，超越常人的高速一擊脫離戰法——

「坦奈鮑姆」開始布置對空火網，卻被輕而易舉地回避，輕輕鬆鬆就衝進懷中的「新安州」一擊發了火箭砲。還沒進入射程範圍嗎？忍住咂舌的衝動，奈吉爾用焦急的目光注視著連續爆開的火球，卻被身旁突如其來的其他光芒給震懾住了。

「什麼……!?」

在右手邊同行的「傑鋼」被光圈吞噬，扯斷的手腳往四面八方散去。接著光束火線從腳邊閃過，奈吉爾連忙進行回避動作。還有其他敵人！就在他對沒有反應的對物感應器看了一眼，讓視野上下左右環顧之際，從上方發射的光束閃過背後，直擊了跟在後方的噴射座。

輪機被誘爆的噴射座，機首的操縱席由內側彈開炸碎了。『從哪裡冒出來的！』華茲大叫，「傑斯塔加農」掃射機槍彈，對看不見的敵人展開實體彈幕。然而光束攻擊沒有中止，MEGA粒子彈從「傑斯塔加農」的背後殺來，同時有其他方向射來的光束擦過戴瑞機。『到底有多少敵人啊!?』戴瑞發出慘叫。奈吉爾為了展開援護火網讓機體轉向，但是背後傳來的強烈殺氣讓他打了個冷顫。

他渾然忘我地反轉光束步槍，扣下扳機。奔馳在黑暗中的光軸照出了某些東西，奈吉爾瞪大了眼睛看著那奇怪的物體。像是遠距離操作式砲台的小型物體，有三根勾爪環繞在砲口周圍。那讓人聯想到像鷲爪的物體以及尾端拉出的粗長纜線，被光束的光芒照亮，隨即消失在黑暗之中。

「感應砲!?不對，是線控砲(INCOM)……！」

這與無線誘導的感應砲不同，是用有線控制達到遠距離操作的精神感應裝置。操作控制上比起無線式要來得確實，但是同時也因為纜線操作等問題，可以使用的數量有限。然而這仍然是可以讓單機進行全方位攻擊的武器。沒有犯下錯誤去追擊那一瞬間看到的線控砲，只想著要如何逃離殺氣包圍網的奈吉爾，驅使「傑斯塔」Z字移動，同時找尋線控砲的母機。十字交錯的光束捕捉到第二架「傑鋼」，將爆發的機體化為灼熱的光環。那道光芒再次照亮了拖著纜線的線控砲，讓浮動在遠處的異形MS映入奈吉爾的視野。

單眼式的頭部，有著以曲線構成的四肢的紫色機體，的確是MS沒有錯。然而，那異常突出的巨大肩膀以及如同花瓣一般覆蓋頭部的數層裝甲板，讓人型的均衡崩潰而像頭怪物。有如鋼鐵的花瓣盛開，用全身展現薔薇設計感的異形機體——兩手前端伸出的纜繩如同藤蔓般滑順，自由自在地驅動兩座有勾爪的線控砲。躲過連續不斷的砲擊，拔出光劍的「完全型傑鋼」，似乎也查覺到這朵散發著兇惡存在感的薔薇了。在用光劍企圖切斷纜線的同時，裝備在雙肩的飛彈發射器噴出瓦斯，兩枚飛彈筆直地往紫色敵機射去。

薔薇般的機體噴射大出力推進器，以與形象完全不相稱的高速穿越虛空。它往飛彈飛來的方向加速，華麗地回轉閃避，在近接信管啟動的飛彈爆炸光於其背後閃現時繞到腳邊來。同時間，線控砲襲向「完全型傑鋼」，用那滑順的纜線綁住其機體，三根勾爪卡進了腹部。「完全型傑鋼」被抓住的機身扭動，舉起光劍的瞬間，零距離發射的光束貫穿了「完全型傑鋼」的駕駛艙。

從腰間被斬為兩半的人型，依序化為火球。『這傢伙……！』喊出聲的華茲讓「傑斯塔加農」前進，雙肩的光束加農與格林機槍同時射擊。看到光束與實體彈的光軸劃過虛空，往薔薇機體射去的奈吉爾，怒吼一聲「不要管它！」便往華茲機撞去。糾纏成一團的兩架機體往一旁飛去，交錯的光束在千鈞一髮之際從他們身旁擦過。

「以防衛母艦為優先。A隊形（FORM）！」

脊髓反射迸出來的咆哮，得到了戴瑞與華茲的一致回應：『了解！』首先必須要重整旗鼓，牽著對方走——雖然對上像怪物的感應兵器機以及再世夏亞，也不見得管用。壓下真心話的奈吉爾，背對著追纏的光束，讓「傑斯塔」加速前進。

戴瑞的「傑斯塔」與華茲的「傑斯塔加農」隨後跟上，組成V字隊型。在已經化為冰冷殘骸的「凱洛特」身旁，被無數的火球所包圍的「坦奈鮑姆」，看起來也有如風中殘燭。

※

三隻小蒼蠅，從拉到感知野最大範圍的雙臂中逃脫。他們千鈞一髮閃過線控砲所放出的MEGA粒子彈，一個勁兒地朝向化為火球的母艦逃竄。

「太慢了。你們回去的場所就要沒了！」

看著各自擊發光束步槍，一起發射飛彈的三架新型——傑斯塔型機遠去，安傑洛　梭裴笑了。當然，這種程度的阻礙對伏朗托的「新安州」不構成威脅。穿越三架機體所放出的火線，紅色機體將不知是第幾發的火箭彈打入克拉普級的船身中，新的爆炸光照亮了三個人型。飛散的碎片成為無數的刀刃襲來，使得三架傑斯塔型不得不散開，而此時「新安州」放出的一擊挖開了克拉普級的艦橋構造。

臨終的閃光從船體中央膨脹，粉身碎骨的克拉普級被巨大的火球吞噬。「看吧！」安傑洛順著叫出聲的氣勢踩下腳踏板，讓自機前進，同時叫回雙手的線控砲。纜繩回捲的線控砲接回手腕上，三根勾爪緊緊地卡合。裝備在機體各處的大出力推進器噴出火光，ＹＡＭＳ－１３２「羅森·祖魯」的巨體奔馳在虛空之中。

雖然可動式框體是流用祖魯型機，不過搭載了精神感應系統，駕駛艙周圍配有精神感應框體的「羅森·祖魯」，其機動性完全不是「吉拉·祖魯」可以比擬的。精神感應裝置的感度無可挑剔，安傑洛可以明顯感受到狙擊「新安州」那三架機體的敵意。回避了從三方向而來的火線，「新安州」在火箭砲填充新的彈莢之後扣下扳機應戰。在被轟沉的第二架克拉普級急速冷卻的同時，直線前進的３８０ｍｍ彈頭劃開瓦斯雲，在「傑斯塔」的附近啟動了近接信管。

在起爆的同時，數百顆鐵球四散，打進了緊急回避的「傑斯塔」背上。雖然與亞光速的MEGA粒子無法比擬，不過與「新安州」的加速相加成而射出的火箭彈彈速也不容小覷。「傑斯塔」看起來似乎會就此脫離戰線，不過它卻急速回轉擊發光束步槍，讓安傑洛捏了一把冷汗。其他兩架機體整合包圍隊形，張開十字火線的同時，那架「傑斯塔」拔出光劍，以毫不遲疑的軌道逼近了「新安州」。

兩機的光劍交錯，兩三度閃出干涉光。在其他兩機發射光束斷絕後路的同時，舉起光劍的那一架繼續向「新安州」斬去，擦過的高熱粒子束斬斷了火箭砲的砲口。「新安州」的體勢稍微失去平衡，不過它馬上放棄火箭砲，將裝備在護盾內側的兩把光束斧拔出，並將握把處接合。形成斧狀的光束刃出力達到最大，讓上下端噴出的粒子束顯現出古代東洋所傳承的武具——薙刀的外型。

「居然讓上校用上了薙刀……!?」

一對三這種數量不是問題，而是那架「傑斯塔」以完美的合作為武器，給伏朗托帶來了壓力。「新安州」單手回轉比身高還要長的光束薙刀，掃開敵人的斬擊，並將雙面刃揮向散布支援火網的另外兩架機體。高速迴轉的光束刃發揮如同護盾的作用，彈開了加農型機所放

出的MEGA粒子彈。安傑洛看到加農型機似乎膽怯了一瞬間，不過馬上射出榴彈的舉動之後，啟動了雙手的線控砲。「羅森·祖魯」的手腕被射出，充滿殺意的勾爪猛然奔馳在虛空之中。它拖著長達數公里的纜線，有如猛禽般猙獰地闖進了伏朗托的戰場。

線控砲放出的光束閃爍著，被高熱粒子射穿的榴彈一個個變成火球。沒有錯失良機，展開反擊的「新安州」薙刀一揮，將想架刀的「傑斯塔」左臂熔斷。動搖、恐懼、憤怒，還有克制住這一切情感的冷靜意志。統合三架敵機的思緒奔流成為微弱的電流在感知野中奔走，安傑洛感受到頭腦被壓迫的感覺而慍火。煩擾上校的傢伙——只要擊潰那冷靜意志的源頭，剩下的兩機就容易解決了。躲開加農型機連射出的飛彈，安傑洛將線控砲的目標定在失去左臂的「傑斯塔」上，然而一句話讓他回歸到現實之中：『安傑洛，這裡不用你插手。』

『去追「葛蘭雪」，我也會立刻追上。』

撇下冷靜聲音的同時，衝出飛彈群爆光的「新安州」閃動了單眼。知道這是它的機械臂抓著線控砲的纜線，透過接觸回路通話的安傑洛，連忙回答「是！弗爾·伏朗托上校」，並捲回了線控砲。就算自己不介入，上校也控制了情況。對有些許懷疑他力量的自己感到羞恥，「羅森·祖魯」機體翻身之後，就頭也不回地脫離了戰鬥區域。

被纜線捲起的線控砲，追上加速的機體接合在手腕上。對方應該也補捉到自己的蹤影了，可是「葛蘭雪」的船速卻不見減緩。已經對他們沒有友軍的意識，安傑洛維持著戰鬥態勢讓「羅森·祖魯」奔馳著。不僅沒有得到本部的許可就與地球的殘黨軍合作，襲擊聯邦的基地，還已經斷絕消息三天的船隻。明明回收了「獨角獸」與米妮瓦公主，卻沒有與友軍接觸，而朝向「月神二號」前去，又是為了什麼？

雖然不覺得辛尼曼那人會投靠聯邦，不過卻有得知「獨角獸」所開示的新座標——「拉普拉斯之盒」所在處，為了獨吞而行動的可能性。畢竟他只是受了薩比家薰陶的舊公國軍殘存者，會把米妮瓦·薩比當成神像拜的老頭。如果他是想得到「盒子」並煽動新吉翁內部的薩比派，將伏朗托拉下來的話，必須在此時讓他重新考慮。盯著距離已經近到可以看清形狀的「葛蘭雪」，安傑洛最後一次噴射主推進器。雖然是特製的偽裝貨船，不過也逃不出這架「羅森·祖魯」的掌心。「斯貝洛亞·辛尼曼，還有『葛蘭雪』！我是親衛隊的安傑洛上尉！」對著無線電大叫的同時，他把光束的準星對準大幅拉近的三角錐型船體。

「現在立即停船。聯邦的追兵我們已經解決了，快回答。」

一陣沉默，「葛蘭雪」連發光信號都沒有打。「不遵守指示的話，將視為反叛行為。」接了這句話，並用鎖定的紅外線對準它，標有「里帕科拿貨運」的船體仍然沒有減速的跡象。果然是這樣嗎，他那太過重視米妮瓦，對伏朗托缺乏敬意的態度從以前就讓人看了不爽快了。「我已經警告過了！」安傑洛大喝一聲，將「羅森・祖魯」的右手往前方伸去。

線控砲射出，張開三根爪子的「羅森・祖魯」手腕咬進「葛蘭雪」的側舷。有如鎖鐮一般，將突破裝甲板的線控砲回捲，安傑洛讓「羅森・祖魯」機體接近了船身。用高跟型的腳踩在露天甲板上，將左腕朝向船頭，另一發射出的線控砲咬碎了艦橋旁的裝甲。結冰的空氣從破洞中噴出，滯留而成白靄。看著這一切的安傑洛大叫：「我會擊毀船隻！『獨角獸』，在的話就給我出來！」

「我們已經查過，知道你被回收了。如果你硬是要抵抗，就給我出來！這架『羅森・祖魯』就是為了打倒你而造的。」

對上聯邦量產機那種貨色，無法發揮「羅森・祖魯」的真正價值。用上「新安州」的預備零件配備的精神感應框體、裝備在背部的特殊精神感應終端，一切的存在價值都是為了打倒「獨角獸」而產生的。拉回右腕的線控砲，安傑洛讓手腕接合後，將爪子重新戳向應該收容著白色機體的船身。裝甲板有如紙一般被撕裂，短路的火花與結晶化的空氣一同噴出。即使如此，「葛蘭雪」仍然沒有任何反應。安傑洛先是感到不對勁，接著感覺得自己被當傻子，粗暴地叫著「無視我的存在嗎……!?」，並將卡入船體的爪子張開到最大。

「你這傢伙到底有多麼無禮啊！」

囂張的「獨角獸」駕駛員，巴納吉．林克斯。他的臉孔浮現在爪子所抓住的裝甲板表面，安傑洛放出了出力開到最大的MEGA粒子砲。貫穿的光束穿透船底，「葛蘭雪」的船身劇烈地搖晃著。安傑洛趁勢對甲板踹了一下，讓「羅森．祖魯」移動到船頭方向，透過舷窗看向艦橋的內部。

閘門仍然開著，沒有移行至戰鬥態勢的艦橋內空無一人。不只是船長席，操舵席、航術士席每個都空蕩蕩的，只有操控台上的各式螢幕在灰暗中閃著微弱的反射光。設定為自動巡航的操舵桿雖然在作動著，不過因為砲擊的衝擊而偏移的軌道看來並沒有被修正，只有船內警報的聲音透過接觸回路傳來。

一時之間他不敢相信自己的眼睛。想到也許是都往船內部避難了，安傑洛透過擴大螢幕，仔細檢查艦橋的各個角落。在礙耳的警報聲中，微微夾雜著疑似電腦合成出來的女性聲音。那欠缺抑揚頓挫、令人不安的聲音正在倒數著，五、四、三——

瞬間他的全身寒毛豎起，手腳不由自主地動了起來，拉動操縱桿，踏下腳踏板。「羅森．祖魯」從船頭離開的下一秒，從內側產生的爆炸將艦橋的窗子完全粉碎，噴出的火焰撕裂了裝甲而膨脹。被衝擊波直接掃到的「羅森．祖魯」機體被彈飛。在安傑洛隨著一聲沉音，連頭盔一起撞上安全氣囊的同時，他用眼角看到了「葛蘭雪」碎片四處飛散的景象。

連綿不斷的爆炸讓裝甲板有如瘤一般膨脹，三角錐狀的船體變得有如整串的葡萄，並從內部破裂。巨大的火球充滿視野，碎成數千碎片的船體隨著衝擊波飛舞，許多襲來的碎片紮實打在「羅森．祖魯」的裝甲板上。斷斷續續的衝擊音震撼安傑洛的身心，他想辦法控制住機體，讓「羅森．祖魯」從碎片的奔流之中脫出。由狀態螢幕確認過機體的損傷程度之後，他將已經有裂痕的頭盔護罩打開，正面看著逐漸擴散的光環。光芒散去，蒼白瓦斯雲滯留的虛空之中，已經看不到那極具特色的三角錐狀船體。少數殘留的碎片是它唯一留下的痕跡，「葛蘭雪」完全消滅了。

「誘餌……」

握住球型操縱桿，聲音從咬緊的齒縫間流出。他們事先裝設了自爆裝置——不，恐怕是受到攻擊就會啟動裝置的輪機。安傑洛的頭腦無法冷靜地思考這是為了什麼，只是感受著屈辱的苦澀感，此時傳來『看來被擺了一道。』的聲音，讓他轉過頭去。帶有雜訊的螢幕面板上，映著「新安州」從後方接近的紅色人型機影。

「上校……！那三架機體呢？」

『事情總有輕重緩急。沒受傷吧？』

刻意冷漠的聲音，讓他心頭一震。就算讓敵機逃脫，上校也要來確認自己的安危。壓下內心湧現的熱意，安傑洛說著「我去進行追擊」，想讓機體轉身，但被「新安州」的機械臂制止。『你還沒習慣那機體，不用勉強。』伏朗托的聲音響起，將「羅森・祖魯」留住了。

「非常抱歉。這架機體用了上校你的……『新安州』的預備零件，我卻讓它受傷了。」

『不用在意。「羅森・祖魯」的真正價值在對上「獨角獸」的時候才會發揮。在那之前做好準備就是。』

「可是，這是誘導的話，他……」

既然使用無人的「葛蘭雪」做誘餌，隱匿了自己的行蹤，那麼他們在另一個宙域的可能性很高。『他們跟擬造木馬接觸的情報，看來是真的。』說著，「新安州」的單眼看向了地球的方向。對端正的面具的印象與機體的臉重疊，安傑洛不禁噓了一口氣。

『既然這樣，應該當作他們往完全反方向的月球方面前去。因為我們完全被誘導到「月神二號」的方向來了。』

「那個辛尼曼，落入了聯邦手中？」

『也有可能是與他們勾結了。人心可是難以捉摸啊。』

鬆開了搭在肩膀上的手，「新安州」解除了與「羅森・祖魯」的接觸。雖然心裡想著不太可能，不過伏朗托那彷彿對所有事情都有準備的聲音，讓安傑洛也信服了，跟在那看起來像是翅膀的噴射機組之後。

『回「留露拉」上，之後立刻展開追擊。』

「是！……能追得上嗎？」

要是如同伏朗托的判斷，擬造木馬——「擬．阿卡馬」，已經往月面方向拉開了很大一段距離。就算立刻轉進，以「留露拉」為旗艦的主力艦隊擦過地球，到達能夠遠望月球的位置也要花上一整天。以常識來說是不可能追到的，不過伏朗托回答的聲音相當從容：『我有對策。』安傑洛皺起眉頭，看著先行的「新安州」機體。

『就讓出資者幫個忙吧。』

還來不及再次發問，「新安州」就噴射推進器加速。不論是思考或是機體，都讓人永遠追不上的紅色彗星……所以，才更有追尋的價值。委身於幾乎可以說是陶醉的舒適感之中，安傑洛無意識地追著「新安州」的背影。

※

『「葛蘭雪」沉沒了。』

布萊特・諾亞上校的聲音，透過主螢幕傳來。聽到這句話，吐出彷彿嘆息的氣息的不只一人。這動盪的一個多月來，一直視為敵方的船隻就這麼簡單地了結——不，不如說是無法接受自己居然會用這樣的心境去接受它的結局。「這樣嗎……」吐出腹部的空氣，奧特・米塔斯說著。站在身旁的蕾亞姆・巴林尼亞也呼著氣，交叉著粗壯的手臂，看著螢幕上的布萊特司令。

蕾亞姆的身後有先任軍官的航海長、穿著工作服的輪機長，還有帶著緊張表情的美尋・奧伊瓦肯等新任幹部。這原本應該是艦長獨自一人接受的祕密通訊，不過想到隆德・貝爾所擁有的雷射通訊中繼衛星位置，這是最後一次可以與人在地球的布萊特通話的機會。因為目前所面臨的正是孤立無援的狀況，有必要讓所有乘員正確地理解現在的情形，因此把主要幹部都叫來了艦橋。雖然其實想讓全機組員都聽到，不過「擬・阿卡馬」窄得與艦體不相稱的艦橋，不可能塞得下四百多個人。實際上光是排了二十一名主要幹部，就已經快要沒有多餘的空間容身了。

『前去追查的「凱洛特」與「坦奈鮑姆」也被擊沉，似乎是與「帶袖的」的紅色彗星接觸了。我有跟參謀本部建議過不要分散戰力，不過……』

透過螢幕承受二十一人份的視線，繼續說著話的布萊特表情帶有幾分苦澀。特林頓基地遇襲之後，雖然人還留在動彈不得的「拉・凱拉姆」上，不過現在的布萊特可以說是處於被撤換的狀態。出動中的隆德・貝爾艦艇全部被劃為參謀本部直接管轄，無法得知他們的動向，這麼一來司令官等於是被打斷手腳了。考慮到布萊特眼睜睜地看部下失去生命的心情，但同時又想到明天可能就輪到自己的奧特，開口說出了現今的顧慮：「那麼，誘導算是成功了嗎？」布萊特擦了一下臉，抹去感傷，再次發出司令的聲音：『可以這麼想吧。』

『新吉翁艦隊也追著無人的「葛蘭雪」，前進到了「月神二號」方向。就算立刻轉進，要追上各位也要花上三天。剩下的問題就是——』

「我方……要怎麼避開聯邦軍的目光。」

一說出口，再度感覺到沉重的現實壓在肩膀上。不只是像之前一樣無法得到援護及補給。以後，「擬・阿卡馬」必須避開聯邦軍的目光，單獨從事非正規任務——布萊特瞄了一眼奧特沉默的臉色，馬上移開了視線，用淡淡的語氣說：『沒錯。不過，關於這點我有對策。』

『由於達卡與特林頓基地的襲擊事件，中央議會終於也開始有動作了。他們認為這陣子新吉翁的武力行動，已經超過了恐怖攻擊及小幅度紛亂的範圍，是不是該視為「沒有宣戰的戰爭」。』

「也就是說，認定為第三次新吉翁戰爭？」

『以約翰・鮑爾議員為首，開始有這類的意見出現。要是進入戰爭時期，參謀本部也不再是密室。這麼一來幫某些團體撐腰的幕僚，就不能擅自進行祕密作戰了。』

布萊特說著，嘴角微微上揚。說到約翰・鮑爾，正是帶頭創設隆德・貝爾的國防派議員之一。有出席移民問題評議會，跟亞納海姆電子公司的關係也很深。雖然不曉得他對這次事件了解到什麼程度，不過會在這個時機點喊出可能是戰爭，那麼無疑可以視作布萊特有對他提供意見。鮑爾等人開始有動作，那麼媒體也會行動。不管是叫到議會質詢或是其他動作，世間的目光便會不由分說地投注在參謀本部身上。參謀本部被攤在陽光下，畢斯特財團跟移民問題評議會就無法做出大幅度的干涉，更不能夠暗中對「擬・阿卡馬」下手了。

不過，當一切公開的時候，布萊特放任「葛蘭雪」搶奪「獨角獸」、甚至安排與「擬・阿卡馬」接觸這些舉動，無法避免會掐住自己的脖子。「了解了，可是布萊特司令您的立場沒問題嗎？」奧特問道。布萊特聳聳肩。

『我利用吉翁殘黨軍的襲擊，從參謀本部的手中把各位搶了過來。穿幫的話，好一點是剝奪軍籍，慘一點是槍決吧。』

隆德・貝爾的司令官自嘲地說著，不過沒有人笑得出來。布萊特環視沉默的全體人員，沉穩地續道：『一切，都要看各位今後的成果了。』

『必須前往拉普拉斯程式所指示的座標，比所有人先一步確保「盒子」。只要確認「盒子」是實際存在的，就可以用維持治安的名義派出隆德・貝爾全隊。如果它真的有傳言中所說的力量的話，那麼也可以用「盒子」當交涉材料，確保我們的安全吧。』

「是的。預定抵達座標的時間是──」

『不，不用說出來。奧特艦長你們自己清楚就好。』

聽到布萊特打斷的聲音，讓奧特感到一陣膽寒。布萊特已經有心理準備，以後可能會受到宛如拷問的調查，而採取行動。反覆吟味著一切命運壓在自己身上的沉重感，奧特不自覺地緊握著艦長席的扶手。『你們可以恨我沒關係，我自己了解，要你們這樣做很過分。』似乎察覺到的布萊特，聲音震動著艦橋的空氣。

『可是，我們沒有其他活下去的方法。希望各位能與新的成員攜手合作，搶在財團及評議會之前得到「拉普拉斯之盒」。』

新的成員，感覺到這句話帶來更加沉重的負擔，奧特端正姿勢答了一聲「是」。深吸一口氣，一瞬間布萊特的眼神似乎訴說著：如果可能，希望他自己也在船上。『拜託你了，奧特艦長。』一句話透露了他敬重年長者的顧念。

『我相信人是經由不斷的試練而得到調和的生物，對於可以存活至今的各位，我抱以期待。』

「這是以獨自活過一年戰爭，前白色基地隊的指揮官身分說的嗎？」

『是啊。』布萊特露出微笑，暗示著對話就到此為止了。對舉手敬禮的奧特答禮之後，布萊特的身影便從螢幕上消失。一言不發的沉重沉默降臨在艦橋之中，奧特幾乎是反射性地從艦長席上站起來。

不可以就這樣讓沉默繼續下去，讓每個人內心的不安擴大。受所有人視線投注的奧特，連深呼吸的時間都沒有，便以一句話打破了沉重的寂靜：「各位，就如同剛才你們所聽到的。」

「基於從『獨角獸』所得到的情報，我們將為了確保『拉普拉斯之盒』而行動。而且與參謀本部無關。要是被聯邦軍發現的話，我們可能被處以叛亂罪。」

每個人無言的臉上透露出內心的不安與緊張，身著灰色軍官服的二十個人看著艦長一個人。奧特緊緊握著一放鬆就會發抖的雙拳，回看每一個人的眼睛。

「現在的參謀本部，已經化為畢斯特財團與移民問題評議會權力鬥爭的場所。與『盒子』已經關係匪淺的我們，不論靠向哪邊都有可能被葬送在黑暗之中。為了在這種狀況中活下去，我們只能主動去參加這場之前一直把我們拖下水的尋寶遊戲。我不會說『請大家做好覺悟』這種帥氣的話。我們沒有必要陪這種愚蠢的事情一起死。所以各位，不要死。此後，我們只為了活下去而戰鬥。請大家記著，活下去讓別人瞧瞧，才是我們對這亂七八糟的現實唯一而且最大的抵抗。」

在整齊的併攏腳跟聲之後，所有人一同舉手敬禮。只靠言語無法挽救任何事物。在這沒有人能夠接受、卻又沒有人肯放棄、毫無道理的現況之中——可是，如果不先把目光往前看的話，一切都無法開始。奧特說服了自己，還禮之後，就不再看向任何人坐回艦長席上了。

「就是這樣，大家回崗位吧。」蕾亞姆的一句話，讓所有人三三兩兩地離開了艦橋。

二十人份的聲息離開，只留下值班人員。人一少，奧特不管怎樣都會意識到蕾亞姆一直看著自己的視線。即使是狀況需要，難道我真心話還是說太多了嗎？奧特壓住自己的動搖，抬眼看著蕾亞姆「艦長」：「有什麼問題嗎？」蕾亞姆用她一貫的撲克臉走到艦長席旁，

「我迷上你了。」

在奧特耳邊輕聲說了之後，她才浮現了勉強看得出是笑容的表情。「我也很拚命啊。」奧特小聲地回道。點了點頭，彷彿在同意他的話，之後蕾亞姆就帶著一股爽朗的表情走出了艦橋。奧特看了看周圍，確認沒有人看到之後，嘆了一口氣，視線盯往正面的窗戶。輕輕拍

了一把年紀還害羞得紅透的臉頰，他凝視著月球方向的虛空之中。

現在，與地球的距離約二十萬公里。放眼所及並沒有交錯的船隻，只有茫茫的廣大虛空包覆著「擬·阿卡馬」。避開軍方的重點巡邏宙域，持續三天慣性飛行——拉普拉斯程式所告知的指定座標，離這裡還有十萬公里遠。

※

在儀表板上不斷捲動的程式碼出現雜訊，然後突然黑掉。數秒後，畫面重新出現，並顯示精神感應系統重新安裝後，十分鐘多的作業就結束了。

「這樣應該就可以了。沒想到這麼小的晶片，居然可以把精神感應裝置的感應波往外界傳送……」

在線性座椅的背後進行作業的艾隆·泰傑夫一邊說著，並用手指挾著一塊晶片遞出來。巴納吉·林克斯接過這塊不到小指頭大小的晶片，仔細地看了一下，然後把目光轉回正面的艙門，將晶片遞給從打開的艙門口探進鬍子臉，正往駕駛艙內看的斯貝洛亞·辛尼曼。辛尼曼用粗壯的手指挾住晶片舉在眼前，然而他那黑色的瞳孔似乎正看著遠方。

好像是在反芻背信的苦澀，連自己身在何方都不知道、無法掌握現在這段時光般的昏暗眼神——在巴納吉看著那對瞳孔之時，一道清澈的聲音從旁邊傳來：「那就是感應波監視器嗎？」「是的。」辛尼曼回答，並將臉轉過去。他臉上的倦意消失，眼神恢復平常的銳利光芒。而他看著的，是正穿著聯邦軍飛行夾克的奧黛莉・伯恩。

「正確的說，那是發信機。我聽說的是感應波監視器是程式的一種，埋在『獨角獸』的精神感應裝置內部。艾隆技師既然已經對系統做過清理，那麼我想是不用擔心了吧。」

無視把臉貼近接過手的晶片，歪著頭思考的奧黛莉，辛尼曼遞出晶片後，銳利目光再次看向駕駛艙內。裡面的艾隆似乎很害怕地移開了目光，是因為他看得到辛尼曼內心放養的野獸嗎？只因為參與了「獨角獸」的開發，而遭遇到意料之外的人生波瀾，這位亞納海姆的技術人員，顯然也無法跟上這三天來的急速變化吧。留下躲在線性座椅之後的艾隆，巴納吉離開了「獨角獸」的駕駛艙。在「擬・阿卡馬」的ＭＳ甲板一角，靠在「獨角獸」的駕駛艙前的吊艙上，除了辛尼曼與奧黛莉之外，還有康洛伊・哈根森少校的身影。他彎著不輸辛尼曼的魁梧身軀，從奧黛莉手中接過了晶片，臉上表情看起來感嘆與猜疑各半。

在遭新吉翁囚禁的時候，被偷偷地裝在「獨角獸」上的感應波竊聽裝置——感應波監視器。每次ＮＴ-Ｄ發動的時候，它都將顯示出來的情報不斷地往外部傳送。要是辛尼曼沒說出來，連巴納吉自己也沒發現，他再次看著負擔起發信機功能的晶片。「這樣一來，就不用擔心拉普拉斯程式的情報被竊聽了吧？」康洛伊說話的同時，投以確認的目光。「應該是這樣。」辛尼曼用不太好的口氣回答著。

「話說回來，要是下一個目標就是終點，那也沒有必要再擔心被竊聽了。」

帶有幾分揶揄的口氣，讓康洛伊身後的ECOAS隊員表情變得僵硬。不管是腰間掛著手槍的他、還是代替塔克薩擔任ECOAS司令的康洛伊，他們都對對辛尼曼這一票「葛蘭雪」的成員有股無法抹除的警戒心。發現辛尼曼的眼神也更加銳利的巴納吉，與看起來有幾分不安的奧黛莉視線交錯了一瞬間，便插話打斷了兩人：「最新的情報……現在『擬．阿卡馬』所前往的座標，新吉翁艦隊沒有接收到吧？」辛尼曼與康洛伊兩人都轉過頭去，眼神看向其他方向，讓視線不會對上。

「下一個座標我只說了在宇宙，其他什麼都沒說。雖然不知道這次是不是最後一次，不過既然感應波監視器已經解除，那就沒問題了。在被追兵發現之前，我們就會抵達『拉普拉斯之盒』了。」

「這是新人類的直覺嗎？」

兩手抱在胸前的康洛伊意外地開口問。咦？巴納吉不明所以地眨著眼睛。「這樣我們聽了會比較輕鬆，你就說『是』嘛。」說著，康洛伊帶著幾分苦笑的臉轉向了巴納吉。

「聽到你在地球的經過，會讓人覺得你怎麼可能是沒經驗的學生。不平凡的人們，是有義務的。就算沒有自信也要裝出自信來，讓周遭的人們安心的義務。」

雖然是半開玩笑的話，不過對於心中沉澱著下地球以來這些遭遇的巴納吉來說，這是沉重的話語。強化人，把腦中閃過的這個名詞撇開，巴納吉看向奧黛莉，看著她那已經承受無數重擔的翡翠色瞳孔，在心中重新擔起這份無法與她共有的疙瘩，他又看向了開著駕駛艙蓋的「獨角獸」上半身。洗掉在地球的塵埃，發出純白光芒的獨角巨人，對它唯一的駕駛員的視線沒有回應，只是用它罩著面罩、毫無表情的臉看著對面的牆壁。

眼神往下方看去，就看到數名整備兵圍繞著「獨角獸」的機械臂，隔著他們的背影，可以看到那有五根手指的巨大手掌。機械手表面的裝甲裂開，露出裡頭的框體，看起來就有如皮膚被剝開的人掌。感到些許寒意的巴納吉，對著那群整備兵背影大喊：「吉伯尼先生！」

「怎麼樣了？框體有劣化嗎？」

「完全沒事！裝甲雖然碎得亂七八糟，不過裡面的精神感應框體連裂痕都沒有。不管調查幾次都一樣。」

一邊用檢測器對露出的精神感應框體檢查，瓊納・吉伯尼整備士官長也又大吼回答著。

聽到預料之中的答案，巴納吉握著吊艙扶手的力道變得更強了。「是怎麼回事？」康洛伊看向他問道。

「不尋常的不只有我，這架『獨角獸』也一樣。居然單機拉起『葛蘭雪』，要是平常的MS，手應該已經被拉斷了吧？」

機械臂上被削去的裝甲，就是那時留下來的痕跡。抓住「擬·阿卡馬」丟出來的拖纜線，拉起「葛蘭雪」的結果，因為過度的負荷讓手掌上的裝甲摩擦而熔解。可是——

「但是，精神感應框體完全沒有損傷。與瑪莉妲小姐的二號機戰鬥時，我們雙方的精神感應框體發生共鳴，結果破壞了『迦樓羅』。……艾隆先生，你參與了『獨角獸』的製作對吧？精神感應框體到底是什麼？之前聽說是會反映駕駛員意志的金屬，可是不只這樣吧？」

所有人的視線突然集中在自己身上，從駕駛艙出來的艾隆面帶困惑地想要躲開。「的確是有看到超越物理剛性的現象……」艾隆剛開口，另一個僵硬的聲音打斷了他，「這些話之後再說。」說話的是康洛伊。巴納吉對他不自然的態度感到驚訝，但是發現到康洛伊的視線看著辛尼曼等人，而微微嘆了一口氣。

這不只是警戒心的程度，那是很明確地區別敵我的眼神。對康洛伊來說，辛尼曼等人仍然是新吉翁的軍人，不過是殺了長官及部下的敵人。已經不是這樣了，巴納吉想開口，卻開不了口，只能低頭看著地板。「我也想要聽聽看呢。」此時插進來的聲音讓巴納吉抬起頭。

是奧特艦長。他蹬了順著牆壁延伸的維修窄道一腳，身體往這裡游過來，腳勾住吊艙的扶手靈巧地著地。奧特沒有與巴納吉的眼神接觸，也毫不理會地從正想開口的康洛伊面前通過。「在那之前，我有事想先向上尉報告一下。」奧特說著，停在辛尼曼面前。

「『葛蘭雪』沉沒了。在它按照預定，吸引了追兵的目光之後。」

比起眉毛一震的辛尼曼，很明顯地變了臉色，低聲說「『葛蘭雪』啊……」的奧黛莉看起來反應更加劇烈。也許對她來說，那是支撐著她長期以來的逃亡生活，有如自己家一樣的船。巴納吉想要回想起這艘一時之間生死與共的船隻外型，「……這樣嗎。」辛尼曼低喃的聲音卻刺進了他的胸口。

「站在同樣的立場，我可以想像失去船艦的痛心。也就是拜船長你獻出『葛蘭雪』之賜，才讓我們得以安全地航行。讓我在此向你表達謝意。」

說著，奧特對辛尼曼伸出了手。稍微猶豫了一下，辛尼曼回答「不敢當」，並握住了對方的手。國家不同不成問題，同樣了解職責多麼沉重的人們，他們之間的禮儀，化為些許的溫度傳來，讓巴納吉喘不過氣的胸口感受到一股溫暖。乾著急是不會有起步的，現在正踏出了第一步。只要花上一些時間，大家一定可以相處得來。心中如此想著，巴納吉把不知不覺間露出笑意的臉轉向奧黛莉，然而她的表情卻有點灰暗。窺視辛尼曼的臉色，發覺巴納吉的視線後，翡翠色的瞳孔無力地向下垂去。

在那之後，她就沒有再抬起頭來，只是用鑽牛角尖的眼神看著某一點。皺起眉頭的巴納吉，將視線移回說著「那麼，艾隆先生，可以請你繼續說下去嗎？」的奧特艦長身上。「艦長……」康洛依出聲，似乎想要阻止。

「康洛伊隊長，我了解你的心情，不過我想這艘『擬．阿卡馬』上沒有分聯邦或是新吉翁。為了活下去，應該知道的事情有必要讓全體人員都知道。」

被平常聽不到的強勢聲調壓過，康洛伊吞下他的反駁台詞住口了。以奧特為首的所有人一起看向艾隆，巴納吉也將意識放在他身上。低著頭的艾隆似乎欲言又止，兩隻手在胸前緊緊交握。過了一小段沉默的時間，艾隆下定決心似地抬起了頭，說：「好吧。」

「精神感應框體在我的專長之外，不過因為負責裝甲材質部門，我有聽到某些片面的情報。請借我一間有螢幕的房間，我有些東西想讓大家看。」

一百五十吋的大型螢幕所映出來的，是類似小行星的物體碎成兩半，散出大量碎片而逐漸分裂的莊嚴景象。也許是因為多次複製的結果，影像相當粗糙。不過還是可以勉強辨識出建造在小行星一角的核脈衝引擎噴嘴，還有岩壁上的無數人工物體。小行星的背景就是地球，由於剛剛才親眼目睹它的蔚藍，現在看來格外鮮明。

「宇宙要塞『阿克西斯』。這座小行星曾經是新吉翁軍的據點。在第二次新吉翁戰爭之中，夏亞總帥想把這座『阿克西斯』丟下地球，引起俗稱的『核子冬季』。也就是落下時的衝擊會噴出大量灰燼覆蓋住大氣層，而使得地球寒冷化。」

艾隆站在講台上，一邊操作著連接螢幕的筆記型終端一邊說明著。這些影像似乎是他拜託好友而獲得，個人收藏的內容。奧黛莉、辛尼曼、奧特等人坐在附有桌子的椅子上，巴納吉被眼前螢幕上全景式的場面所吸引。在這間駕駛員用的簡報室中，還有蕾亞姆及布拉特・史克爾等，兩艘船的主要成員們在場。

「他的目的是將地球搞成無法住人的行星，把地球居民一個不留地全部逼上宇宙，不過被隆德・貝爾所阻止了。官方的公布內容是，隊員潛入墜落中的『阿克西斯』，從內部將其截斷了。分成兩半的『阿克西斯』，因為爆炸的衝擊而從墜落軌道上偏移……」

以充滿整個畫面的蔚藍地球為背景，分成兩半的「阿克西斯」其中一邊噴出光脈。分不出是否為爆炸光的光脈，伴隨著七彩閃爍的燐光包覆了巨大的岩塊，令人印象深刻的奇怪光膜在畫面上擴展開來。

「實際上，由於分裂時的衝擊讓其中一塊加速，就這麼進入墜落地球的軌道，看來是已經沒有阻止的手段了。但是在接觸大氣圈上層之時，『阿克西斯』如同大家所見的被不可思議的光芒包圍。然後彷彿是被這發光現象所推擠，就這麼從地球的重力圈離脫了。」

抹上了淡綠色、紅色、藍色、黃色的燐光，只能以七彩繽紛來形容的光幕薄紗晃動著。被足以幻惑人心的彩虹光芒包圍，直徑長達數十公里的岩塊慢慢地動了起來，被推出到畫面之外。「這光芒跟那時一樣……」感受到周遭的氣氛變得浮躁，巴納吉輕聲說著。以全身承受「葛蘭雪」重量的那一瞬間，從「獨角獸鋼彈」的精神感應框體所噴出來的七彩極光。

「這被稱為感應力場（psycho field）。」等到所有人的騷動平息，艾隆繼續說了下去。

「在落下阻止作戰之中，有搭載了精神感應框體的MS參戰。分別是聯邦的RX-93與新吉翁的MSN-04。由於兩架機體都已失去，因此詳細經過不明。不過這股改變『阿克西斯』軌道的感應力場，被認為是兩機的精神感應框體共鳴的結果，偶然發生的產物。」

「阿克西斯衝擊……」

奧黛莉突然開口，讓所有人看向她。「畢斯特財團的瑪莎・卡拜因曾經說過。」她繼續說著，臉孔看起來有如浮在螢幕的反射光之中。

「由於精神感應框體的共鳴，以及感應波的超載而產生的物理能量。兩架『獨角獸』所產生的光之力場，原因就是這樣。」

「很正確呢。除此之外也沒有其他方法可以解釋這個現象了。反過來說，也只能做出這種程度的推論。」

就在順著軌道延伸，有如土星的光環般環繞著地球的光芒出現後，影像就突然中斷了。房間的照明亮起，白色的光芒照亮了所有人同樣僵硬的表情。艾隆對飲料水的軟管吸了一口，繼續說明下去：

「精神感應框體一開始，是為了強化精神感應介面所開發的。感應波的接收範圍原本只限於駕駛艙周圍，不過不同的機體互相引起共鳴現象的話，有可能以駕駛員為媒介將接收範圍極大化。這種情況下，理論上可以接受到在力場內所有人的感應波以及意識……也有研究人員試著論述阻止『阿克西斯』落下的感應力場，是集合了數億單位人類的感應波而造成的。不希望地球被破壞，人類的集團下意識，透過精神感應框體轉化成了物理能源。」

艾隆越講越沒自信，讓現場幾個人傳出啞然失笑的聲音。「這簡直是幻想嘛。」讓椅子發出聲音，辛尼曼低聲說道。艾隆聳聳肩，「我也這麼認為。」很乾脆地承認了。

「可是，有一點是確實的。這起以『阿克西斯』為中心的事件，對軍方造成了極大的『衝擊』。因為原因不明、理論也不明；只不過拿來當MS零件用的金屬，竟然可能發揮了可以推動星體的力量。」

正要和緩的空氣突然冷卻，笑容從辛尼曼的側臉上消逝。「原來如此，這會造成的騷動可不是核武能比較的。」奧特重新交抱著雙手，悶聲說道。

「是的，『獨角獸』異常的出力上升，也可以推測為感應力場作用在機體上面的結果。要是能了解它的控制方法，那將會成為人類史上前所未見的強力兵器吧。軍方會在極度機密之下進行研究，做出被新吉翁所搶走的實驗機……『新安州』那樣的機體，都是為了這個。不過很幸運地，這三年間的研究並沒有很大的進展。只是由於在『新安州』的測試中收齊了追隨性的相關資料，便用在了UC計畫上面。」

而隨之誕生的便是「獨角獸」。理解後的瞬間，巴納吉體會到自己搭乘的是極為不得了的東西，雙肩為之顫抖。「不能夠存在的東西……」蕾亞姆瞇上眼睛，低聲呢喃。

「也許是這樣吧。有些人稱之為宇宙世紀的歐利哈爾礦，不過對我來說超科技產物（OOPARTS）這樣的說法比較貼切。就好像古代埃及壁畫上畫著像燈泡的東西一樣，是該時代不該擁有、不能擁有的科技產物。一萬年後被挖掘出來，會嚇到未來人類的物品……」

像是在掩飾自己的害羞般抓抓人中，艾隆為漫長的解說畫下句點。連半信半疑都不算，不知道該如何下判斷般的沉默籠罩，簡報室中充滿了沉重的空氣。巴納吉的視線看著已經一片漆黑的螢幕，反芻著並認同著那一句「不該存在的東西」。但是同時，他在螢幕中想像著那片包裹住地球的極光，被那殘留在眼中的光芒所幻惑著。

接受了數億單位人類的意志，可能推動了星星的光芒。如果這是精神感應框體這偶然間的產物所造成的話，那麼這當中沒有任何神祕存在的餘地。只有單純的事實，就是：奇蹟也是人力而造成的，巴納吉心想著。實際上，那道光芒的確很美麗。與瑪莉妲的「報喪女妖」共鳴時的光芒雖然很恐怖，不過拖曳「葛蘭雪」時所看到的光芒非常漂亮，又溫暖。那樣的溫柔可以集合在場人們的意志、傳達肌膚的溫暖。在宇宙這樣嚴苛的環境中，相隔遠方的人們感性互相接觸、發生共鳴。這樣的力量化為光芒，撼動星體，拯救了地球。不分宇宙移民以及地球居民、也不分吉翁或聯邦。就好像要用被廣大宇宙所分隔的心，去填滿這寬廣的空間一樣——

「……這也是可能性的其中之一。」

嘴唇無意識地動著，流洩出來的話語動搖了無聲的寂靜。受到所有人注目，「是這樣沒錯吧？」巴納吉站起來，繼續說著。

「聽說精神感應裝置原本就是做給新人類用的操縱系統。精神感應框體是這個裝置的延伸。而它可以無限地容納人類的意識的話，那不就是說，所有人都可以像新人類一樣互相共嗚嗎？至少，是有這樣子的可能性——」

「這邏輯太飛躍了。」

布拉特插口，斜眼看向巴納吉。「身在中心的駕駛員是怎麼樣我不知道，可是在周圍被捲入的人們沒有那樣的自覺。實際上，在『阿克西斯衝擊』之後，人類也沒有任何改變。地球居民仍然在污染著地球，聯邦軍繼續當他們的走狗。」

很明顯地帶刺的話語，讓蕾亞姆及康洛伊等人對他怒目相視。「所以，才更應該對他們傳達訊息吧？」巴納吉回道。

「新人類不是人類的規格。該怎麼說，我想那就像是希望一樣的東西。只要想到人類還有這樣的可能性，就沒有必要只看著現況陷入絕望了吧？精神感應框體如果是偶然之下的產物，那麼它一定是追求可能性的人們意志所做出來的。只會將現況認定為現實，這樣沒有活下去的意義啊。人類應該就是追求可能性，才可以像現在這樣進出宇宙……」

這樣的講法說不清楚——這麼想著，讓他的話越說越難以啟齒，心中的熱情也被潑了一桶冷水。果不其然，「這樣成了宗教吧。」某個人的聲音響起，讓數人發出無力的失笑聲。「當故事聽的話是聽得懂啦……」「一旦上了年紀，對這種話題就比較……」某些人的聲音繼續說著，奧特也失去了興趣移開目光，辛尼曼呼了一口氣低下頭去。曖昧地一起感受到的無形事物，在被言語所定型的瞬間，就會偏離事情的本質，隔開互相感受的心靈。感受到無以突破的焦慮感，「不是這樣……！」巴納吉拉高空虛的聲音，途中插進來的一句「我也贊成巴納吉的意見。」讓他也屏住了氣息。

「人們不餵以穀物，總只以存在的可能性飼養著牠……這是過去的詩人，歌頌獨角獸詩歌的其中一節。由於相信而誕生、被飼養的生物。巴納吉所說的新人類可能性，就是指這些吧。」

奧黛莉纖細的身軀站起身來，用帶著幾分笑意的眼神看向自己。一時之間找不到言語可以回應，巴納吉半呆滯地回看著她的臉孔。

「人是可以改變的，也有著足以承擔受改變的柔軟心靈。不是這樣的話，我也沒有機會像這樣在這裡與大家說話了。不久之前，我們還曾經分屬互相殘殺的敵對雙方陣營。」

帶著刺激性的話語，使所有人似乎不太自在地，將目光從奧黛莉身上移開。「而能成為現在這種狀況，是在這裡所有人的力量所造成的。」奧黛莉說著，目光環顧了聯邦與新吉翁雙方的成員。

「我不會說出要是能好好使用這股力量，連精神感應框體都可以控制得住這樣的話……這種想法，只會將事情的本質貶低為效率論。不過，我們之間是能夠協調的。只要不忘記這

一點，好好地培養的話，我想『獨角獸鋼彈』是會以精神感應框體……追求可能性的人們心靈之力，來保護我們的。」

話語的最後帶著祈願般的懇切，奧黛莉便閉起了口。在鴉雀無聲的房間之中，人們各自回想著在自己心中產生迴響的話語，並加以咀嚼，讓沉默在每個人周遭累積著。巴納吉也不例外。擁有薩比家的公主、米妮瓦這種與自己無緣的名號，這位少女清楚的言語將他深深地震撼。在對她毅然的立姿感到驕傲的同時，卻也感受到心中那份疙瘩的重量，變得更加地沉重了。

如果這架機體藏有這種力量，它的存在象徵著聚集在此的人們，那麼現在的自己是沒有資格駕駛這架「獨角獸」的。有必要去認清楚戰鬥至今的自己，究竟是什麼人。這股思緒，從沉默的底層慢慢地浮了出來。

這樣的景象讓他有股既視感。規律的心電圖響音，以及比相通的醫務室更強的消毒藥水味。低重力用的點滴沒有聲音地流著透明的液體，將最低限度的營養透過管線不斷地送往連接的左手臂。雖然已經取下了氧氣面罩，不過瑪莉妲·庫魯斯仍然沒有甦醒的跡象。她那被繃帶捲起的身軀躺在床上，因為燒傷而有些脫皮的臉孔只是對著白色的天花板。

這間加護病房跟以前自己被送來的時候完全沒變。不一樣的，是枕頭邊的側桌上插了一朵花。巴納吉看著這朵鮮艷的黃色康乃馨，那不是人造花，如果不是冷凍乾燥保存的艦上備用品，就是組員私下培養的吧。「是美尋少尉拿來的。」埋首在一旁書寫著病歷表的哈桑軍醫長，頭也沒抬地說著。

「美尋小姐……」

巴納吉想到一開始收容瑪莉妲時，美尋那主張必須對她上拘束器監視的僵硬表情。哈桑書寫病歷表的手沒有停歇，「利迪少尉，他還活著呢。」他不帶感情地說著。

「不過，即使如此也不能怎麼樣。大家都在一點一點地想要接受這個現況。」

說完，他帶有深意地瞄了巴納吉一眼，開起了玩笑：「新人類會不會感染的啊？」巴納吉自覺自己的表情僵硬，只回了「她的狀態如何？」，移開了視線。

「有燒傷有撞傷，外傷頗嚴重的。能做的我都做了，不過要恢復還需要時間吧。雖然是強化人，但畢竟不是超人。」

「那個……她的內心呢？」

想不到其他的表達方法，巴納吉用含糊不清的聲音說道。忘記自己身為瑪莉妲的名字，化為破壞衝動的化身而發狂的普露十二號。身在此處的她究竟是哪一個她，在她持續沉睡狀態下沒有方法可以判斷。哈桑板起臉來，答道：「那方面在我的專業之外，沒辦法講得很明確。」

「照辛尼曼上尉的話看來，在她失去意識的前一刻恢復了正常……不過以她這種遭遇來看，要用什麼來判斷她是否正常，這是很主觀的問題。也可以想成，是她至今一直自我壓抑住，所以受到重新調整時顯現出她的破壞願望。哪一邊是她自然的狀態，大概連她自己也不清楚吧。」

MASTER的希望就是自己的希望，MASTER的敵人就是自己的戰鬥對象——知道她只能靠獻身去保持住自我，與辛尼曼可說是互相依存的關係性的話，會覺得這樣才是當然的。自己對自己所下的詛咒，巴那吉將這句話套用在自己身上，緊握拳頭的他，深呼吸一口氣之後抬起頭來。

離開簡報室之後前來醫務室，並不是只為了探望瑪莉妲的。「不只是她而已，每個人心理都是抱有陰影的。」說著，哈桑打算轉頭離開，巴納吉用一聲「醫生」叫住了他。巴納吉背對著他，做好覺悟，吐出了下一句話：

「人有辦法自己消去自己的記憶嗎？」

「這個……要是受到嚴重的精神創傷，那麼自衛本能會發生作用，有可能下意識地封印記憶吧。」

「那麼，有沒有可能被應該消失的記憶所支配，而使得自己不再是自己了呢？」

他感覺到自己宛如擠出來的聲音，讓哈桑驚訝地皺起眉頭。在太陽穴間蠢動的未知記憶，與自己一體化、無從區別的他人言語——「我想請您對我進行調查。」巴納吉看向哈桑，看著他的眼睛說道。

「看看我有沒有像強化人一樣，被人操作過記憶，有沒有被改造過身體。」

「是怎麼了，突然……」

「我想確認清楚。在這裡說話的人，是不是真正的自己。我能像新人類一樣戰鬥至今，會不是會什麼人事先設計好的。」

他聽得見亞伯特那帶有陰影的聲音，也聽得到瑪莉妲的低語：你也許是我的同類。但不論事實為何，他都不能再將目光移開。如果精神感應框體可能以吸收人的意志，如果「獨角獸」是能夠將其轉化為力量的機械，那麼有必要讓其核心的靈魂所在之處更加明確。心靈被他人的思緒所束縛的話，是無法繼續面對「獨角獸」的。哈桑被氣勢壓得搖晃倒退了幾步，巴納吉追上前，抓著他的白衣胸襟。「您之前也做過判別強化人的調查吧？再做一次——」

「您就是您自己。」話說到一半，卻被另一個聲音打斷，讓巴納吉吃了一驚。

「就算有受到別人的操作，您至今所做過的事也不會被掩沒，您的存在也不會被否定，這樣不就好了嗎？」

隔間用的拉簾被拉開一部分，從隔壁床位起身的男人露出銳利的目光。在巴納吉還沒搞清楚他說了什麼，回眼看著那精悍的光頭男時，哈桑快步向著男人走去：「賈爾先生。雖然拔了點滴，不過我可沒准許你離開床位啊！」巴納吉審視這名穿著睡衣的高大男子。雖然還有其他數名治療中的乘員，不過至今他都沒有特別去注意過。沒有移開對上的眼神，男人婉拒了哈桑想攙扶他的好意，「我是賈爾．張。」他伸出了粗壯的手說著。

「至今沒去跟您打招呼真是非常抱歉，我被嚴格的醫生盯住了。」

被柔和的目光所吸引，自己也伸出了手。雖然堅硬、不過卻溫暖的手掌，還有似乎聽過的聲音……在記憶之中找尋之後，巴納吉突然想起了那透過接觸回路所聽到的話語，讓他再度嚇了一跳，並看著男人。在調查首相官邸「拉普拉斯」的殘骸之際，與襲擊而來的敵機近身斬擊之時，聽到的就是這聲音。『看清「盒子」的真面目，想出更好的使用方法。』『一定要活下去，繼承令尊的遺志。』——

「那時候的……！」

完全忘了這回事。他俯視著下意識抽回手，往後退了幾步的巴納吉，「那時候真是失禮了。」賈爾恭敬地低下頭說道。

「我企圖報令尊的仇，借助了辛尼曼的力量潛入這艘船……不過如您所見，我仍然活著丟人現眼啊。」

「你……認識我父親？」

反射性地回問後，巴納吉注意到哈桑的存在而閉上嘴。用試探性的眼神看過兩人之後，哈桑用病歷表敲了敲自己的肩，說：「禁止講太久啊。」說完他轉身想離開，但是在白色的背影穿過分隔的拉簾之前，一道明確的聲音說出：「不，醫生，請你留著吧。」巴納吉困惑地回看賈爾的臉。

「事情發展至今，有必要讓這艘艦上的成員知道背後的事實……可以吧？」

最後的一句話，是向著巴納吉，要求他做好覺悟。巴納吉沒有異議。他已有自覺自己的軀體不只屬於自己，所以才想弄清楚一切。背對著停下腳步，轉頭看向自己的哈桑，巴納吉點了點頭。「真的很像呢。」賈爾的眼神微微透出溫柔的目光，嘴角帶著笑意說道。

「足以託付『盒子』之人……畢斯特家長期找尋的青鳥，結果就藏身在自己的親人之中啊。」

胸懷著外人所無法得知的感慨，他黑色的瞳孔晃動著。巴納吉屏住氣息，面對著知道真相的光頭賈爾。

※

通過靜止衛星軌道後，便可以清楚地意識到加在機體上的重力。順著重力的拉扯，進行了四小時以上的慣性飛行後，看到了目的地的艦影。

「好大啊……」

看到最大望遠影像的視窗中出現的艦影，奈吉爾下意識說道。由於沒有空氣的干擾，在真空中不容易抓到遠近感，不過可以由船裝與MS的出發口想像大致上的規模。光看艦影以地球為背景所浮出的奇異形狀，便可以說這是超規格的產物。『那就是地球軌道艦隊的新旗艦嗎？』『「拉・凱拉姆」完全沒得比嘛。』聽到華茲跟戴瑞隨後叫出來的聲音，奈吉爾稍微踩深了腳踏板。點燃失去單手的「傑斯塔」僅剩的噴射劑，做些許加速，讓映在視窗上的巨艦細部逐漸明朗化。

德克斯・基亞級宇宙戰艦，「雷比爾將軍」。它那全長六百公尺以上，最寬處兩百幾十公尺的威容，可稱得上是聯邦宇宙軍史上最大級的戰艦。構造由聳立著巨大艦橋構造的船體，以及各自擔當ＭＳ機庫的四個區塊組成，前方突出的兩道彈射甲板形成艦首。乍看之下似乎是雙體船，不過連結各區塊的船體質量驚人，讓人完全感受不到拼湊的脆弱感。與如同劍山一般密集分布的ＭＥＧＡ粒子砲台，整體構成一整塊沉重的影子，遠看起來就像是伸長了腳坐著的人影。不過那一條腿也有相當於克拉普級的質量，是大得非常嚇人的巨大人影。

ＭＳ的搭載數多達四個大隊，運用人員數有一千五百多人。這樣有如大艦巨砲主義化身的德克斯．基亞級戰艦，在戰後軍閥囂張專橫的時代，一共提出了四艘的建艦計畫。但是在同名的一號艦戰沉的同時，剩下的建造計畫也被凍結了。其中一個原因是遭人指出，即使考慮以ＭＳ的多寡決定戰力的現代軍備情勢，戰力過度集中於一艘戰艦相當具危險性。另一個原因是這時代軍事的主要對象移轉為反恐攻擊戰，一般認為巨大戰艦根本沒有出場餘地。不過與這些效率性論點完全相反的另外一種思潮，「象徵」、「威信」，使得德克斯．基亞級重見天日。預定配合宇宙世紀０１００吉翁共和國解體而完成的宇宙軍重編計畫——而在重建其中翹楚的地球軌道艦隊之際，德克斯．基亞級被認為是最適合擔任艦隊旗艦的船隻。

因此二號艦「雷比爾將軍」開始進行建造，經過兩年的歲月終於進行到官方測試運作。還沒有舉行進宙式，船裝也還不完全，不過那有如巨城般的艦橋構造，其威壓感無法言喻。駕駛著與之相比有如小人國居民的「傑斯塔」，奈吉爾縮短與「雷比爾將軍」的相對距離。

戴瑞與華茲、還有坦奈鮑姆隊存活下來的噴射座跟在後面。迎接還留有戰鬥的傷痕，沒什麼東西可以吃地飛行了一整天的一行人，著艦甲板的指示號誌點點亮起，排出發光的路標。

『船裝完成了八成左右是吧。』

在與進出艦指揮所交涉的空檔，戴瑞透過無線發出試探性的聲音。看來在終於因為腳可以著地而鬆了一口氣的同時，戴瑞也對這船艦彷彿在虛張聲勢的威容感到不滿。奈吉爾將自機往指示號誌靠去，說：

「聽說是畢斯特財團的斡旋，從官方試運作拉出來用。『傑斯塔』的備用補給應該也來了……」

喪失母艦之後，隆德·貝爾司令部下令與「雷比爾將軍」合流，而透露的情報就只有這麼一點程度。畢斯特財團恐怕是為了奪回「獨角獸」，透過參謀本部不斷地更換母艦。雖然外緣的隆德·貝爾隊員，在主流的地球軌道艦隊上本來就不可能過得愜意，但是就算不管這一點，這趟航行看來也不會輕鬆。奈吉爾嘆了口氣，看向自機被敵機斬斷的左手臂。希望至少可以修理一下，他在沉重的心中自言自語。為了向那架讓自己第一次感受到死亡的恐怖，那個叫紅色彗星的報一箭之仇——

『不管怎麼樣都好啦，我想早點安頓下來。』

華茲碎碎唸的聲音透過無線傳來，打散那股穿透胸口的苦澀。奈吉爾輕搖了搖頭，看向跟在後方的「傑斯塔加農」。

『我可不想再當無家可歸的孩子了。自從跟「獨角獸」扯上關係，我們就沒有好——』

突然響起的接近警報，遮斷了剛才的話語。反射性地握起操縱桿，將光束步槍切換至射擊姿勢的奈吉爾，看向從後方接近的噴射光。它在注視之下變得越來越大，顯現出像是ＭＳ的人型之後，闖進了組成縱列隊型的己方軌道中。『什麼啊!?』華茲的叫聲被蓋過，拖著噴射光的機體從奈吉爾的頭上飛過，有如暴風的噴射壓灑在三架傑斯塔型身上。

無視於隊形散掉的己方機體，緊急停止的黑色機體飛進入艦路線上。最早重整機體態勢的奈吉爾，看到往著艦甲板降下的那架機體，倒抽了一口氣。與宇宙混為一體的純黑色機體，以及被面罩所覆蓋的無機質臉孔。與毫無任何裝飾的機身呈現對比，過度裝飾的金色角冠給人不吉印象——

「『報喪女妖』……!?」

彷彿在呼應他發出的叫聲，轉過頭來的「報喪女妖」雙眼在縫隙之中發出光芒。『開什麼玩笑……！』『它不是跟「迦樓羅」一起墜毀了嗎？』聽著華茲跟戴瑞接連發出的叫聲，奈吉爾用眼睛追著「報喪女妖」的身影。展現出「傑斯塔」完全無法比較的機動性，小幅度地噴射姿勢調整噴嘴的「報喪女妖」降落在著艦甲板上。它的背後突然閃過熟悉的影子。是我認識的人，這股直覺從腦中一閃而過。

是在「拉・凱拉姆」錯身而過的強化人……不對。是更熟悉、讓人感覺到更鮮活的空氣的某個人。駕駛員是——

※

穿過了自動門後，看到的是比以往搭過的船艦都來得大的艦橋。值班者的數量跟「擬・阿卡馬」差別不大，不過縱幅跟橫幅都大上個五成，最主要是天花板很高。仰望著布滿有兩層樓高的天花板的螢幕群，接著看向超剛塑膠製的巨大窗戶，亞伯特・畢斯特要兩名部下在門口等著，自己蹬了地板向前去。坐在艦長席上的瑪瑟吉・旦巴耶夫上校起身迎接他。

亞伯特無視對方伸出的手，抓住了司令席的椅背。他用在「擬・阿卡馬」上已經習慣的動作坐在椅子上，頭也不回地問道：「三連星的收容呢？」「已經結束了。」瑪瑟吉艦長回答。「那麼請做出發準備。」簡短地說完，他伸出手拿起儀表板上的麥克風。在瑪瑟基艦長還沒回答他之前按下發訊鈕，嘴巴靠近了麥克風，「告知『雷比爾將軍』上的全體乘員。我是本次作戰的觀查員，亞納海姆電子公司的亞伯特・畢斯特。」他開始說著之前準備好的台詞。

「如同昨天的通知所說的，本艦即刻開始停止測試運作，視為參謀本部直轄部隊接下實戰任務。目的是搜索隆德・貝爾所屬艦『擬・阿卡馬』，以及確保該艦所搭載的新型ＭＳ。『擬・阿卡馬』有與『帶袖的』，也就是新吉翁殘黨軍勾結的嫌疑，並且失去消息超過三天以上。有可能已經與新吉翁的艦隊接觸，因此也十分有可能在發現的同時進入戰鬥。若是有人還認為這不過是輕鬆的搜索行動，那麼希望各位趁現在改變心態。」

似乎是副艦長的軍官，背對著瞪大著眼睛的艦橋要員，用充滿殺氣的眼神看向亞伯特。你怎麼可以擅作主張！副艦長似乎想衝上前大聲抗議，不過瑪瑟基艦長制止了他，搖搖頭示意他算了。民間的觀查員像這樣公告當然是十分異常，他也知道艦長被這樣無視實在很沒有面子，不過他懶得去理。反正，也不過就是個把生計放在第一優先，而贏得這艘舊時代戰艦的男人。沒有去管眼神中充滿卑屈與忍耐的艦長，亞伯特繼續下通達：

「由於狀況複雜，本作戰無法寄望友軍的增援。本祕密作戰全都要由本艦單獨執行。雖然這任務與冠有引導我們贏得一年戰爭的英雄，雷比爾將軍英名的本艦實在不相稱，不過事關重大。『擬・阿卡馬』上所搭載的新型ＭＳ，是宇宙軍重編計畫的台柱之一，『ＵＣ計畫』

的產物。萬一被新吉翁奪走，也就意味著重編計畫的重挫。身為光榮的地球軌道艦隊旗艦，亦是展現聯邦威信的艦艇，本艦無論如何都必須阻止這樣的事情發生。

這陣子新吉翁軍的恐怖攻擊，特別是民間人士死傷慘重的達卡事件新聞，相信各位都有所耳聞了。為了防止同樣的事情再次發生，現在的聯邦軍必須脫胎換骨變得更強大。逮捕反抗者、殲滅新吉翁，平定即將迎接百年大典的宇宙世紀。這是賦予本艦的任務、更是使命。謹記地球聯邦的命運繫於本次作戰的成敗，期望各位能夠有更進一步的表現，完畢。」

切斷開關，將麥克風放回操控台上。全員呆住而導致的沉默，被熱烈鼓掌的瑪瑟吉艦長打破。副長等人也只能不情不願地跟著拍手。亞伯特沒有看向任何人，離開司令席讓身體流向艦橋出口。沒有熱情的拍手聲沒多久就停止，只剩下艦長的命令聲「全艦，準備出發。」空虛地響著。

『我聽說了，你進行了一場很棒的演講是吧。』

三十分鐘後，在按照慣例禁止乘員進入的通訊室內，螢幕裡的瑪莎．畢斯特．卡拜因說道。「是。」亞伯特沒有表情地回答。

『是熬過死亡關頭，變得堅強了嗎。果然男人就是要打仗才會有精神呢。』

帶著笑意的艷紅嘴唇上，那對閃著寒光的眼刺進了心底。自己還無法正視這眼神。亞伯特假裝要抓鼻頭而垂下臉，「那邊的狀況呢？」他回問。

從「迦樓羅」脫逃之後，瑪莎就待在遠東的松代基地。那似乎是個不會太近也不會太遠，要監視中央政府動向很方便的場所。『總之，布萊特艦長撤職是確定了。』瑪莎靠在椅背上回答，臉上的表情，似乎有幾分享受著這數日來的狂亂。

『他有幫助「擬．阿卡馬」逃亡這點不會錯的。「拉．凱拉姆」的應急修理結束後，他就會被移送參謀本部的樣子。』

「不能抓住他，進行訊問嗎？」

『辦不到，國防族的鮑爾議員等人在罩著他，而且發生這麼多問題，參謀本部也不能亂動。要調度那艘「雷比爾將軍」就已經盡全力了。而且，就算可以訊問布萊特艦長好了，你覺得他會知道「擬．阿卡馬」的去向嗎？』

沒必要知道的事情就不要知道。從年輕時就一直接觸軍方上層部的隱微氣氛，布萊特艦長當然不是沒腦袋的男人。『只是時間問題。「擬．阿卡馬」就在月球與地球之間的某地。只要全軍進行搜索，馬上就會有情報進來了。』瑪莎帶著微顯焦躁的臉色，喝了一口紅茶繼續說著。

『現在雖然安分了，不過羅南．馬瑟納斯一定也會搞出什麼對策。你的任務就是取回「獨角獸」，比他們先得到「盒子」。可要靠你囉！』

瞇起的雙眼，再次露出刺探人心的目光。被遺棄在「迦樓羅」的亞伯特發生了什麼事，給他帶來什麼樣的心理變化。想要看清一切的眼神逼向喉頭，讓亞伯特全身動彈不得。隱藏住的確改變了的，意識到與過去不同動機的身心，「……是。」亞伯特故作冷靜地回答。瑪莎沒有移開互相對上的眼神，嘴角浮出嗜虐的笑容，『說到這兒，新的檢體狀況如何？』她換了一個話題。

『聽說這一次是成年男性。已經讓他駕駛「報喪女妖」了吧？』

「非常良好。他與普露十二號不一樣，是後天調整的強化人，不過情緒很安定，與『報喪女妖』的契合性也很好。」

忍住受到奇襲的動搖，他緊握住膝蓋上的拳頭。在投以彷彿可以解讀皮膚緊張感的眼神之後，瑪莎回應：『班托拿所長好像喪生了。』亞伯特終於忍不住，移開了目光。

『我不知道奧古斯塔還藏有這樣的王牌。不過，既然這樣我應該可以安心了。』

「安心……？」

『不用擔心你會不會被年輕女性迷惑，做出錯誤判斷，也不用吃醋了啊！逃出「迦樓羅」

的時候，我以為會失去你，還哭了出來。』

心臟急促的跳動，是受到「飼養」了二十年的身體反射動作。就算知道是謊言，心頭仍然一陣發熱，身體也失去力氣。感覺這樣的自己真是沒用，亞伯特低下頭咬緊牙關。瑪莎呼了口氣，將她毫無一絲瑕疵的光溜溜雙足翹成二郎腿，『羅南的動向也很令人在意，我就暫時留在地球上了。』她用從容的笑容說著。

『一切都結束之後，下次去地中海度假吧。我等你的好消息。』

還來不及回答，影像便中斷，通訊室被昏暗所環繞。亞伯特手肘靠著操控台，深深地吐了一口氣。檢視著自己混雜著屈辱與歡喜，互相衝突的內心，他讓身體沉浸在黑暗之中。不一會兒那抹黑暗有了動靜，微微突顯室內另一個人的存在。

擦拭溼透的臉後，他打開照明。背對著白茫茫的人工亮光，交握著雙掌的亞伯特，垂著雙眼喃喃說：「很好笑吧？」

「嫁去亞納海姆的女人，調教本家的長男當走狗。這就是畢斯特財團家中實情。」

抬起頭，他看向背後。靠著門口旁的牆壁，利迪．馬瑟納斯沒有回答。身穿「報喪女妖」用駕駛裝的他不滿地交叉著雙臂，才與自己目光對上，便毫無興趣般地別過頭去。亞伯特從椅子上起身，「我給了姑姑假的資料。」他用事務性的聲音續道。

「是與少尉你身材接近的檢體資料。我想是沒那麼容易穿幫，不過可不要在艦內到處亂晃。在我不知道的地方，可能有與姑姑有關的人。要是駕駛者是馬瑟納斯家的人這件事被知道了，可會引起波瀾。」

他在艦內演講這件事，居然已經傳到瑪莎的耳朵了，所以才麻煩。踹了地板一腳，亞伯特讓身體往門口流去，不過一句「為什麼」讓他稍稍轉頭。交抱著雙手的身體一動也不動，利迪陰沉的眼神看向自己。

「為什麼你要背叛你姑姑，讓我搭上這艘戰艦?」

「我可沒有背叛。『報喪女妖』需要駕駛員。會自願駕駛連強化人都應付不來的感應機體，這樣不要命的人可不是常有的。」

利迪的眉毛微微顫抖，低聲說道：「我會駕馭它給你看。」自從脫離「迦樓羅」以來，他籠上一層陰影的臉龐，看起來隨著日子過去，一天比一天灰暗。亞伯特移開視線，「而且，我也想要保障。」他刻意用冷淡的聲音說著。

「別說『擬・阿卡馬』那群人，就連我們都不知道『盒子』的內容。就這點來說，身邊有少尉你這個似乎知道內容的人，要是有什麼萬一，也會比較有利。」

「你已經查覺了吧?」

只有眼神轉動，利迪說道。從「迦樓羅」上他所透露出的一些事項，聽過以首相官邸「拉普拉斯」爆炸攻擊為開端的「盒子」始末經過，是可以推敲個一二。「是啊。」亞伯特回答。

「問題在於，**那上面記載了什麼**。」

將對上的視線立刻錯開，利迪發出含混的聲音說道：「……那是詛咒。」背部離開先前靠著的牆壁，拿起漂在空中的頭盔，他有如要將其壓碎般地在肩膀使力。亞伯特注視著他彷佛在顫抖的背影。

「可是，這些事都不重要。我是為了打倒『獨角獸』才跟著你來的，你要怎麼利用我都沒關係，不過我可不會因為它是『盒子』的鑰匙就手下留情，這點你最好記著。」

「沒問題。沒有這種覺悟的話也打不倒『獨角獸』。最壞的狀況下，只要能阻止『盒子』外流，姑姑就會接受了吧。」

這不是謊言。他要是能夠不去想多餘的事，與「報喪女妖」一體化那最好。為此，亞伯特才會將與瑪莎的對話攤開來讓他看清楚。「我們雙方，都各自想要得到不同的東西。」在最後加上這句話，亞伯特離開了通訊室。閉上的門掩蓋了利迪的背影，並發出低沉的聲音，在走廊上迴響著。

映在螢幕上四十歲前後的男人，習慣於受人注目，並且熟悉讓自己看起來更有魅力的方法。對於擔任像他這樣職位，並且又有一張五官端正匹敵演員的面容之人來說，這事並不稀奇。不過，能夠做到不卑不亢，臉皮厚到有如在鏡子前面表演著自己，只從出身與教養無法對這點做解釋，也許這就是這個男人所具備的特殊資質。

『狀況我都了解了。不過，很困難啊，共和國軍的行動範圍受到限制。要在領海之外活動，必須經過聯邦的同意。』

摩納罕．巴哈羅，四十四歲。是從戰中到戰後，在吉翁共和國建立長期政權的達爾西亞．巴哈羅前首相的長子，也是現任國防部長。表面上繼承父親的路線，推動聯邦追隨政策，不過暗中卻糾集了反對共和國解體的國粹主義者，也煽動著吉翁主義的復權。對「帶袖的」，也就是新吉翁軍來說，是暗中支持他們活動的贊助者……雖然如此，不過「這男人我不喜歡」，就是安傑洛對他所有的感想。

※

把政治世家出身的議員第二代當賣點，用他端正的面具博得平民的支持也就罷了。在大戰末期，以軍官身分被配發到宇宙要塞「阿・巴瓦・空」，只是在堅固的要塞深處聞到一點實戰的味道，就拿上過戰場當作賣點的輕薄個性，也還可以當做是他的魅力容忍。最讓人看不下去的，是他那過度完美的自我演出。總是讓對方的眼中映著自己，演出對方所追求的樣貌的同時，卻不把任何人放在眼裡。如果不是真正傲慢之人，是無法像這樣徹底地將別人看成物品的。

「客人」中常有這種人。腦中閃過這念頭，安傑洛因為不快而緊握住拳頭。他刻意錯開了身體，不被通訊螢幕的攝影機拍到，並由上而下瞄著坐在正前方的那頭豐厚金髮。與摩納罕相對的臉一動也不動，「應該有正在遠洋航海中的練習艦隊。」弗爾・伏朗托用爽朗的聲音說著。

「您可是胸懷大志的摩納罕國防部長。練習艦的護衛隊中，應該配有受您照顧的憂國之士吧？」

戴面具的臉映著螢幕的反射光，伏朗托說著，嘴角因笑容而扭曲。在「留露拉」艦內一角，伏朗托那裝飾得有如貴賓室的辦公室中，只有房間的主人與安傑洛兩人。摩納罕稍稍瞇起眼睛，『該說被你將了一軍嗎。』他回答著，聲音仍舊是毫無滯礙，有如在唸劇本一樣。

『我的確有可以運用的手段。不過在現階段把共和國軍拉上檯面可不好玩。最近的騷亂讓吉翁之名受到眾人注目。雖然我期待「帶袖的」能夠有更好的對應……』

「地球的事件是地球上的激進派所引起，不是我們新吉翁策劃的。」

『世間不這麼認為啊。聯邦議會想以此為契機，煽動剿滅吉翁的動作，說什麼這是第三次新吉翁戰爭的開始。也有人主張要對共和國進行視察——』

「而我聽說即使透過那議會，仍然無法掌握『擬造木馬』的動向。我們主力艦隊要移動到月球方面需要時間，就算要動用潛伏在ＳＩＤＥ６的艦艇，也需要最低限度的線索。就這點來說，以月球周邊為主要地盤的共和國軍，應有比聯邦更徹底的搜索行動可期。」

被冷徹的聲音不斷地訊問著，一時語塞的摩納罕眼神出現了動搖。安傑洛的嘴角上揚，在內心笑他的層次實在差太多了。摩納罕的自我演出畢竟只是政客水準的技倆。相對地，伏朗托希望成為全宇宙居民意志的容器，已將自己的角色內化了。為此伏朗托「再次」戴上面具，決意要徹底扮演容器這個角色。摩納罕這種程度的俗人怎麼可能與他相提並論。

你就繼續鼓吹你那沒內容的國粹主義吧。伏朗托崛起的日子就快到了。為了燒盡一切不義，迎接毫無污穢的清淨世界，這位命中注定將成為棄民（宇宙居民）之王的男人，崛起的日子就近在眼前——忘卻現實時光，安傑洛陶醉在那即將來臨，想像的時光之中。『我知道了。』摩納罕發出的聲音，聽起來彷彿是那麼遙遠。

『可是，畢竟是只能私下進行的手段，還是有限度。』

「沒有關係。只要知道『擬造木馬』的動向，我和親衛隊就會從『留露拉』先一步出發。」

『拜託了。現在的共和國軍，不論是裝備或是人員都還無法承受實戰。跟「帶袖的」不一樣。』

「而賜給『帶袖的』這些力量的，正是您啊。摩納罕・巴哈羅國防部長。」

補充一點，接受卡帝亞斯・畢斯特的探詢，仲介了「拉普拉斯之盒」讓渡交易的，也是摩納罕・巴哈羅本人。忘了演技，露出完全說不出話的表情後，摩納罕就從螢幕上消失了。

伏朗托毫無鬆懈跡象地站了起身說道：

「就如你現在所聽到的，在腳鍊上裝上推進器，做好進行長距離進攻的準備。出擊的時候近了。」

下達的命令成了電流流遍全身，「是……！」安傑洛立正回答。伏朗托踹了地板，讓身體接近設在房間牆上的舷窗。

「不過，他們可靠嗎？被敗戰時的條約奪走了骨氣，共和國軍現在處於似軍非軍的狀態。要依賴不懂得實戰，只會喊著國家主權吵吵鬧鬧的傢伙——」

「可以的。只要配好棋子，『擬造木馬』就會自己報上位置了。」

不懂這話的意思，安傑洛看著那身著鮮紅色制服的背影。伏朗托望著舷窗，戴著面具的臉望著虛空，沒有轉回頭的意思。

「人心是難以捉摸……然而憎恨卻沒有那麼簡單消失。」

盯著常人無法窺知的黑暗，視線望向虛空的背影就像凍結了一樣。看著插在辦公桌上的一朵薔薇，安傑洛緊握著嘗過那刺痛感的手掌，再也沒有疑惑地離開了辦公室。

不需理由、也不用說明。為了這背影，自己隨時可以送死。胸懷著新的覺悟，安傑洛火熱的身體游向走廊。

※

「認識的人成了明星，一定就是這種感覺。」

腳勾著扶手，在半空中用手臂枕住頭的拓也．伊禮說道。他穿著整備兵用的連身衣，沾滿了機油味的樣子，感覺就像是在亞納海姆工專過著實習生活的那個他。「也許吧。」米寇特．帕奇回答。看到他們倆的巴納吉，一瞬間感到時光倒流，又回到了每天帶著「脫節」感的學生生活。反芻著宛如前世的「工業七號」的記憶，沉浸在也許一切都是惡夢的感覺之中，他苦笑著回答：「少來了。」

「我就是我啊，對吧，哈囉？」

巴納吉對著手上籃球大小的吉祥物機器人說道，『哈囉！』回答聲充滿精神的它，便啪答啪答地拍打著看起來像耳朵的兩片板子。在降落到地球之前，三個人最後見面的展望室裡，除了巴納吉他們之外沒有其他人。對現在各自都有工作要作的三個人來說，這是回顧這段波濤洶湧的經過最好的地點，巴納吉被「擬．阿卡馬」收容以來，可以說是第一次過著像現在這麼放鬆的時光。

拓也分配到MS科的整備班，米寇特配發到保健科，雖然還是見習生卻也負責值班。表示這樣比起什麼都不做來得好，一起提出志願的兩人會分到工作，也是因為連續不斷的戰鬥使「擬．阿卡馬」陷入人手不足的關係吧。無論如何，身穿聯邦軍作業服，看起來有那麼幾分樣子的兩人好像連表情都有所成長，讓巴納吉有種被拋下的感覺。不過對他們兩人來說，似乎巴納吉自己才成了遙遠的存在。

「不過啊，當上『鋼彈』的駕駛員也就算了，你其實還是畢斯特財團的少爺吧？會不會太巧啦。」

會被他這樣講，也是正常的。與賈爾・張所交談的各項內容，在巴納吉的同意下傳遍全艦，現在拓也與米寇特也知道他的出身了。雖然少爺這種稱呼聽起來不太對，不過巴納吉也不想再多做修正。總比他們顧慮太多，結果什麼都不敢說要來得好。也許這麼露骨的講法，反倒是拓也所能做到最大限度的體貼。米寇特往自己瞄了一眼，說：「也是啦，巴納吉會受歡迎，祕訣就是在有幾分王子的感覺這一點啊。」聽到這樣的話，巴納吉更加覺得這才是他們的體貼。

「真的喔？我都沒感覺耶。只覺得這人明明也是辛勞人，怎麼整天呆呆的。」

「就是這樣，男人真是遲鈍。拓也你也受到一部分人的讚賞啊，說是有家臣之風。」

「家臣？我成了家臣啦!?聽了真沮喪……」

任意鬥起嘴來的兩人，不過這不是為了巴納吉而鬧給他看的吧。是他們自己，也需要藉由這樣的動作，去消化眼前的現實，收進心中。漫然地思考著的巴納吉，卻又對可以這樣觀察其他人的自己感到些許疑惑，透過巨大的展望窗看著虛空。

遠方的群星，用必須花上幾萬年才能傳達的光芒散飾著宇宙。那一天，從看到劃過這片宇宙而翱翔的「獨角獸」那一瞬間，一切就開始了。那之後發生了許多狀況，與許多人扯上關係、連自己都改變了。要承擔起賈爾所說的「責任」，還需要更多的時間，自己的力量也還不夠，不過總有一天必須面對那些事，現在想要的，是得到足以承擔的力量。就算發生過有如預先安排好的事情，在每一個瞬間作出決定，並走到今日的，不是其他人而是自己的意志。包括在太陽穴中脈動的他人話語、遭遇過的狀況，以及與人們的關係，這一切的一切，構成了現在的自己。

現在的自己能夠這樣想，或許也是與賈爾的對話化為自己的血肉，而建構出了與昨天之前不一樣，全新的自我。巴納吉垂下視線，看向雙手中的哈囉。這是父親，卡帝亞斯送給他唯一的禮物。就算逃離畢斯特家的母親與自己所在地被他找到了，他也從未自己前來。坐在畢斯特財團領袖的位子上，在內外樹敵卻仍然立志改革的卡帝亞斯，似乎為了不讓他們母子被捲入政爭而非常地小心。連長期在父親手下工作的賈爾，都對巴納吉一無所知。他得知兩人的關係，已經是父親死後的事了。

『他是溫柔的人。而他知道要發揮溫柔的力量，需要的是堅強與嚴格。他的嚴格，讓他經常被當成冷酷的能力主義者，不過那是不懂溫柔意義之人抱持的看法。因為現代的人，習慣用不負責任的溫柔去逃避現實。』

可是，這樣的卡帝亞斯卻想將「盒子」讓渡給新吉翁，結果產生了至今一連串的戰亂。畢斯特財團與亞納海姆財團就是這樣，運作著靠戰爭而成立的經濟齒輪而得以延續。這是他聽到卡帝亞斯親口說的，那麼說什麼改革的，結果不也是想獲得經濟利益的戰爭商人弄出來的嗎？

雖然注意著腹部中彈，現在仍需靜養的賈爾臉色，但是只有這段話，巴納吉不加掩飾地直接質問著他。如果是這樣，那絕對不能原諒。那會讓他想否定掉一切，包括「獨角獸」這具遺物，以及自己身上所流的卡帝亞斯之血。

『為了壓下財團的反對勢力，我想是有準備這種權宜手段。只是破壞，是無法完成改革的。就算違反了理念，也必須考慮對策，讓既有的系統軟著陸。這就是成人社會中要起事時的規則……也可以說是責任吧。』

意料之外、可是某方面來說是預料之中的字句。束縛了人們、令人失去自己的言語、時而讓人為惡，名為「責任」的危險字句。可是，要是不去承受那份重量，在這個世界之中就只能當一名無力的旁觀者——抱著深刻的現實體驗，巴納吉接受了賈爾的話語。

『這次的事件中，積極地破壞規則的，是瑪莎・卡拜因。她知道卡帝亞斯大人的企圖，為了讓自己取代成為財團領袖而煽動周遭人士。在守護既得利益的冠冕堂皇大義下，勾結了聯邦與亞伯特先生……在與卡帝亞斯大人相反的意義上來說，瑪莎也是畢斯特家的血統所造就的必然……負面歷史的結晶吧。因為受到「拉普拉斯之盒」的詛咒束縛，親人之間的爭鬥永無止境，這就是畢斯特家族的歷史。』

父殺子、子弒父——想起那可能已經因為自己的坐視而亡故的異母哥哥之聲，巴納吉靜靜地低下了頭。賈爾那想必在父親手下幹過許多見不得人工作的精悍面容籠上一層陰影，他盡可能地用平靜話語繼續說著。

『「盒子」的內容物我也不清楚。如果卡帝亞斯大人所說過的，開啟它可以取回應有的未來……這句話用字面去解釋的話，那意味著現在的世界失去了應有的未來，是個不完全的世界。一直不見改變的聯邦地球中心主義、在殖民衛星中被馴養的宇宙居民們。繼承吉翁血統的獨立運動被經濟系統吸收，制度化的紛爭永無止境地持續著……

我想從您幼年開始，就對您實施特別教育的卡帝亞斯大人，一定抱持著夢想。長子是那個樣子的人，財團的內外都沒有真正可以依賴的對象。就在此時，得到您這樣有著優秀資質的孩子。就算由我的眼光來看，您也稱得上是值得好好培養的年輕人。同時擁有可以把握事物走向的思考能力、以及可以感受到本質的直覺。雖然只是我的想像，不過卡帝亞斯大人會不會是想讓您成為繼承者，並且成為可以重建「盒子」解放之後的世界，創造全新體制的基礎呢？』

『而母親就是討厭這樣……』

帶著我，從父親身邊逃離。視線從在心中繼續說著的巴納吉上移開，『我能想像令堂的心情。』賈爾靜靜地說道。

『當然，也包括對您抱有期待的卡帝亞斯大人心情……雖然我並沒有孩子，不過與您一同度過的時光，我想是卡帝亞斯大人最快樂的一段記憶。因為有人可以繼承自己的思想，並且在自己死後繼續活著……那跟得到了永恆是一樣的。』

這太自我中心了。心裡才剛這麼想，卡帝亞斯死前的眼神與聲音又浮現在腦中，讓當時感受到那撕心裂肺的痛再次充滿心中。看著緊咬住嘴唇的巴納吉，賈爾刻意低下頭來，『可是卡帝亞斯大人，尊重了令堂的心情。』他用和緩的聲音說道。

『也許是他有反省了吧。把自己的任性強加在他人身上的結果，導致所愛的女性與孩子離去。不管多大年紀，男人這種生物沒嚐過一次苦頭的話，就是學不乖……不在您面前現身這點，可以推測是他對令堂最大限度的誠意。

您無意識地感覺到令尊的思緒，還有令堂的思緒……正因為了解雙方的想法，為了不讓自己被撕裂，所以封閉了記憶。這的確是不尋常，應該是您沉眠的資質，與強韌的精神力所造成的吧。不過這些絕不是強加在您身上的。既然記憶的封印逐漸解除了，那麼請您仔細回想。想想令尊是不是那種會對您瘋狂下藥的人。』

目不轉睛看著自己的瞳孔，有可以透視心中的目光。想不到回答的話語，巴納吉低下了頭。『若不是這樣的話，您是不可能駕馭「獨角獸」的。正因為被承認是真正的新人類，它才將您引導至此。』

『「獨角獸」它……？』

『一號機所搭載的拉普拉斯程式。那不只是前往「盒子」的導航器。同時還負責與NT-D連動，去判斷是否為人造的新人類……強化人的感應波。接著會因為判定結果，而分階段提示「盒子」的位置情報。搭乘者被判定為強化人的話，拉普拉斯程式就會保持沉默。

因為有這樣的安全裝置，所以才可以交給「帶袖的」。對腦子裡只有重建祖國的狹隘之人，「獨角獸」是不會顯示前往「盒子」的路線的。反過來說，要是真正的新人類……與吉翁·戴昆所定義的，擁有深遠的洞察力與溫柔之人實際存在的話，那樣的人不會被所屬組織與自我意識所侷限，會好好使用「盒子」吧……這不只是卡帝亞斯大人，也是財團宗主賽亞姆·畢斯特大人的考量。』

足以託付「盒子」之人——真正的新人類。巴納吉對那的第一印象，是似乎有根據又好像沒有、沒什麼重點的東西。驚訝於他們竟然因為相信這些就將「鑰匙」讓出的同時，巴納吉卻也想像得到只能依賴這些的父親心境，結果只能笑，帶有諦念的可笑感種子留在巴納吉的心裡。

多麼壯大，卻又愚蠢的計畫啊。將一切賭在一個是否存在都不確定的概念上，父親想必是很極端的浪漫主義者吧。也許，他只是個無法如願徹底扮演狡猾的戰爭商人，只好不斷地注意其他事物的人。這樣的理解，與那個對母親貫徹誠意的男人同調，在巴納吉心中結為一名可以與其共鳴的人像。

同樣身為人、身為男人，而且在學過了現實的沉重之後，自己可以肯定、接納他的不完美。是啊，父親也對巴納吉說過「我都懂」，正因為懂，而感到高興。糾纏在內心的不安與憤怒逐漸溶化的同時，再也無法傳達這份思念的不甘化為熱量溢出，讓巴納吉感到鼻酸。再也見不到他了，自己總算追到可以看清他背影的地方，卻碰不到他。不能並肩交談、也無法在未來舉杯對飲——最後連讓他喝杯水都沒能做到。明明他流了那麼多血，一定很渴……

『到目前為止，您被「獨角獸」所認可了。』

賈爾繼續說著，感覺到自己視線變得模糊，巴納吉趕緊擦拭眼角。

『不過是否可以下結論說您是真正的新人類……這並不是我能知道的事。就算理論符合，畢竟不過就是機械下的判定。我能知道的，是您繼承了卡帝亞斯大人的堅強與溫柔。那股力量牽引著人們，讓「獨角獸」服從，這事實就在我眼前。

我不會說這是有幸。因為這股力量，有時會讓您自己痛苦。人們跟隨了您，而您必須回報他們的期待。您會得到許多的同伴，還有更多的敵人。完成許多事情變得理所當然，但是一旦失敗便會被一股腦地指責。繼承了令尊的資質同時，也就必須背負這具十字架。

現在，驅動這艘艦艇的不是軍律。而是您這個人、您所展現的可能性，讓出身不同的人們合而為一。不能讓他們看到您不安的表情。就算沒有自信也要表現得像是有自信，去支撐著吉翁的公主。這是與令尊有同樣資質之人的任務……也就是責任。』

很不可思議地，他不感到迷惑或反感。只覺得已經感受到的壓力化為言語，巴納吉意外平靜地看著賈爾的眼睛。連回答『我了解你所說的話』的聲音都相當冷靜，一瞬間還不知道是不是自己說出的。

『可是，我並沒有意思跟從父親的生活方式。如果有從父親身上繼承的十字架，那麼我想超越他。不只是背負起責任，還要更……我不知道該怎麼說明，但是要是像新人類的人真的存在，而我自己有任何一絲這樣的力量，那麼我想好好地去使用，並且成為有這種價值的人。為了這樣，我不能被父親的話語所束縛。

所以……就算找到了「盒子」，我也不曉得能不能如父親所願。在還沒找到能讓包含父親在內的大家接受的方法之前，我……』

他也自知說的話不自量力。這樣的自覺讓嘴巴逐漸沉重，巴納吉低下了頭。心裡雖然已經做好惹火對方的覺悟，但是賈爾卻露出溫柔的笑容，用毫無保留的眼神說道：『就是要這樣。』

『不這樣的話，就沒有世代交替的意義了。』

『世代交替……？』

『超越世代而繼承的思念，會一點一點地進化，連接未來。而最後抵達的高處，就是新人類，您不這麼覺得嗎？』

說著，賈爾笑了。雖然覺得他的想法很棒，可是這不代表他新背負的責任，重量會減輕，巴納吉無法回以笑容。他只是拚了命去做，而不覺得自己是「足以託付『盒子』之人」。「擬．阿卡馬」會與辛尼曼等人合流，也不過是布萊特鋪的路，奧黛莉推了關鍵一把，因此他有自己一個人什麼都做不到的自覺。而且，要是自己是真正的新人類的話，有很多局面應該要處理得更好才對啊。

可是，賈爾卻說帶動周遭力量的天運也是資質。說承認這樣的自己，並演出周遭的人所期待的樣子也是責任。不覺得自己辦得到，連裝出辦得到的樣子都做不到。與賈爾的對話，讓他實際感受到加諸身上的重量，同時卻也得到了如同立足點穩固下來的安穩。

不是因為確定沒有受到外科上，或是藥物上的操作而安心。雖然有定義上的問題，不過單方面地承擔父親的思想，受過為此進行的教育，那麼自己也算某方面的強化人吧。可是，如果這是為了自己好而進行的，那麼他就能夠接受。父親的思念與母親的思念，雙方在自己心中碰撞、融合，並包覆著自己。當自己的定位變得明確，讓他開始想去相信自己身上所帶有的力量，巴納吉將掌中溫暖的哈囉壓向胸口。因為相愛，而沒有相見。因為認同這樣的父親，所以母親也沒有怨言地好好過完了她的人生——

「可是，你之後要怎麼辦？」

現實的聲音突然對自己搭話，讓巴納吉從思想中回到現實。拓也仍然用腳勾著扶手，兩手插在口袋裡俯視自己。

「假設找到了那個什麼『拉普拉斯之盒』，那之後你要怎麼辦？」

在直視著自己的拓也腳邊，米寇特也用真摯的眼神看著自己。對他們兩人來說，那在決定世界的命運之前，是會左右這艘戰艦死活的切身問題吧。感受到背負的責任化為實體壓上身，巴納吉先移開視線，用「……我還不知道」保留了他的答案。

「因為我還不知道『盒子』是什麼樣的東西……拓也你要怎麼辦？」

「我？可以的話我是想留在軍中。在『擬．阿卡馬』上實習之後，覺得跟我還滿合的。

米寇特呢？」

「總之我想先回到『工業七號』。我擔心家裡的人，而且如果連高中都沒畢業的話，就沒有未來了。拓也你也是啊。」

面對用女孩子的思路陳述現實的米寇特，「學校啊……現在還講這個。」拓也帶著一臉煩悶說著。米寇特的臉色也跟著變了。也許她也回想起那幕在學校那一帶爆炸，將殖民衛星開了個大洞的爆炸場面。看著兩人的表情，急著想說句話的巴納吉，將臨時想的話說出口：

「那麼，大家一起回『工業七號』吧。」

「雖然學校已經沒了，不過還有其他工專啊。轉去那兒唸書，好好地畢業吧。將來要做什麼，到時候再想也不遲啊。」

一邊說著，他企圖說服自己是有這一條路的，卻怎麼都沒有實際感。拓也跟米寇特也就罷了，可是自己已經沒有這樣的選項了。當他為自己這種確信感到疑惑之際，拓也像是追擊一般說出「不要勉強了」，讓巴納吉愕然地回看他的臉。

「不用勉強配合我們。巴納吉你要做自己想做的事。」

「我沒有這樣想……」

「不用了，我可不是故意損你喔！」

「是啊，奧黛莉……米妮瓦公主她也需要巴納吉你啊。你就好好地走自己的路，成為讓我們可以自豪是你的朋友之人。我們會幫你加油的。」

說著，兩個人不自覺地靠在一起，蘊釀出一股自己無法融入的氣氛，讓巴納吉心中感到一股寒風吹過。他們兩人為什麼可以這麼簡單地畫定自己的人生？因為成長為大人了？自問自答之後，他才想到自己也是一樣。想做的事、能做的事、必須做的事，這一切各自糾纏無法分開，那段未來只是道漂浮其中的曖昧景象的日子，已經不會再回來了。找到了自己能做的事、完成自己必須做的事、漸漸地接近自己想做的事。背負責任，追求身旁唾手可及的幸福，大家的心中，已經進入這種大人的時間。

可以對未來投影出無限可能性的時間結束了，這意味著只能將現況認定是現實的日子開始。心中浮現這句話，讓巴納吉突然變得悲觀。自我侷限而導致的狹隘視野……那將造成世界的閉塞。也是阻礙新人類產生的舊人類性質——這樣的話，意思是新人類只能是小孩子嗎？與大人的成熟無法相容，只不過是像麻疹一樣的東西？

可以改變的自己。侷限自己，必須負擔責任才能得到的成熟。心中帶著矛盾的兩種念頭，巴納吉面向窗外的虛空，為視線追求容身之處。數以萬計的群星貼著窗戶不動，令人無法想像船艦正以秒速幾公里的速度往前衝。然而目的地的指定座標確實地接近著，時間也不停地流動著。心中想要相信可能性的同時，卻也存在著無法將這股焦慮感與拓也及米寇特共有，一開始就放棄的自己。

從父親接下的十字架重量增加，讓還有成長餘地的身軀發出悲鳴。但無論自己是否為新人類，巴納吉心中有確實的預感：不管如何，可以與他們兩人度過這樣的時光，這一定是最後一次機會了。

※

持續地昏睡的瑪莉妲，就有如童話中的睡美人一般，有著近乎完美的寧靜美。也許是因為看不見那吸收了無數辛酸的藍色瞳孔，而更加突顯她帶著稚氣的容貌。下次她睜開眼睛的時候，看到的會是什麼呢。辛尼曼腦中閃過這個念頭，於是得到了她暫時不要醒來比較好的結論，並緊握拳頭。可以什麼都不知道的話，那是最好的。如果她能就這樣繼續沉睡，那會比較——

加護病房裡沒有其他人的影子。原本在相連的醫務室裡的哈桑軍醫長，也說要去拿文件，就與辛尼曼錯身離開了。雖然天花板設有監視器，不過哈桑怎會沒有戒心到讓自己留守？這裡有這麼多可以當武器的東西，要是自己偷了把手術刀，他打算怎麼辦？

心電圖監視器發出規律的電子音。嗶、嗶的聲音與自己的心拍重疊，辛尼曼感受到身體深處的壓迫感變大了。這是什麼？我在做什麼？在聯邦的艦上、單獨佇立在加護病房的我，是什麼人？

『你可以打我。代替雙親撫養我成長的你，有這個權利。』

在寂靜之中，回想起米妮瓦的聲音。被「擬．阿卡馬」回收之後，面對著仍然只將對方當成敵人看的雙方乘員，她對辛尼曼說了這句話。在承認了自己的出走是造成一切事件開端的同時，她也轉身面對隱藏不住疑惑的所有人，呼籲兩軍的人員組成現在的共同戰線。

『「擬．阿卡馬」的各位、「葛蘭雪」的同胞們。我們是敵對的雙方，但是同時，我們也因為太過接近「拉普拉斯之盒」，而受到各自所屬的軍隊所追捕。據稱有顛覆世界之力的「拉普拉斯之盒」——對某些人來說是威脅到自己、令人心生恐懼的對象，對某些人來說是可以打破封閉的現況之力，但是不管它是什麼，「盒子」不過是一件物品。只是因為每個人的「世界」觀點不同，賦與「盒子」各種意義，而讓我們互相敵對。

以地球聯邦為一切的世界、吉翁．戴昆夢想中的世界……因為出身的地點不同，我們的世界事先就遭到劃分。可是我、我們雖然是社群的一員，同時也是一個人類。我們每一個人都應該有能力自己去感受世界，而不是被過去的歷史或是他人所劃定。
出身的場所無法改變，但是要怎麼活著卻可以靠自己的力量改變。我想用我的雙眼，親眼看到「拉普拉斯之盒」的真面目。也許藏於其中的現實，可以讓聯邦與吉翁的對立無效，為雙方開拓出新的世界。又或許，那對所有人來說都只是毒物……我想確定這一點。為此，如果有必要的話，我有覺悟可以捨棄至今讓我成形的世界……捨棄新吉翁。』

軍人沒有什麼想像力。聽到世界如何如何的也沒有感覺，要問個人見識更只會令自己困惑，但是最後的一句話卻足以顛覆所有人的認識。

捨棄新吉翁——米妮瓦的這句話，以及辛尼曼決定提供「葛蘭雪」以進行誘餌作戰的決斷，決定了之後的葛蘭雪隊的處置。沒有被當成俘虜拘禁，可以在「不分聯邦與新吉翁」的艦內自由走動，這是「獨角獸鋼彈」展現的超常力量以及米妮瓦的話語相乘所帶來的結果。

她原本就是聰明的少女，不過用奧黛莉．伯恩這身分度過的一個多月時間，讓她大幅地成長了吧。對於在「阿克西斯」被攻陷前受託照顧米妮瓦，將近十年看著她成長的自己來說，她能夠擁有身為領導人的氣度自然是很令人欣喜。他也知道現在的新吉翁沒有什麼值得信賴的，違反命令的己方更不可能有容身之處，可是那跟要不要與聯邦聯手是不同的問題。

不管誰要不要去劃分，聯邦就是聯邦、吉翁就是吉翁。過去無法改變，現在也沒有改變，映在這雙眼中的現實沒有任何改變。

身為吉翁軍人的自己，搭在聯邦的船上。和殺死菲伊及瑪莉的傢伙們吸著同樣的空氣，吃著同樣的飯，這就是辛尼曼所能認識的一切，而布拉特他們也一樣。公主跟巴納吉，他們不懂。我們是軍人，而且還是有如海盜的游擊隊。沒有什麼想像力，更沒有那種頭腦去與高貴的理念產生共鳴。

被他人所劃分的世界、自己所感受的世界——但不管是哪一邊，都跟自己沒有關係了。從菲伊與瑪莉被殺死的那一刻，我的世界早就已經死了……

突然，他感覺到視線。隔間的簾幕微微地晃動，從縫隙中有東西伸出來。認清楚那是口袋瓶裝威士忌的辛尼曼停下正要倒退的腳步，皺起眉頭。拉簾的空隙被拉開，躺在隔壁床位的男人露出他的光頭，曾經見過的雙眼帶著笑意直視自己。

「我說過要是活下來，要請你喝一杯吧？」

搖搖手上的口袋瓶，賈爾咧嘴笑道。雖然聽說過他在艦內療養，不過直接碰面還是第一次。掃視著他消瘦許多的臉頰，以及睡衣下的繃帶，辛尼曼一邊說「你從哪兒弄來的」邊接過酒瓶。賈爾只是淺淺笑著，什麼都沒有回答。在生死關頭徘徊反而讓他氣勢更強，那是在畢斯特財團執行地下工作的男人大膽的笑容。

「我得為了巴納吉・林克斯跟你道謝。」

護著腹部的傷口起身，賈爾開口說道。辛尼曼側眼回看他的臉。

「他對我來說是恩人的兒子。要是出了什麼差錯，我到了陰間也沒臉見人。」

巴納吉的身世，也透過奧特的口中傳到辛尼曼耳裡。雖然沒有到被背叛那種程度，不過聽到的瞬間還是受到不小的衝擊。想起這感受的辛尼曼低聲回應：「沒想到他是畢斯特家的血脈啊……」他背向正用試探的目光看向自己的賈爾，視線落到繼續沉睡的瑪莉妲身上。畢竟他也是不同的人種——一開始站的位置就不一樣，未來也不會與自己站在同樣的角度上，就只是這樣而已……

「我沒做過什麼值得被感謝的事，被救的反倒是我們。」

「可是，他對你像對父親一樣敬重。因為有你的認可，他才能像現在這樣來到『擬・阿卡馬』。」

聽到賈爾的沉穩聲音，讓心中的壓迫變得更重了。父親——不要開玩笑了。緊握住手中的口袋瓶，變得無法裝作平靜的辛尼曼再次看向瑪莉妲。賈爾似乎不覺有異，「真是不可思議的力量。」他繼續說道。

「雖然他確實有著父親所遺傳的吸引力，但是不只如此。還有進入對方心裡，動搖內心事物的……」

「他是小孩子，所以才會毫無顧忌地闖入別人心中，隨心所欲地亂講吧。」

「可能吧。可是，也許他本能性地懂得，與其頑固地背負著一切，不如攤開內心顯露自己的一切。我們這些大人，要是剝去虛偽的外表……」

賈爾苦笑的氣息，動搖了自己半背對著他的身體。要是剝去虛偽的外表，所以怎麼樣!? 忍下想轉過頭大吼的衝動，辛尼曼深呼吸了一口氣，「我現在身體是這副德性。」背後繼續傳來賈爾的聲音。

「雖然我想盡可能幫助他，不過也有極限。希望你能連我的份一起看護著他。為了撐過現在這個狀況——」

「少太瞧得起我了。」

達到極限的壓迫感，化為強硬的語氣迸出。辛尼曼的視線與閉口的賈爾對上一眼，馬上移開，在不說話的瑪莉妲身上找尋脫身之處。

「……這跟我不合，我是重實不重名的男人。」

低頭看著不想去喝的口袋瓶，彷彿要說服自己一般擠出這句話。賈爾沒有作聲。靜得好像可以聽到一根針落地聲音的加護病房裡，只有心電圖監視器的聲音累積著，響著有如倒數計時般規律的心音。

離開醫務室，藏在十字路口死角，穿著灰色軍官服的身影晃動，傳來緊張的氣息。辛尼曼裝作沒發現地邁開步伐，前往降至無重力區塊的電梯。

裝作是偶然經過，穿軍官服的男人跟了上來。是警備的成員吧。「擬．阿卡馬」的成員也不是徹底的爛好人。讓葛蘭雪隊成員自由走動的同時，也在暗處配置監視人員，一一監查動向。發現自己沒有不快感，反而覺得安心，辛尼曼在電梯前止步。離開醫務室的時候有對過時間。與預定沒有絲毫落差，告知電梯抵達的電子音響起。

拋下慌慌忙忙想追上的監視人員走進去，電梯關上了門。筒狀的電梯之中，有背靠著牆壁，先來的布拉特在。

雙方一瞬間對上的眼神錯開，並咳了一聲當作暗號。可以不用擔心監視人員以及竊聽，自由對話的空間並不多。因此只要配合時機搭乘的話，電梯會成為很方便的密談場所。沒有抬頭看天花板的監視器，轉頭面對電梯門的辛尼曼，背對著他問：「如何？」布拉特靠著牆壁，快速而小聲地說道：「如同想像。」

「物資與人員都不足。剩下的人也幾乎都是初任幹部，裝備管理也很隨便。」

「通訊方面？」

「可以進行雷射通訊的，只有艦橋與第二通訊室。兩邊都警戒森嚴，但傳送位置用的信號器沒人看管。規格也跟吉翁的沒兩樣，特姆拉說可以動手腳。」

「好，開始調查下一個指定座標『Ｌ１匯合點』時就是機會。通知所有人，隨時準備行動。」

電梯門打開，讓會面的時間結束了。辛尼曼留下布拉特，蹬了地板離開電梯。背對繼續下降到下層甲板的電梯，抓住移動握把穿過走道。紅著臉從後面跟上來的士官，是接到無線電命令接手監視的人員吧。感嘆著對方還算不錯的連絡，辛尼曼突然想要惡作劇一下。

他突然停在設置於牆壁上的通訊面板前，叫出外圍監視畫面。裝作專心看著面板上映出的宇宙空間，辛尼曼偷偷注意後面跟來的監視人員的動向。沒辦法停在通路中，監視的士官只好就這麼從辛尼曼的背後穿過。看起來會就這麼離去的他，透過面板的反射看著辛尼曼的臉，口中低喃了些什麼後，就消失在視野之中。

吉翁的豬。反芻著這清楚刺進耳朵的低喃，辛尼曼看著面板上無底的黑暗。還看不到拉普拉斯程式所指定的下一個座標「Ｌ１匯合點」。在宇宙世紀開始之前，建設在各個拉格朗日點上的「宇宙燈塔」，現在化為無用的廢棄物浮在虛空之中。不管「盒子」是不是在那裡，都不能就這樣寄住在「擬．阿卡馬」上頭。在還沒陷入動彈不得的狀況之前，是該想好辦法回到我們的「世界」的時候了。

沒有辦法，他在心中唸著。雖然沒有意思要否定米妮瓦及巴納吉他們所看的「世界」，但是至少自己在那裡住不下去，剛剛擦身而過的聯邦士官也是一樣吧。人類沒辦法變得那麼堅強而高貴。會被出身的地點所束縛，被過去囚禁，漂在自己無法改變的潮流中。能夠做到的，頂多就是在過程之中不斷地進行細微的取捨，讓自己有著掌握自己人生的錯覺。

這就是現實——緊盯自己反射在面板上的面孔，辛尼曼在空虛的內心低語著。浮現在虛空之中的瞳孔比星光還要灰暗，如同兩個穿透宇宙的洞穴。

2

五月九日，標準時間十三點四十五分。達卡晴空萬里。整條街上漂著火災現場特有陰鬱的味道，還不知何時能夠撤走的瓦礫仍然四處散亂，不過數天以來鋪蓋住天空的淺黑色噴煙已經散去。緊臨赤道地區的太陽光不受任何物體遮蔽，照亮著堆滿粉塵的街道。

雖然不討厭夏天的炎熱，不過在這非洲大陸的酷熱實在太極端了。把完全不想穿起來的外衣掛在肩上，凱·西登擦了擦額頭的汗水，在剛出官廳街巴斯德路的地方停下腳步。

隔著翻覆的卡車車體以及崩解的大樓，他仰望著巨大的塊狀物。八天前，單機襲擊達卡的ＭＡ，它有如小山的巨大身軀大半都被工程用防塵塑膠布所覆蓋著，解體到一半的骨骸擱置在官廳街之中。雖然左右突出的肩部裝甲已經被取下，一砲消滅帝國飯店高樓層的頭部主砲也已經被撤離，不過高度可以與十層樓大樓匹敵的殘骸看起來仍然相當異常。不管是塑膠布縫隙間露出來的絳紫色裝甲，或是仍然嵌航道面那有如生物的勾爪，就宛如在被留置在酷暑廢墟中的惡夢殘渣。

ＭＡ所通過的道路，呈現有如遭到地毯式轟炸過的慘況。對瓦礫堆中的遺體進行搜索，以及生活機能的復原同時進行著。消防車及吊車集中在此地，各處響著焊接的聲響，同時在給水車前災民排成一長列。另外一邊，扛著步槍的吉姆型ＭＳ昂首闊步著，上空飛過圓盤形的可變機體。我有帶攝影機來吧？凱下意識地想著，然後稍微苦笑了一下打消這個念頭。我已經不是那種立場了。將達卡現況傳遞出去的工作，是正在報導機構值勤的現役記者所該做的。比如說那群踩著散落在路面上的玻璃，從財政部衝出來的人們。這個時間進稿的話，剛好可以登上晚報。在移動的車子裡整理好要送往本社的報導，搶著衝進中央議事堂的新聞中心，必定是他們的當務之急。

遭到三年前的「隕石落下」之後屈指可數的大規模恐怖攻擊，聯邦政府發布緊急命令已經過了一週。坊間開始流傳第三次新吉翁戰爭這類動盪的謠言，使得達卡不只是單純的受災地區，也是政府對策情報的發信地，成了比平常更重要的採訪地點。側目看著慌慌張張地搭上車子的記者們，凱前往離開大道之後所看到的中央議員會館。希臘式建築風格的純白色建築物，雖然失去了前方大部分的玻璃，不過卻還保有些許的威容，以顯示自己是權力的巢穴。ＭＡ在建築前方約兩百公尺左右耗盡了所有力量，它有如蟹螯般的手臂插在地面上，似乎到現在仍然流露著無法抵達王位的不甘。

穿過有如大得誇張的戰車，正在警戒的「鋼坦克Ⅱ」身旁，通過一連串的安全檢查後進入會館之中。大廳跟往常一樣充滿著遊說者、記者群、陳情團的喧囂聲，不過修理的業者不斷出入、與武裝的士兵發生爭執的情景，讓人感覺到與平常不同的事件現場氣氛。遵照事前的導引，凱搭乘電梯上到八樓。進入裝飾沉穩得有如飯店的走廊，便看到了掛有各人的出身國國旗、以及地球聯邦旗的中央議員辦公室入口。延著長長的走廊走上兩分鐘，北美第一選區選出的羅南·馬瑟納斯上議院議員辦公室就在眼前。

穿過開著的門口，首先映入眼簾的是來更換天花板螢光面板的業者所使用的梯子。放眼看去，全部的面板有三分之一出現了裂縫，在昏暗的事務所內有約十名的事務員忙著接電話應對。看起來三十多張的桌子已經擺回原位，散亂在地上的碎片跟粉塵也已經清掃完畢，不過還是隱藏不了那受到前所未有的震動與衝擊所造成的混亂痕跡。此刻不斷響起的電話，內容除了例行聯絡與陳情，還有想在修復工程上得到好處或抗議、企業想與軍方搭上線的獻金申請，大概就是這些吧。自從國防族議員約翰·鮑爾說出戰爭這句話之後，貪圖戰爭特需的人們便開始在檯面下活動，而這間辦公室的主人有著可以裁量他們希望的政治力。衡量電話對象的重要程度，緊緊盯著終端機的螢幕安排行程的事務員們，表情看起來似乎都是一樣地緊張。

比約好的時間早了一點。櫃台沒有人影，凱也不想打擾滿身殺氣的事務員們，於是嘆了一口氣決定再等一會兒。記得電梯大廳的旁邊有菸灰缸，於是他手拿著自從事文字工作後就沒有離手過的香菸，正打算先離開辦公室時，一句「您是凱．西登先生吧？」將他叫住了。

「正等您蒞臨呢。我是與您通電話的祕書，派崔克．馬瑟納斯。」

曬得恰到好處的臉孔，露出豁達的笑容，眼前這名約三十歲左右的男性曾經在資料上看過。他是入贅到馬瑟納斯家的女婿，同時是正準備迎接地方選舉的羅南貼身第一祕書。凱回握對方伸出來的手，先直視著他笑容中帶著緊張的眼神，而對方也回以同樣的眼神。之後，派崔克說了聲「請跟我來」並轉過頭去，穿過了電話鈴聲響個不停的辦公室。

「沒能迎接您真是抱歉。如您所見，一副就是還沒整理完的慘況……飛航還順利嗎？」

「嗯。好久沒搭軍方的運輸機了。不曉得是不是議員的威光籠罩，真是特別待遇呢。」

凱說話的語氣半帶著諷刺。與想限制人員出入的軍方想法相反，現在所有報導相關人員都想進入達卡。在各大媒體花大錢想確保少數的機位的這個時候，會讓一名自由記者搭運輸機順道進來這種事，也只有羅南做得出來。

「非常抱歉，因為是這種時期，無法確保民間的飛機席位。」派崔克正面回應著。他的眼神往凱瞄了一下，然後像是下定決心地開口：

「雖然這是私事，不過能見到您真是十分榮幸。那個……我是凱先生您的崇拜者，不只尊崇您身為記者的才華，還有——」

「原『白色基地』乘組員，懦弱的凱·西登。」

凱搶先一步說出口，「啊，不是……」派崔克慌張地移開視線。雖然這樣的評價一時之間收斂了，不過當那些童年時代看過戰記的世代長大之後，像這樣被突然問一句的狀況也變得不稀奇了。臉上露出苦笑，「書上的東西，有很多都是亂寫的啦。」凱對他叮囑。

「有些採訪者是先下結論才來採訪的。像那樣的人，就算我對訪談原稿進行校正他們也不修正。跟『白色基地』有關的書籍，幾乎都是這一類的。不過，倒是讓我上了一課。」

正好戰後，就是來幹這一行。沒有與繼續說著的凱目光對上，派崔克把手放到後腦杓，低下了通紅的臉。「真……真是抱歉。我提了不該提的話題。」聽著他的回話，凱看向接近到眼前的辦公室。

有蔑視採訪對象的採訪者，同時也有採訪對象把採訪者玩弄在掌心之間，想讓採訪者變成自己合用的廣告塔。這房間的主人身為移民問題評議會議長，而特地把自己從巴黎叫來的理由是什麼?在這個達卡事件發生後又陸續發生許多怪事的時期找自己來，總不可能是叫自己代筆寫自傳吧。似乎被新吉翁與畢斯特財團再加上評議會介入的這一連串暗鬥，狀況也透過業界的熟人傳進了凱的耳朵。

不論如何，接下來的時間將面臨硬仗。凱撥起灰色的頭髮，將西裝外套穿上。原本沒什麼特色的三十五歲男人，稍微整理一下外表，便讓他變得像個稱職的記者。對一個在高中就學時被現地徵召，在突擊登陸艦「白色基地」上撐過一年戰爭的年輕人來說，這是他出了俗世第一件學到的事項。

※

『……過去吉翁公國，以閃電般的奇襲作戰帶給地球莫大的傷害。有人認為為了與國力相差百倍以上的聯邦戰鬥，這麼做也是不得已的。可是，我們這麼做所得到的是什麼？是到現在都揮之不去的憎恨、是奪走半數人類生命的殺戮者惡名。不得不說，只為了換取一時的戰略優勢，這樣的代價實在是太過龐大了。

我們吉翁共和國有心的國民，都清楚地認識到這點。達卡事件一發生，我們政府比任何一個SIDE都快一步送出救援部隊，就是想讓大家知道我們有對過去作出自省。我們斷然反對恐怖主義。就算原本是同胞，我們也不承認新吉翁的存在。但即使如此，一部份聯邦議會的人們還是將共和國與新吉翁混為一談，並主張要對我們進行調查。以四年後的自治權歸還當作理由，散布共和國失控說的媒體不只一間，這點實在很令人難過。戰爭是沒有建設性的，這點我們——』

電視上的男人說到這時，紅木製的門板發出敲門聲，客人與派崔克一起露臉了。

波多黎各系的臉孔，很有特色的目光，是在作者近影上看到的男人沒有錯。「歡迎。」羅南・馬瑟納斯出聲，並站起來走到門邊迎接。對初次見面的對象表現出的直率，以及握手的力道，這些都是他在議員生活中自然體會到的先發制人法，不過回握住手的凱・西登並沒有因此而表現出畏縮的樣子，一直刻意露著淡淡的微笑。

預感到面對的高牆堅固難破的同時，他先請對方坐到面對著辦公桌的椅子並問道「要喝點什麼」，卻得到「不用了」的答案以及不肯退讓的眼神，想來這男人深知如何回應才不會被對方牽著走。你可以退下了，羅南用眼神告訴派崔克，並坐在辦公桌後背對窗戶的椅子。凱並沒有看著自己的舉動，用放鬆的樣子看向開著的電視機。

回答著大牌電視新聞台的訪問，訴說著吉翁共和國困難處境的男人，聲音跟表情還是一副做作。「真是適合在中午放的濫情連續劇。」說完，羅南注意著凱的反應。凱只投以一瞥，面無表情地擋住了最初發動的刺擊。

「吉翁共和國國防部長，摩納罕．巴哈羅。像那樣背負著敗戰國悲哀的男人，私底下卻與舊吉翁公國的人脈有牽連，也在聯邦的軍需複合體內灑下大錢。對宣導吉翁主義復活的右翼團體也有投資，甚至對共和國軍的將兵募集有獎論文。」

「有獎論文？」

「標題是有關安全保障問題云云的，總之就是要過濾出國粹主義者用的選拔考試。然後，把他看上的人分配到重要地點，要是遇到必要的時候可以當他的棋子。」

「所謂的必要的時候是？」

「我也沒有了解到那麼多。他們也不是想跟聯邦打上一仗。雖然近來的不景氣讓激進分子變多了，不過大部份的國民仍然沉浸在終戰之後的厭戰氣氛之中。可是『帶袖的』用來當主力的『吉拉．祖魯』，那玩意兒的開發與亞納海姆電子公司有關。仲介的是舊吉翁尼克（ZEONIC）公司的人脈，其中數人在摩納罕的自家人把持的公司執勤……這樣一來，我們也不能當他們只是在玩遊戲而已了。」

用搖控器關掉電視，再次看著桌子另一邊的臉孔。如果是尋常的記者一定會被這種內幕釣上，但是凱連筆記都沒有做，只是用慎重的表情看著自己。年輕時經歷過無數修羅場的人，才會得到這樣的冷靜嗎？凱的臉與在自家所面對過的布萊特．諾亞的臉疊合，羅南將背靠在真皮製的椅背上，開口說出「你的著作我拜讀過了」進入正式話題。

「《巨人們的黃昏》、《天國中的地獄》……每一篇的切入點都很獨特。自以為反戰的報導文章到處都是，不過像你這樣踏入戰爭抑止論的著作卻很少。這部分的感性，是白色基地隊駕駛員時代所培養出來的嗎？」

露出皮笑肉不笑的表情，凱沒有回答這個問題。戰爭中，在SIDE7被戰火捲入，以避難民眾身分被「白色基地」收容的少年，被當作現地徵用兵成了剛開發MS的駕駛員。聽起來就像戰記迷所喜好、有如英雄般的嘉話。不過許多記錄書對他的共同見解，是嘴巴很毒的投機主義者。而這樣的他在戰場上被鍛鍊，戰後受到社會回歸計畫的援助進了貝爾法斯特大學，專攻新聞學而在通訊社就業，終於成了有名的自由記者這段經過，聽說讓不少年輕人對他抱著崇拜感與親近感。

不過，這樣的風評，對他本人來說大概只不過是腳鐐，從與布萊特談話的經驗裡可以想像得到。對一直忍著不作聲，注意著自己態度的凱，「可是，有一點我很在意。」羅南發出刺探的聲音。

「就是你對吉翁這個存在的立場。對戰後的宇宙政策提出質疑，並且揭露壓迫宇宙居民實情的你，卻對吉翁殘黨軍的活動加以批判……甚至給人有憎恨的印象。特別是對率領新吉翁軍的夏亞，你採取徹底的批判立場。站在宇宙居民這一邊的記者，對夏亞大多是有一點同情的……」

「基本上會對這類的書加以批評的知識階層，都是流行反體制的。」

聳聳肩，凱將修長的雙腿交叉，繼續說道。

「所以寫者也會寫得好像對吉翁殘黨有共鳴，這樣比較容易被接受。問我不跟他們站在一起，是因為我是與夏亞交戰過的白色基地隊駕駛員嗎？那麼答案是有條件的ＹＥＳ。因為我的名字有點名氣，所以我可以無視業界慣例去寫書。要說我有什麼立場的話，那麼只有一點，就是媒體不應該當風向雞。」

「風向雞……被名為大眾的風吹得左右搖擺……嗎。」

凱沒有回答。壓抑住情感的眼神互相對上，羅南判斷是時候了，他站起身面向背後的窗戶。剛換新的玻璃，淡淡地反射出凱看著自己舉動的表情。

「某個政治家，想要做出與安全保障有關，極為重大的內部爆料。你是那個政治家的話會怎麼做？」

「會叫來各大媒體的駐派記者，召開記者會，再怎麼樣，也絕對不會是去找個自由投稿者來講。」

這聲音在牽制的同時，將自己的思緒一刀兩斷。羅南的嘴角因笑意而扭曲，「可是那政治家，並不信任媒體。」他回答。

「不管說了些什麼，在新聞上播放的時間頂多三十秒。就算做成專題報導，等廣告一結束開始播體育新聞就沒人當一回事了。收視率、點擊數、印刷量、廣告收入。媒體越肥大，名為大眾的風向影響力也越強，並且把多數意見當成正確意見去播放。這一點，自由工作者——」

「也不能像字面上那樣地自由。只要牽扯上出版這項經濟活動，總會有一些非遵守不可的規矩。」

「我認為我的眼力，還分得出來哪些人是只想賺錢的業界無賴、哪些人不是。如果是無力的理想主義者的確不妙，不過也有照規矩來的同時，也堅守自己原則的頑強專業人士。」

凱沉默無語。沒有否定，很好。羅南呼了口氣，坐回凱的正對面。

「『拉普拉斯之盒』這名字你聽過嗎？」

看得出他一直紋風不動的堅固採訪者表情，第一次出現了些許動搖的裂痕。放下交疊的腿，凱低聲說道：「是有聽過傳聞……」羅南的視線盯著他不放，追問：「是什麼樣的傳聞呢？」

「有認識的人企劃了這東西的專題。出版商也敲定了，第一回的連載登在雜誌上，可是就沒有第二回了。之後不到一個月，連雜誌本身都廢刊了，明明印量還不小的。」

「廣告收入被切斷的話，賣得再好的雜誌都沒辦法對抗。那位同業後來怎樣？」

「不幹這一行了。不知道現在怎麼樣。」

「已經沉在某處海中了，或是變成宇宙垃圾了。又或許被塞了一筆小錢，過著悠閒的生活也不是不可能。就算是畢斯特財團，要消去一個人也沒那麼容易。」

沉默不語的表情，證明了他對籠罩著財團與「盒子」的黑霧，有著最低限度的認知。羅南看向牆上的時鐘，「還有三十分鐘。」他說道。

「下午三點在議場有表決案，只能跟你講到那時候。之後，要怎麼處理這個話題就交給你了。可是我希望，你能夠盡快、並且盡可能傳達給更多的人知道。能夠做到這點而不讓真實被扭曲的，就只有你而已。」

將疑慮與緊張從表面壓下，看向自己眼睛的眼神還不到三秒鐘。凱將手伸向腳邊的包包，拿出筆記本與錄音機。正要按下錄音機開關時，兩人的眼神再次交會。凱一言不發地將錄音機放回去了。羅南輕輕點頭微笑，將放在桌上的雙拳握在一起。

「我有足夠的證據可以証明畢斯特財團對參謀本部不當介入，任意進行作戰。財團的目的是回收流出的『拉普拉斯之盒』。為此，他們與同樣想得到『盒子』的新吉翁發生數度的小規模戰鬥，讓不必要的被害擴大。『工業七號』、『帛琉』、史跡『拉普拉斯』。達卡這裡與特林頓基地也一樣。」

凱舞動著筆尖的手停下來，遠方的重機聲震動著室內的空氣。正面承受他銳利的目光，羅南從桌子的抽屜拿出一疊資料。

「這是與財團有掛勾的參謀本部員名單。他們反過來利用可以不經議會承認就調動部隊的反恐特別法，現在仍然在圖利財團。不將他們調職，重建軍方的指揮系統的話，難以期待治安的恢復。如果以此為契機讓媒體也動起來的話，那麼被財團奪走骨氣的檢調也不得不有所作為了吧。」

翻動印在A4尺寸白紙上的將官名單，凱用半信半疑的眼神看向自己。羅南將身體靠上桌子說：

「你的人身安全我們會盡全力守護。當然財團也會用各種手段妨礙我們——」

「你能得到些什麼?」

伸出食指阻止羅南繼續說下去，凱繼續問道。「據傳藏有顛覆聯邦政府力量的『拉普拉斯之盒』。而在想要阻止其流出這一點上，財團與聯邦的利害是一致的。對軍隊的指揮系統不當介入的確會成為問題，不過在他們確保『盒子』之前就讓他們做，也不是不行吧？」

「如果有那麼順利的話。不過結果如你所見。有必要排除財團的干涉，讓軍隊與政府結合，重整態勢去面對事件。」

凱用鼻子噴了一口氣代替回答，靠在椅背上。這答案我不接受，他的表情這麼說著。發揮記者的嗅覺接近的同時，卻也在探測著不為政治所利用的安全距離——這男人比預想的還要聰敏。感覺到棘手的同時，卻也感覺到久違的知性受到刺激的喜悅，羅南放在椅子扶手上的手指咚咚咚地舞動著。

「你要問我有什麼好處，是吧。我得到的好處就是可以安眠的時間。『盒子』落入新吉翁的手中，被摩納罕那樣的男人利用的恐怖感。一年戰爭的惡夢也許會重演的不安……我想抹除這些。我想，不被時代風潮所影響，注視著吉翁危險性的你，應該會懂吧？」

沒有等凱回答，羅南再次站起身看向窗外。在對面的司法大廈背後，可以看到那架MA如同小山的屍骸。

「聯邦並不像高呼反體制口號那些人想像中的穩固。只要有一個契機，不到一百五十年的統一政府很容易就會被顛覆。以一個發洩不滿的裝置來說，吉翁的思想實在太危險了。在共和國要交回自治權，這個惡夢終於可以結束的時候出這個亂子……畢斯特財團必須為此負起責任。此後，『拉普拉斯之盒』應該歸入聯邦政府的管制之下，這是我們的共同見解。」

「所謂的我們是指？」

「你可以想成是以移民問題評議會為首，沒被財團入侵的執政黨與軍方的所有意見。」

「趁著宇宙軍重編計畫的混亂之際，擴充對反恐戰爭不需要的裝備的人們……嗎？」

追問的眼神射在背上。「真是辛辣啊。」藏起被將了一軍的痛感，羅南回報以苦笑。凱沒有露出笑容，看著自己的視線一動也不動。

「的確，沒辦法做出快速反應的戰艦或MS不適合用在反恐戰爭上。可是就算戰爭的型態改變了，人的感性卻不是那麼簡單就會改變的。也有將之充作擔保國家威信的戰力，這種想法。」

「擔保威信……」

「有如高牆展開的大艦隊、一騎當千的強力MS部隊。在情報戰或特殊部隊成為重要任務的同時，這些對人們心理所造成的影響也不可輕視。肉眼所能看到的力量才能令人生畏，並抑止第二個吉翁發生。」

「也就是說，用擔保聯邦威信的高牆包圍著地球。用沒有對話也不會讓步，上面只寫著『服從我』的高牆。」

忍住差一點想要點頭肯定的衝動，羅南用稍微瞇起的眼神看向凱。他感覺到一股這下中計了的苦澀體會。凱再次疊起雙腿，「我今天要來這兒之前，簡單地調查了一下議員您的經歷。」他說著。

「給戰後的聯邦帶來一股新氣象的年輕希望，與初代首相里卡德相仿的自由主義者……議員您第一次當選為上議院議員時，媒體都是這麼贊賞您的。實際上，您在里卡德被暗殺之後的馬瑟納斯家來說也算是異類。選上之後第一件著手進行的工作，就是遷都到這座達卡對吧？明明其他還有數個候補地區，可是您堅持要來達卡，來到這沙漠化持續進行，也許百年後就會被沙粒掩沒的土地。」

忍受有如意想之外的樁柱打進胸口的衝擊，羅南好不容易擠出一絲苦笑。凱將握起的雙手放在疊起的雙腳上，目不轉睛地繼續說下去。

「由於移民宇宙而開始出現恢復徵兆的地球，卻因為一年戰爭的破壞而再次瀕臨危機的事實。推行政治之人，必須經常親身去感受地球的迫切需求，去想著接下來該做些什麼……雖然也被揶揄為時下政權爭取人氣用的，不過不只是這樣吧。您是有信念的。要讓人類文明的進步，與地球的永續發展共存的信念。將地球留為人類永遠的故鄉，所有的人類都應該上宇宙——」

「那是受吉翁影響的記者筆誤吧，我並不是那樣的偏激派。」

雖然一下子打斷了他的話，可是卻沒有辦法封住從自己胸口的裂痕所滲出來的沉澱物，羅南的目光從凱身上移開，在空中游移。沒錯，自己曾經是那麼想過的……他在滿是沉澱物心中低喃著，偷偷地握緊桌子下的雙手。如果改變聯邦的本質的話，那麼「盒子」的詛咒就會消失。如果可以用自己的手拉回「應該有的未來」的話，就不需要畏懼「盒子」，也不用讓孩子繼承馬瑟納斯家的緊箍咒——

「而那樣的您，現在卻身處保守勢力的核心。」

凱說道。羅南的眼睛往上飄，回看著他的臉。

「曾經訴求人類應該把目光放向宇宙的您，卻把宇宙居民的獨立運動當做瘟疫般地恐懼，想在地球周圍築起高大的牆壁，是為什麼？」

「……人無法永遠保持年輕氣盛。一旦有了需要背負的事物就會懂了，這樣的答案你不滿意嗎？」

幾乎是反射性地做出回答，同時確信談不下去，這下破局了的身心突然承受極大的疲勞感，羅南發出嘆息聲。這是對寶貴的時間就這麼虛耗掉的嘆息，還是看到出乎意料之外被翻出的人生舊帳而嘆息？羅南沉浸在連自己也無法分辨的混濁之中，同時聽到凱的回應，「沒有什麼不滿。」並且感受到他放下翹起的腿、闔上筆記本的氣息。

「我也自認是一個大人了。不過，我也不想忘記我不願意看到這種大人的心情。」壓低視線說著，凱站了起來。「很抱歉，我似乎沒辦法幫上忙。」聽著他的聲音，羅南知道這是理所當然的結論。

「個人雖然對畢斯特財團還有『拉普拉斯之盒』有興趣，不過當個負面宣傳的廣告塔不合我的個性。請找別人吧。」

「……布萊特·諾亞上校也有牽涉在內。聽到這個，你的想法還是不變嗎？」垂死掙扎也要有限度。雖然心理很清楚，不過羅南還是說出了口。即將離開的凱停下腳步，隔著肩頭投以無異於白眼的目光。

「他跟你一樣，拒絕淪為權力鬥爭的走狗，而遭到參謀本部調職處分。雖然隆德·貝爾的後盾坦護著他，不過也很難再回到司令職位了吧。可是只要能夠掃除與財團勾結的幕僚們的話，我就還有辦法。」

「羅南議員，我不想去認為變得厚顏無恥，就是展現大人的風範。」低沉的怒吼聲，讓他第二次被一箭穿心的胸口感到刺痛。「您應該也了解的。」話說完，凱再次轉過身去。

「要變節是可以。可是，像議員您這種地位的人，我希望您不要顯露出自己墮落的樣子。您的公子不就是因為忍受不了，而離家出走的嗎？」

最後緊緊地揪起傷口，再也不回頭的背影離開了房間。不是這樣，想喊卻喊不出聲，羅南無語地目送凱遠去。無心打內線電話命令派崔克送客，無處可去的眼神逃向牆上掛著的相片。自己的相片登上封面的周刊雜誌、終戰紀念日慶典時與當時首相的合照。由旁人眼中看來足以證明他的議員生活光彩無比的裱框照片群中，有著家族以剛完成的中央議事堂為背景的照片。

瞇著眼睛彷彿在說非洲的陽光太強烈了的妻子、看起來正孩子氣的辛西亞、還不到十歲的利迪。在開始理解到這世界無從改變的規則，而無法打從心底露出笑容的自己身旁，利迪也露出奇怪的僵硬笑容。那時候，他會模仿不知道是從哪看到的，自己的舉動，而經常被母親教訓。實際上看起來，露著宛如成人的營業用笑容的利迪，跟自己簡直神似到悲哀。

沒錯，那孩子已經懂了。面對關上的門板幻視著凱的背影，羅南在心中訴說著他沒能說出口的話語。理解了一切事情，那孩子接受了馬瑟納斯家的宿命。是我讓那孩子背負了「盒子」的。原本想在自己這一代改變，結果卻什麼也改變不了，把從父祖兩代繼承而來的負面遺產強加在他的身上。

自從在特林頓基地發生戰鬥以來，利迪的消息就斷絕了。他的駕駛機「德爾塔普拉斯」被平安回收，所以他應該不至於受了傷。只要能確認這一點，對羅南來說就夠了。不論他身在何處、有何種遭遇，利迪都不會背離馬瑟納斯家的宿命。就算其他的人不了解，自己也能夠確信這件事。

所以才難受、所以才痛苦。想像那與自己相仿的身影，在自己所看不到的地方嚐到絕望感的痛苦——沒有背負過壓力的男人是不會懂的。眼神移開老舊的家族照片，羅南深深地吐出了一口氣。在外頭隆隆作響的重機具噪音震動著房間的空氣，緩慢地攪動著時光虛度的空虛感。

※

「是戰爭時的密碼通訊？」

沿著角度急促的舷梯流動身體，從地板的艙口一口氣漂進艦橋。抓住門口邊的扶手，鞋底的磁石還沒著地，艦長席便傳來「好像是地球降下作戰時用的」的回應聲，季利根．尤斯特自覺到身體興奮地顫抖。

「使用傳送位置用的信號燈，一直打著同樣的密碼。內容還在解讀。」

「方位呢？」

「在L1宙域的正中央。幾乎在『燈塔』附近了。船速從剛才就減緩了……」

抬頭看著左舷側螢幕上顯示的海圖，赫奇艦長托著下巴說道。雖然不是馬上就能夠有動作的距離，不過看著他毫無緊張感的表情讓季利根心中有股不快感。過著十多年似軍非軍的生活，結果就養出了這張完全忘記何謂武人的臉孔。明明這男人在自己這個年紀時，也身處於與聯邦的實戰之中。

「沒有錯，是摩納罕閣下所通報的艦隻。隆德·貝爾的『擬造木馬』……」

不看艦長的臉，而與操舵席上握著舵輪、身為同志的航海長眼神交會。嘴角露出笑容的航海長，面對初次實戰任務也是一副興奮的表情。其他還有砲雷長、船務長等，有著同樣興奮感、在艦橋值班的同志幹部共五名。這些臉孔，即將創造吉翁共和國的新歷史。像赫奇這樣染上敗戰國意識的幹部，還有毫無成就的大人們，沒有能力可以裁決之後所要發生的事件。在沸騰的心中下了決斷的季利根，對右舷終端機上的通訊長下令：「對本國，還有『帶袖的』報告。」

「還有，艦長。本艦『古爾托普』與『德洛密』將實行對『擬造木馬』的追蹤與監視任務。希望能夠馬上解除隊列，前往L1宙域。」

面對季利根很明顯超脫指揮系統的話語，其他幹部的視線集中在艦長席上。赫奇掩不住驚訝的神情，用鯁住的聲音回問：「練習艦的護衛怎麼辦？」

「讓『畢弗洛斯特』單艦繼續進行。還有寄港處的官方行程，得讓隊司令繼續完成行程。」

「這樣是違反條約的！在沒有聯邦的要求下，我軍禁止在領海外進行作戰行動。」

「隊司令也已經知道了。『帶袖的』主力要抵達現場，最少要花上一整天。只是通報就結束的話過於無能……而且，就算發生什麼問題，摩納罕閣下也會妥善處置的。」

「跟講好的不一樣！我們只負責搜索，剩下的就——」

「艦長，這是『風之會』交代下來的案件。」

強硬的語氣，讓赫奇的臉色很明顯地變了。與野心毫無緣分，這個只想著不出大亂子結束軍務等著領退休金的男人，是走錯了哪一步才會進到「風之會」的？恐怕是被照顧他的上級長官約去參加讀書會，就這麼漸漸地被拖進去的吧。不過「風之會」會將會員配置在各個要點，也不是配好看或好玩的。要是他打算坐視著千載難逢的好機會溜走，那麼有必要將他從艦長席上拉下來。季利根蹬了一下地板，讓身體接近到腿軟的赫奇身旁。

「想想看你可以拋下同梯，當上艦長的理由。你不會以為是靠實力吧？」

「你這傢伙，居然對長官——」

「就是當你是長官才這麼說的。請不要忘記當透露情報給『帶袖的』的同時，我們身為共和國軍人的道路便已經走偏了。」

海軍從過去，就把艦長當做等同於艦上之神般的絕對權力者，現在卻面對面受到這樣的對待，不過赫奇滿臉漲紅也只有一瞬間而已。他瞪大的雙眼突然失去力氣，好像放棄了一樣垂下肩膀，之後似乎是什麼都不想多說了似地移開視線。可憐的傢伙，連唾棄他的時間都不想浪費，季利根離開艦長席讓身體漂往前方的舷窗。

姆賽改級巡洋艦「古爾托普」的艦橋結構，與原型的舊公國軍主力艦，姆賽級沒有太大差異。對應米諾夫斯基時代大片的一體成型窗，以及將所有機能集中在一個區塊的樸實艦橋。縱兩公尺、長不下於八公尺的超剛塑膠製窗，現在正映著契貝級練習艦厚重的船體，在更前方可以看到艦隊旗艦「畢弗洛斯特」的航宙燈。雖然從這裡看不到，不過古爾托普的後方還跟著一隻契貝級練習艦，擔任殿後的是同為姆賽改級巡洋艦的「德洛密」。以縱列的密集陣型包挾著練習艦，這是遠洋航海訓練時的基本隊形。而在宇宙兩公里程度的距離一下子就過去了，所以為了不讓後續艦與前導艦追撞，必須常時注意著對方的行動。為了應對無預警的航道變更及增減速，練習艦的新人們應該正忙著對信號燈進行解讀。

在旗艦「畢弗洛斯特」坐鎮的護衛隊司令，是大戰之中被轟沉的宇宙空母「特洛斯」的少數生還者，也是「風之會」的資深幹部。雖然也是戰後，埋沒在共和國中的大人之一，不過卻對自己因為家庭因素無法與新吉翁合流念念不忘，每天鑽研知識毫不怠惰，與赫奇那種沒有志向的男人不同。不論赫奇是否接受，艦隊馬上就會解散陣形，會只有「畢弗洛斯特」帶領兩艘契貝級繼續進行遠航訓練吧。之後，採取獨自行動的「古爾托普」與「德洛密」所要面對的，將是稍有疏忽便會喪命的實戰之海。季利根從鼻子吸了一口氣，壓下心中燃燒的熱情、蹬著地板移動。移動前，窗戶反射出自己的樣子映在視網膜上，看習慣的共和國軍制服讓他突然有股反胃感。

與聯邦軍同樣設計的立領服，只有顏色染滿如同吉翁的濃綠色、令人生厭的制服。充滿吉翁式款式美的舊公國軍制服被廢除，現在的共和國只有這種裝扮的軍人。與強調裝飾的「帶袖的」——新吉翁軍華麗的制服比起來，這是多麼的廉價。就這樣連外貌都消除了公國時代的味道，以期從零重新開始，然而到現在過了十六年還是什麼都沒開始。在復興的名義下承受單方面的和平條約，抹殺了自己的靈魂穿上的制服，淒慘到毫無名譽與尊嚴。

如果這就叫做共和國軍人的正道的話，那麼這樣的道路沒有去走的價值。偏離這樣的道路，才有著真正武人的生活方式。季利根橫越艦橋，從地板的艙口降到下部甲板。對自己看都不看一眼的赫奇艦長的側臉，與他那身為反戰論者的父親重疊在一起，令他更為不快。

共和國軍不被認可在自國，也就是SIDE3以外的宙域活動，不過也有例外。那就是遠洋航海訓練。伴隨載著新任幹部候補生的練習艦，橫越地球圈這約兩週間的行程，對護衛隊的艦艇來說也是熟悉技術的最好機會。訓練每年實施四次，這次遠航是從共和軍創設以來的第四十五次。因此，被稱為第四十五練習艦隊的一行人從本國離港後兩天，在即將通過月球與地球的中間之時，接到了「風之會」的極機密通報。

護衛兩艘契貝及練習艦的三艘姆賽改級，「畢弗洛斯特」、「古爾托普」、「德洛密」上頭都有「風之會」成員搭乘並不是偶然，一說有千人、也有人稱萬人的會員們，會被集中配置在特定的艦上，優先就任遠洋航海的護衛任務。會長的方針是要學習遠渡宇宙之海的技術，見識寬廣的世界，不過其中應該還有如果有萬一之時，可以以實行部隊的身分先一步行動的考量吧。

正如我所願，季利根心想。風之會本部只下令搜尋「擬造木馬」——隆德．貝爾的「擬．阿卡馬」，並沒有詳細說明理由。可是如果這是與「帶袖的」有連帶關係的作戰的話，那麼顯然與這一個多月以來詭譎的情勢有關。「萬一之時」終於來了。不管內容是什麼，即將有大事要發生的預感，強烈地推動著季利根等年輕成員。

戰後，將與薩比家有來往的重臣一個不留地放逐、處刑，就像將額頭貼在地板上摩蹭般地向聯邦磕頭乞求原諒的共和國歷史。這樣還不夠，將一整個城鎮獻給飢渴的聯邦軍，讓他們肆無忌憚蹂躪女人小孩的敗戰國歷史，與他一夜之間被迫由軍國少年改正的記憶，一同根植在季利根的心中。做到這樣而守住的國家主權，也是那麼地虛幻，被放在聯邦軍麾下的共和國軍毫無任何權限。共和國軍原本就是一度要共和國解除武裝的聯邦，為了牽制吉翁殘黨軍而突然下命創設的軍隊。在被攻擊之前不得開火的專守防衛主旨，意思就是暗示我們必須承受最初的犧牲，而即使如此，國內也沒有婉惜我們成了戰後政策人柱的氣氛。軍隊的存在本身就是違憲，這樣的論調在自號是和平國家的共和國政府內仍然根深柢固。

將獨立戰爭斷定為罪惡，沒有做任何評價便制定戰爭放棄憲章的結果，只為國家整體帶來了靈魂的空白。共和國軍人被譏為稅金小偷，在國內連穿制服在街上走動都成了忌諱。能夠忍受這種狀況的人，不配稱為武人。如果我們是不懂戰爭的孩子們，那麼造成這種現況的便是忘記尊嚴的大人們。倡言成為聯邦的傀儡乃國家百年長治久安之計，卻很乾脆地承諾宇宙世紀０１００年要歸還自治權，說回到單純的地方自治體也是時勢所逼。一直將問題往後拖延，只會下臨場判斷讓國家走錯路的大人們，剝奪走了國民的未來。

「風之會」告訴了我們這些事。組織的幕後出資者，摩納罕・巴哈羅國防部長，將我們從孩提時代就存在心中的糾葛化為言語。在國防大學就讀時，季利根參加有獎論文的徵選，與「風之會」產生的關係，以與摩納罕的會面為契機，成了季利根人生的一切。

表面上扮演著聯邦的傀儡政客，私底下摩納罕卻會敘述自己理想中的新世界秩序，並且告訴季利根「風之會」便是其前鋒。那氣宇非凡的構想，令自己想要為他挺身而出。讓再世夏亞率領「帶袖的」，扮演著吉翁亡靈的同時，自己一行人為了準備即將來領的那一天潛伏在共和國軍中。這樣的想法，讓沒有回報的鍛鍊與忍耐的日子有了意義。季利根得到了得以託付自身的尊嚴，之後，便認真地在部內鑽研學問。

犧牲了平常人的青春，將自身鍛鍊成為洗鍊的國家防衛者之人，才能得到端正國家的任務。在心中複誦著摩納罕的話語，確認到這樣的時刻將近，季利根走出艦橋的雙腳轉往MS甲板前去。姆賽改級巡洋艦的外形，就有如過去的熨斗一樣，MS甲板位在艦橋的正下方，相當於熨斗把手的船體後方。由於甲板空間是細長的圓筒型，只能將機體平放在地板與天花板上。其中有所屬於古爾托普對的RMS-106「高性能薩克」四架，兩兩相對地格納在上下兩側。

以MS的始祖，舊吉翁公國軍的「薩克」為基礎開發的「高性能薩克」，是第二世代機的開端，也以戰後聯邦軍的制式採用機體廣為人所知。到現在已經是與「薩克」並列的舊型機體，甚至當作賞玩用機體賣給民間，可是共和國仍然以此為主力。都是因為更新裝備結束後的聯邦軍，把大量剩下的機體塞給了共和國。而且還是工場剛出貨完的狀態，還暗示不得重新漆成吉翁色調。

結果，使得MS甲板躺著不適合實戰用，純白色的「高性能薩克」，然而獨眼的頭部仍然是吉翁主義的體現，洋溢著吉姆型機所沒有的強悍感。雖然沒有公開發表，不過聯邦不斷地廢止獨眼型的生產，有的甚至替換成護目鏡型，也許就是為了根絕吉翁式的設計。想著想著，抬頭看著自己的特裝型「高性能薩克」的季利根，聽到「隊長，怎麼樣了!?」的聲音而回頭看向背後。他看到古爾托普隊的駕駛員與整備兵，在無重力的甲板上游動，往自己集中過來。

「接收的密碼內容是?」「要出擊嗎?」開口問著的部下們，每個人臉上都帶著興奮而發著紅暈。環顧這些與自己一樣忍受著雌伏，即將成為新的吉翁共和國基礎的眾人眼神，季利根用笑容回答他們。口哨聲咻地響起，有人大喊道：「該死，終於等到了!」歡喜的氣氛一下子圍繞在眾人身旁。季利根舉起手制住大家：

「本艦即將實行對『擬造木馬』的追蹤及監視。雖然只需撐到『帶袖的』主力抵達的這一段時間，不過視狀況還是有可能讓ＭＳ隊出動。所有人可別疏於準備。我們『風之會』會被配置在遠洋任務上，就是為了這種時候。距共和國自治權歸還還剩四年。為了拯救忘卻吉翁建國精神、瀕臨亡國危機的祖國，我們必須化為一陣風促使國民們奮發圖強。」

在無重力下漂動的身體，讓眾人無意做出併攏腳跟的動作。不過部下們緊繃的臉色，帶有了解自己身為前衛的職責的真摯。再次環顧全員眼神的季利根，說道「要乘風飛行，需要有翅膀」，並露出笑容。他從懷中取出摺得整整齊齊的布匹，在面帶訝異的眾人面前一口氣打開。

黑色的布料上，用金邊刺繡繡著模倣翅膀外型的階級章，這是舊公國軍的幹部所披掛的斗篷。部下們發出喔的聲音睜大眼睛，「是丙種戰鬥服！」「真貨嗎？」等聲音此起彼落。「也有大家的份。」披上上尉用的斗篷，季利根將翅膀狀的階級章掛在胸前，「以後，軍官要穿著斗篷。士兵也換穿另外準備的乙種軍服。這是會長的心意。」

配合暗號，整備長把裝有斗篷的紙箱搬了過來。這是為了「萬一之時」，「風之會」會長事前準備的。看著發出歡呼，像是搶餌的小魚群般擠過來的部下們，季利根露出苦笑抬頭看向平放在天花板的自機巨體。ＲＭＳ-１０６ＣＳ「高性能薩克特裝型」的腳部機組大型化的同時，也給人比通常的「高性能薩克」更安定的印象。從這裡可以從正上方看到隊長機頭上聳立的劍形天線，也可以看到保護著單眼的護罩部，以及一時之間映在上面的自己。

披著擺動的及腰斗篷，仰望「薩克」直系子孫的自己。可以的話最好還有舊公國軍的鐵帽，不過也不能要求太多了。這才是真正的自己，在人生活了二十八年之後終於得到的驕傲——感覺到慢性的陶醉感讓全身麻痺，季利根緊握著放在胸口的拳頭。

※

甲板的閘門打開，透過機體傳來的警鳴聲與播報聲突然消散，唯一能聽到的就是自機發電機的驅動音。將身體沉浸在真空的靜寂之中，安傑洛的五指放在球型操縱桿上，將視線移向閘門另一側的漆黑空間中。『航道淨空。伏朗托戰隊，請出發。』艦橋的播報聲響著。

『上校，在SIDE6潛伏的坦尼森艦隊有回音了。一兩天內就可以追上「擬造木馬」。沒有必要硬是先行一步吧？』

繼通訊員的聲音之後，是希爾艦長的聲音在頭盔內藏的擴音器響起。收到共和國比預料之中還早的通報，決定由MS隊進行長距離進攻後過了三十分。在這期間中，不斷想勸阻這項作戰，到現在還說這些話的希爾艦長，實際上是擔心伏朗托出了什麼差錯吧。擔心太多到這種程度也算是可愛的了，安傑洛獨自苦笑著。『那一兩天之中不知道會發生什麼事啊。』伏朗托也用帶著苦笑的聲音說著。

『「擬造木馬」的背後，有隆德．貝爾的布萊特司令指揮著。如果由他指示的話，那麼應該也預想好確保「盒子」之後的劇本了。在這個階段，差一天差很多。』

『是這樣的嗎……』

『恐怕這一次就會分出高下。我會在「留露拉」抵達之前讓事情結束。』

伏朗托單方面切斷通訊的同時，「新安州」將腳放上彈射器。帶著光束步槍與護盾，腰間掛著火箭砲的紅色機體採取前傾姿勢，『弗爾．伏朗托，「新安州」出擊。』悠閒的聲音迴響著。彈射器驅動的振動透過甲板傳來，背著有如翅膀的噴射機組機影被射出閘門外，「新安州」從MS甲板上消失。安傑洛踏下腳踏板，不等彈射器回到原定位置就讓「羅森．祖魯」前進。

有如高跟鞋般形狀特異的「羅森．祖魯」腳部，反正也上不了彈射器。讓機體靠近閘門口的安傑洛，對揮動著引導棒的甲板人員看了一眼，便回看彈射甲板前寬廣的宇宙空間。這次就會分出高下——在心中複誦著伏朗托的話，朝下腹部使力。

「安傑洛．梭裴，『羅森．祖魯』出動！」

設置在肩部與腰部裝甲下的推進器噴出火花，模倣薔薇的紫色機體被閃光包圍。伸長到艦首的彈射甲板馬上從眼底流過，「羅森．祖魯」飛舞在虛空之中。背對著「留露拉」的紅色船體，追向往艦艇前方遠去的「新安州」。「新安州」並沒有開啟背部的主推進器，而是用兩、三次制衡噴射抵銷慣性，流暢地接近在真空中待機的四架腳鍊。

腳鍊是與聯邦的「木屐」形狀相似的ＳＦＳ，使用在ＭＳ的長距離移動上。現在，它的機體下方裝備了兩座巨大的噴射火箭，全長達五十公尺的棒子尖端綁著橢圓形的機體。安傑洛間斷啟動姿勢平衡噴射器，讓「羅森．祖魯」降在二號機上。機體趴在台座上，勾爪型的指頭與握把接合。此時，從「留露拉」出發的兩架親衛隊配備型「吉拉．祖魯」，先後搭上了腳鍊的三號機與四號機。

代替戰死的瑟吉與柯朗，新登用的拉卡中尉與雷爾少尉。他們身為駕駛員都有著頂尖的技術，不過用「吉拉．祖魯」能夠跟得上這架「羅森．祖魯」嗎？正想到一半，『安傑洛。』伏朗托的聲音突然在耳邊響起，安傑洛連忙看向腳鍊一號機。

『我跟希爾艦長說的是真的。這一次有關「拉普拉斯之盒」的事件便會解決。』

「是……！」

『「獨角獸鋼彈」的駕駛員，漸漸地覺醒成強力的新人類。發生戰鬥時得靠你的「羅森・祖魯」了。要做好覺悟。』

意料之外的話，讓自己無法呼吸。以前，伏朗托從來沒說過覺悟之類的話。從來都是獨自戰鬥，連援護都不需要的上校，居然要求自己的幫助。他毫不隱瞞刺進心中的畏懼，將真實的內心透露給自己這個他人知道。

已經變得如此強悍的敵人，巴納吉・林克斯。戰慄感一瞬間流過，但是有更加激烈的感情波動跟著從心底湧出，安傑洛答覆「是！」，並在駕駛艙裡，個人坐正姿勢。就在他為了自己不能說些更體貼一點的話而焦躁之時，『各機，校正座標。推進器點火，十秒前。』腳鍊的駕駛員聲音插了進來，九、八、七……無線電響著倒數計時的聲音。看了擺動背後的翅膀，機身貼在腳鍊一號機上的「新安州」後，安傑洛閉上眼睛，縱身於推進器的律動中。

毫無任何污染，純白而清潔的布料浮現在眼瞼之中。在記憶深處的白色床單。雖然一度被血與屎尿污染，不過被伏朗托這股「力量」所淨化的床單。對伏朗托追尋、信仰、並將自己定為他的一部分已經過了三年，抵銷了那之前十幾年間的污濁。自己已經沒有任何遺憾，心底早已做好覺悟。被拯救的恩情，只能靠回救來償還。

「如果是為了您，不論到何方——」

推進器噴出的閃光與噪音，抹去了接下來的話語。拖著又粗又長的光條，四架腳鍊如同彈射般開始前進。承受著讓身軀嘎嘎作響的G力，安傑洛用微睜的眼睛看向虛空。載著「新安州」的腳鍊，噴射火箭發出強大光芒，看起來有如吞噬著群星一般。

※

中央的核心區域雖然有厚度，不過周邊張開的太陽能發電板只有薄薄的一層，遠遠看來就像是發出白色光芒的玻璃板。面板由無數三角形與菱形組成，整體描繪出近乎六角形的幾何學圖案，閃爍著警示燈的柱子有六根，從每個邊以放射狀伸出。簡直……或者應該說根本就是以雪的結晶為設計概念的「L1匯合點」，它的形狀已經不只是燈塔，而比較接近藝術品。把警示燈的柱子算進去的話，最大直徑達兩公里，可說是人類用公費作出來史上最大規模的藝術作品。

在地球與月球間的產生的五個重力平衡點，每一個拉格朗日點都設有這樣的地標。除了建設在地球軌道上的初期太空站之外，這裡可說是人類在宇宙空間中最初的據點。在宇宙世紀開始之前，人類就是以這些燈塔為基準確定自己的位置，以期遠渡這片廣大無邊的虛空。

在一切物體都會流動，連殖民衛星的相對位置都不斷地改變的宇宙空間中，只有它是以地球與月球為基點，擁有絕對位置的人工物。從它發出的光與電波，是最能夠讓人放心活動的材料——直到米諾夫斯基粒子被發現，徹底顛覆電波的可信賴性為止。

也因為航宙技術的發達，現在已經沒有船員以燈塔為路標。它的存在早已徒具形式，L5的燈塔甚至在戰爭中被破壞，聽說也沒有重建。在眼前閃爍的「L1匯合點」，也只有殖民衛星公社偶爾進行巡邏整備，常駐人員很久以前就撤掉了。雖然為了讓發生事故的船隻可以靠港，有設置無人的代用碼頭，不過在這種狀態下，應該會不能用了吧？雖然發出美麗的光輝，不過主螢幕擴大投影出來的「L1匯合點」其荒廢程度一目了然，寂寥的氣氛讓奧特感到一股寒意。在旁邊眺望著同樣景象的蕾亞姆也低聲說道「又是廢墟啊……」，語氣中混著嘆息。

「這是卡帝亞斯・畢斯特的興趣嗎？不管是『拉普拉斯』史跡，還是這裡。」

「埋藏寶藏的地方，一般來說總是被人忘掉的場所嘛。」

在故事裡面。奧特在心裡補充，邊微微苦笑。蕾亞姆瞪了他一眼，無言地反駁道：這可是現實。雖然心裡明白，可是沒辦法。現實就是，拉普拉斯程式的指定座標指著這座「L1匯合點」。奧特再次看向接近到五千公里距離的宇宙燈塔。即使長年的放置讓它的各部位清楚顯露劣化跡象，不過象徵雪花結晶的整體造型沒有改變，讓它仍然給人巨大藝術品的印象。而這種形象反而讓人覺得它很適合藏寶，卻也詭異得讓人無以形容。

首相官邸「拉普拉斯」的殘骸，首都達卡，接下來這是第三個地點，是事不過三呢，還是——停止沒用的思考，奧特看向左手的監視器畫面。「附近有船影嗎?」重覆不知第幾次的問題，「與十分鐘前相同。」偵測長規矩地回答。

「半徑五千公里以內，有同航的貨船一艘，返航的遊艇與太空梭各一艘。」

「就算發出民間信號，也不要大意。在『拉普拉斯』就是這樣被擺一道的。不要從捕捉到的船影移開目光。」

「了解。」聽到回答聲，他看回主螢幕上。「雖然說，那時候的敵人現在已經是同伴了。」奧特喃喃自語，感覺到蕾亞姆用帶有含意的目光看向自己。「艦長……」低聲話語一出口，「我知道。」奧特打斷了她接下來要說的話。

「我接到監視人員的報告了。雖然他們太安分讓我很在意，不過沒有確切證據。只能按兵不動。」

話中提到的是辛尼曼等「葛蘭雪」的成員。並不打算進行積極的交流，而是退一步觀查狀況的那樣子，肯定是跟我方一樣，藏不住對事情發展的疑惑感，而產生的自然反應。雖然

似乎沒有什麼圖謀，不過三十多名的新吉翁兵沒有被扣押，在艦內自由走動也是事實。「是嗎……」蕾亞姆的聲音帶著遲疑。

「不論是好是壞，都已經發展成這樣了。我不想在這時候拘禁他們，讓一切回到原點。就賭在那兩人身上試試吧。」

隔著坐在通訊操作席的美尋少尉，看著映出MS甲板的艦內監視器，奧特用只有蕾亞姆聽得到的聲音說著。充滿吉翁風格的「吉拉・祖魯」以及擁有聯邦製防風鏡頭部的「里歐爾」並列的場面，不管怎麼看都不習慣。在甲板的中央，放有工廠區塊剛組好的94式噴射座，坦克型態的「洛特」兩架，在噴射座縱長的台座上被縱列固定住。ECOAS的隊員與艦上整備兵共同進行固定作業，「獨角獸」的白色機身默然地佇立在他們後面，駕駛艙旁邊裝設的吊艙上站著巴納吉與米妮瓦。同樣身穿駕駛服的兩人，差不多就要進到「獨角獸」的駕駛艙裡了。

站在同一個吊艙上的康洛伊與辛尼曼，各自雙手抱胸看著兩人的樣子。巴納吉提出前去對「L1匯合點」實行調查的時候，想讓米妮瓦同行。他的主張是米妮瓦捨棄了新吉翁搭上這艘艦艇，那麼應該讓她有同行的權利，而點頭答應的大人們卻各有打算。挾著駕駛艙前的兩人，ECOAS與葛蘭雪隊雙方之長目光互不相視的畫面，正象徵著現在「擬・阿卡馬」

上隱諱的氣氛。

「人經由不斷試練而得到調和……希望現在就是試練的時候啊。」

奧特低喃著傳自布萊特的話語。「調查隊各員，出發預定沒有變動。最終點呼，準備。」

美尋熟練的聲音迴響著，讓也滯留在艦橋那股隱諱的空氣變得有些許緊繃。

※

「……所以啊，因為設計成對新人類用，這傢伙的推力可不只是游刃有餘而已。即使稍微變重一點，憑你的技術也可以補回來啦。」

秀出印出來的機體三視圖，拓也說道。穿著繡有擬‧阿卡馬隊標誌的連身衣，說著一些似是而非的話，他這樣子就跟真的整備兵一樣有魄力。在狹窄的吊艙上無處可跑，巴納吉往旁邊的駕駛艙門口倒退。「還講我的技術哩，你又沒有看過。」他嘟起嘴說道。「我可是有好好地看戰鬥紀錄。」拓也亦不服輸地回嘴。

「像是與紅色彗星戰鬥的時候、或是與二號機的空中戰。你的證詞太幼稚不能參考，不過這架『獨角獸』的教育型電腦全部正確地記錄下來了。而我自己研究並且想到的強化案是這個。名叫『重裝甲獨角獸』！」

再次秀在眼前的設計圖面上，畫著裝備有一切攜帶型火器的「獨角獸」線圖。雖然他有想過怎麼補強變重的機體、對照過出力值，不過看起來也像是小孩子的塗鴨一樣，只是裝滿了感覺很強的武器。瞪了一旁快要笑出來的奧黛莉一眼，巴納吉看向在駕駛艙門上的吉伯尼整備士官長。「吉伯尼先生，這個見習整備兵，想要擅自改造『獨角獸』啦。」吉伯尼聞言搖動粗壯的背影，發出哇哈哈的笑聲。

「我也看了，還挺有整合性的。朋友一場，你就當一下實驗體如何？」

「不要開玩笑了啦。」

「噯，拜託啦。只會用到已經有的東西，只要放下工廠區塊二十分鐘就作業完畢了耶？」拓也不肯收回設計圖。「不行啦。」巴納吉把圖面推回去。

「而且，這次我又不是去打仗的。這個設計，兩手會拿滿武器吧？會變得不好調查。」

「所以就說，要靠你的技術。」

露出微笑，他戳戳巴納吉的肩膀說著的表情，令巴納吉嘆了一口氣。「你啊……」雙手叉腰的同時，別的聲音傳來：「慢著拓也，你給我節制一點！」這聲音讓巴納吉與拓也同時看向背後。

「昨天不是才講好，不要妨礙巴納吉的嗎？」

兩手拿著晚餐的飯盒，米寇特在半空中保持平衡說道。看來是在配膳的途中查覺到這裡的騷動。已經是這個時間了啊，巴納吉看向手套的內藏時鐘，一旁拓也用不清不楚的聲音反駁：「我才沒有妨礙他。」

「我是為了巴納吉好……」

「怎麼不敢看著我說話？……是吉伯尼先生對你太好吧？居然讓見習的畫設計圖。」

反手接住丟過來的飯盒，「是嗎？」吉伯尼笑著說。看到已經融入艦內氣氛的拓也與米寇特，巴納吉再次感受到他們兩人有他們自己的時光……一股混雜著安心與寂寞的複雜感覺湧上心頭。「巴納吉要出動了所以不用吧？」米寇特問道，「是啊，嗯。我先吃過了。」回答的同時，卻有一絲難堪令他移開目光。

「……奧黛莉妳也是？」

似乎沒有查覺自己的感覺，米寇特的視線移向巴納吉背後。雖然聲音有點堵塞，不過回答「嗯，謝謝妳」的奧黛莉沒有任何不自然，而回以笑容的米寇特，臉上也沒有任何陰霾。「加油喔！」米寇特眨眨眼離開了現場，拓也收起設計圖，跟著她離開了吊艙。突然有股被拋下的感覺，巴納吉抓了抓沒有很癢的人中。

「好棒的朋友。」

目送著兩人的背影，奧黛莉說道。「是嗎？」苦笑著轉過頭來的巴納吉，不小心看到她那身穿聯邦軍駕駛服的身軀。比起普通的太空裝更加追求動作方便性的駕駛服，會雕塑出穿衣者的身材。在巴納吉視線盯著腰間的曲線不放，發覺她的身材意外地好的同時，「好羨慕你。」奧黛莉說著，並來到他身邊。

「我沒有可以這樣講話的朋友。」

她低聲說道。還來不及看她的臉，她就離開了原位置。沒多理會來不及反應的巴納吉，奧黛莉往鄰接的懸架上停放的「吉拉．祖魯」漂去，似乎與在那裡的辛尼曼要談些什麼。中斷對艦上整備兵的機體說明，轉向奧黛莉的辛尼曼，眼神不時漂向巴納吉。不知道為什麼感到一股愧疚，巴納吉沒有回看他，躲進了駕駛艙內。

為了讓奧黛莉可以搭乘，確認了已經拉出來的輔助席狀況之後，他坐上線性座椅。「有我在啊。」來不及告訴奧黛莉的話在口中反覆著。不，跟普通的朋友不一樣，我不想只是朋友就結束了……在他想東想西的時候，艙口射進來的光突然變暗。巴納吉抬起頭，看到的是康洛伊的短壯身材，正站在艙門外。

還沒出聲，他便以與他巨體不相稱的敏捷速度探頭進駕駛艙，用嚴肅的表情靠近。同時他把懷中的東西拿出來放在眼前，讓巴納吉的心拍聲一下子大到自己都聽得見。

「……什麼？」

被發出黑色光澤的自動手槍吸引的目光，移向康洛伊的臉孔。「以防萬一，拿著。」康洛伊低聲說道，連槍套一起遞了過來。

「萬一是指……」

「我們ECOAS也同行前去調查的話，『擬・阿卡馬』的守備會變得薄弱。要是發生萬一的話，可以阻止對方行動的只有你而已。」

一字一句仔細地說著，康洛伊用眼神看向全景式螢幕上映出的隔壁懸架。理解到那裡有「吉拉・祖魯」，以及辛尼曼等人的巴納吉，感受到一股視線明度急遽變暗的錯覺。

「要我拿奧黛莉當人質嗎？」

無語的回答。「這種事……！」「以防萬一。」打斷口氣變得粗暴的巴納吉，康洛伊用堅定的語氣回答。

「辛尼曼上尉也很清楚。還有奧特艦長也是。否則的話，根本不會讓米妮瓦公主一同前去調查。」

這超出他想像之外。巴納吉以為讓奧黛莉一同調查「盒子」，是她應有的權利，完全沒想到會是因為要封住葛蘭雪隊的動作，而帶出來當人質，更不要說辛尼曼還清楚這一點——與其說感覺到被背叛，巴納吉更因自己的不查而感到丟臉，什麼都不說地低下了頭。「你就當作是規則吧。」康洛伊的聲音在球型的駕駛艙中空蕩蕩地迴響著。

「大人們要互相信賴，是有階段性的。沒有傻子會將大筆金錢借給身無分文的人，除非有人擔保。」

「這種事……」

「我懂你的心情。我也想要像新人類一樣達觀，可是——」

話說到一半突然中斷，身子瞬間僵住的康洛伊眼神看向背後。巴納吉也抬起頭來，透過康洛伊的肩膀與站著的人影視線交會。奧黛莉臉上帶著些許驚訝地退離艙門，「抱歉，我打擾到你們談話……」說完便想離開。「不，沒關係的。」康洛伊回應道，用截然不同的安穩表情看向奧黛莉的同時，卻也將手槍硬是塞到巴納吉手中。

「要說的也說完了，是吧？」

臉上帶著笑容，卻藏不住眼神中的殺氣。巴納吉抓住手槍，塞進背部與座椅間的縫隙。康洛伊就這麼離開了駕駛艙，隔著艙門往裡面看了一眼，便轉身想離開。「康洛伊少校。」隨後站在艙門口的奧黛莉，叫住了即將離去的背影。

「您聽過殘留思念這個名詞嗎？」

身體定住了一瞬間，「殘留思念……是嗎？」回問的康洛伊眼神不明所以地眨動著。奧黛莉往他走近了一步，

「艾隆先生說的。精神感應框體如果有凝聚人們意志的力量的話，可能會超越生死的界限產生作用。也就是說，不能否定死去的人們精神成為感應波，被『獨角獸』所吸納的可能性。」

康洛伊應該也覺得這些話超出想像之外了吧。對呆住的康洛伊露出微笑，「當然，這些連假設都還不成立。」奧黛莉繼續說著。

「可是，這樣想的話，就可以了解『獨角獸』為什麼能力會提升得這麼異常了。這具機體吸收了與它有關係的生命，讓我們連繫在一起。巴納吉的父親，以及新吉翁的士兵們。還有保護巴納吉而逝去的，塔克薩．馬克爾中校的靈魂，一定也……」

說著，她仰首望向「獨角獸」的獨角。巴納吉看著她的側臉，那表情一定早已查覺周遭大人們的思緒。即使如此她仍未絕望，要自己不可以絕望，要繼續扮演著人們從她身上所追求的角色。呆住的表情稍微恢復，將雙腳併攏的康洛伊眼神中帶著敬服。像他這樣的軍人，悼念自己長官之死的言語，才是對他最大的敬意吧。感覺到「獨角獸」這未知的機械似乎也

帶有人的溫暖，巴納吉也有幾分得到救贖的感覺。他看著奧黛莉的側臉，雖然帶著微笑，可是目送康洛伊離去的眼神中卻有幾分黯淡，讓巴納吉想起了這幾天她身上帶著的陰影。

那偶爾顯露出的陰影，不只是她因為扮演自己的角色而喘不過氣而已。原本是想知道那背後的真相才找她一起調查的，沒想到會變成這樣——巴納吉閉上眼睛，咬住嘴唇。決定不能夠讓她發現到的手槍，那堅硬的異物感持續抵在背上。

※

雖然是超乎常識的巨艦，不過「雷比爾將軍」的MS甲板也沒有寬大得令人瞠目結舌。七層份的高度也好，可以輕鬆收納一打MS用懸架的面積也好，頂多跟「擬．阿卡馬」差不多程度。跟「拉．凱拉姆」比起來，甚至可以說這邊還比較小。與一般艦艇決定性的差異，是它有共有四個這種規模的MS甲板。

四個大隊，共四十八架MS格納在各自的甲板中，從補給品的調度到日常生活，都有每個部隊各自的地盤。這座第三甲板是克里福特大隊的地盤，十二架傑鋼型收納在甲板上，相對的兩面牆上各六架機體對望著，不過利迪完全不認得它們的所屬駕駛員臉孔及姓名。

偽造經歷，身穿黑色駕駛服刻意孤立的自己，沒有理由與同一個甲板上的駕駛員交好，對方也不會特地來與自己搭話。雖然這樣的氣氛在「拉．凱拉姆」就已經體驗過，不過在這架艦上感覺到的隔離感與焦躁感，嚴苛得讓地球上的日子相對之下還算悠閒的。因訓練而累翻的身體靠著維修窄道的扶手上，利迪看向與現在的自己唯一有關的存在。「報喪女妖」收納在懸架上的黑色機身，仍然只有金色的角反射著燈光，挺著編制外的機體站在甲板一角。

『那角可以視為強力且高指向性的雷達，感知敵人的精神感應波。感覺到精神感應機體的存在之後，角便會左右展開變成多劍型天線，成為格鬥用的高機動型態……也就是毀滅模式，管理其發動與控制的系統是NT-D。與獨角獸型是共通的規格，不過一號機的系統顯然有被更動過。大概是卡帝亞斯埋藏的拉普拉斯程式造成的吧。從至今的記錄看來，「獨角獸」的NT-D不只外側，連內側的駕駛員都會進行掃瞄。感知內部駕駛員的感應波，讓鋼彈模式發動的系統，這樣一來，那就不是原本的新人類毀滅者了，而是應該稱為新人類驅動的亞種系統。』

NEWTYPE DRIVE

先前亞伯特的聲音迴盪著，累積了疲勞的頭隱隱作痛。利迪握緊扶手，看著自己到現在還無法駕馭的黑色機體。

『藉由與全精神感應框體連動，讓精神感應系統本身的敏感度也飛躍行地提升。過去的精神感應系統要將感應波轉換為數位數據並進行處理，而獨角獸型的精神感應系統可以接收渾沌狀態下的駕駛員感應波。簡單地說，就是未經思考言語化的感應波……連駕駛員無意識的呢喃都可以接收，並加以反應。因為其高度的演算能力，所以獨角獸型可以干涉敵人的精神感應系統，並支配感應砲等感應裝置。可是，難題在於此時大量的演算處理會壓迫駕駛員的腦部。你也有聽說過吧。感應系統的逆流，所謂的反蝕現象。

若是強化人的話，因為可以採取強制性地將腦中的一部分清為空領域的處置法，理論上可以實現完全的人機互動。可是普通的人就沒辦法這樣子。被精神感應系統增幅的感應波，一旦逆流到腦中便會成為強烈的壓迫感襲往駕駛員。敵意與恐懼感將會膨脹到靠自己的精神活動，也就是理性無法控制的程度……那會化為強烈的憎惡控制駕駛員的精神，視狀況還有可能讓系統失控。』

可以如同手腳一般控制機體的代價，就是駕駛必須用身體去承受加在機體上的負荷。為此，強化人會刻意讓精神有所欠缺……這是亞伯特話中的重點，也就是說人類實在太複雜，而難以與機體完全一體化。所以只留下會誘發第六感的直覺部分，其他的心靈全部切除比較好。這是新人類研究所下的結論。

當然，這是令人毛骨悚然的話題。會下這種結論的研究者、以及開發對應系統的技術者，都算是人類的背叛者。雖然同意這點，不過這與想要那股力量的利迪毫無關係。開始熟悉度訓練已經三天，「報喪女妖」仍然不肯與自己同調。就算在模擬中發動NT-D，也無法引出預期的機動性能，到現在還沒有體驗過那有如瞬間移動的高機動性。就算這是造給強化人用的機體，那也不能當做藉口。事實上巴納吉就在初戰發動NT-D，駕馭了「獨角獸鋼彈」。

據亞伯特所言，巴納吉在一開始也數度被系統吞沒，幾乎接近失控。可是現在他已經完全制御了系統，得到控制「獨角獸」的能力，直接與他交鋒便能體會了。那名毫不掩飾情感的少年，是怎麼得到那種力量的？怎麼樣才能贏過他？莫非要得到足以壓回系統壓迫感的強韌精神力與堅強的心靈嗎？他的強悍來源，在他那筆直射進來的目光深處的東西是——

「太僵硬了。」

瞬間，曾經聽過的聲音震動了耳膜，讓身體僵住。利迪預料到聲音的主人，吸了一口氣做好覺悟，並轉頭過去。

「心靈與身體都太緊張了。難得你能力不錯的，這樣可是浪費了。」

說著與過去同樣的話，在維修窄道上著地的奈吉爾往這邊接近。原本以為收容三連星的是其他甲板，不用擔心會碰上面的。這距離要無視他走掉也來不及了，利迪總之先併攏雙腿，視線在利迪身上從頭到腳掃過一遍，最後停在胸前畢斯特財團徽章的奈吉爾，露出微笑說道：「果然你就是二號機的駕駛員嗎？」

「應該接受參謀本部直接命令的男人，這次成了畢斯特財團的專屬駕駛員……真是顛沛流離的人生啊？利迪少尉。」

「有事嗎？奈吉爾上尉。」

「沒什麼，只是又在同一艘艦上對上了。來打聲招呼沒什麼不可以的吧？」

露出令人摸不透的笑容，用奇妙的視線盯著人看的那臉孔，與在「拉・凱拉姆」上時完全沒變。面對著那眼神，令自己想起在地球上被恥辱所填滿的時間，利迪別過頭去，在眼下的甲板上找尋視線的容身之處。奈吉爾看起來毫不在乎地走到他身邊，穿著灰色軍官服的高大身軀靠上扶手。

「看來，你還沒被強化啊。」

用看穿人心動搖的視線看著自己，他用不知道是否開玩笑的聲音說著。利迪的拳頭發出顫抖。

「那艘偽裝貨船，『葛蘭雪』是誘餌。我們乖乖地上勾了，而母艦被紅色彗星給擊沉。含僚艦在內，四百人以上成了宇宙的灰燼。上頭的傢伙要是透露所有情報的話，結果就會不一樣了吧！」

吐出的句尾，帶著冷冷的敵意。利迪轉動視線看向奈吉爾的側臉。

「不過，這也沒辦法。駕駛員只能在那樣的局面下盡力做到最好。我原本以為雖然是受參謀本部直接命令，不過這一點你跟我們是一樣的，不過看來是我錯了。」

「……這是什麼意思。」

「就是說現在的你，是不是失去了駕駛員的本分。只為了補足某些東西，而成了財團的棋子。神經正常的駕駛員，是不會去搭乘那樣像怪物般的機體的。就算要跟這架艦艇合流，也該開『德爾塔普拉斯』來。」

奈吉爾的視線，看著被財團關係人士所包圍的「報喪女妖」。利迪握住扶手的力道變強了。

「就算不這樣做贏不了『獨角獸』也一樣。會想為了這樣連心都可以不要，那不是駕駛員的思考方式。倒讓我覺得像是被偏執纏身的小鬼在一頭熱，不是嗎？」

「所以又怎麼樣？」

被戳中的胸口感到刺痛，讓克制自己不去回應的理性被遺忘。沒有讓不小心說溜嘴的利迪視線逃脫，奈吉爾用強硬的語氣說：「這讓我很不爽。」

「同一個部隊居然有這種傢伙。」

「那麼，你就在我背後開槍好了。我也盡力做到最好了。就算做法不同，也沒有道理要被你抱怨。」

「把靈魂賣給機械是最好的做法嗎？」

「駕駛員沒有那種頭腦去環顧全體不是嗎？要說是機械，我們本來就是機械了。為了打倒敵人、抹殺吉翁而被雇用的機械——」

「這只是藉口！」

咆哮的同時，奈吉爾抓住利迪的肩膀，將他拉近，並以抓住的扶手為支點，確保了無重力下的重心。面對奈吉爾這樣的舉動，利迪無法抵抗地從地板浮了起來。

「無法去選擇局面的話，最後就只能靠自己的頭腦下判斷，這是駕駛員能夠做的。現在的你失去了正常的判斷力。是什麼讓你這樣子的？你是為了什麼——」

「是『獨角獸』啊。我只是為了打倒他，阻止機密流入新吉翁的手中。上尉你也會害怕吧？」

「什麼……？」

「你也害怕『獨角獸』。想要否定會害怕的自己，所以追他追到了宇宙。我了解你的心情，的確這不是開玩笑的。被新人類這樣毫無可信度的東西，否定掉自己的全部能力——」

沉重的聲音響起，視線橫向流逝。自己被打了，腦子在理解到的瞬間發熱，利迪感覺到撞上牆壁的痛覺，立刻彎起身子。

沒有去看漂在空中的血粒，他握緊拳頭踢向地板。每個人都隨口亂講，把我踏在腳下。你們什麼都不知道，我卻已經受夠了批評。心想管他是不是長官，對奈吉爾的臉部出拳的同時，有人大喊一聲「慢著」，下一瞬間，拳頭傳來打在肉上的沉重衝擊。

插進來的人影，在呆呆地睜大雙眼的奈吉爾面前步履蹣跚。手扶著牆壁，亞伯特撐起被打飛的身體。「真是的……」他一邊說著，一邊壓住變紅的臉頰。搖搖頭，他對呆站著的奈吉爾看了一眼，然後往自己瞪。一時之間不明白發生了什麼事，利迪眨著眼回看那張肥厚的臉頰。

「請不要有這種舉動啊，奈吉爾上尉。財團的專屬駕駛員要是傷到了就麻煩了。」

「……差點受傷的好像是我呢？」

「故意挨少尉毆打，再以污衊長官的罪名告發他，把他拉下『報喪女妖』，這就是你的計畫吧？」

自己連想都沒有想過，是這樣的嗎？奈吉爾沒有看向利迪質疑的目光，他將困窘的視線移往別處。

「我懂了。意思是你們有做好覺悟是吧?利迪少尉，以及亞伯特先生。」

擦去嘴角滲出的血，亞伯特浮現以往那嘲諷的笑容。回以一秒不到的苦笑，奈吉爾無言地看了利迪一眼，便離開了現場。等那幾乎及肩的長髮消失在區域的出口，亞伯特才鬆了一口氣。握住隱隱作痛的拳頭，「為什麼……」利迪看著他的側臉問道。

「就如我所說的。不能失去『報喪女妖』的駕駛員。」

沒有轉過頭來，亞伯特蹬了地板。「我可不想白白挨揍，你安分一點。」說話的背影遠去，感覺到臉頰的疼痛加劇的利迪，被一直壓抑的感情給反制，產生想大哭一場的衝動。

亞伯特，以及奈吉爾，看起來都像個大人。累積著沒有宣洩出口的衝動，獨自一人悶悶不樂的自己簡直無可挽救地悲慘。羞恥與自責的憤怒爆發，化為「慢著」的聲音爆開來，之後他一秒前完全沒有想過的話語突然脫口而出：

「強化我吧!」

呆住的不只是亞伯特，利迪自己也一樣。亞伯特停下，轉頭問：「你認真的嗎?」看著亞伯特的視線，利迪用眼神加以肯定。這種狀態下贏不了「獨角獸」、也操作不了「報喪女妖」。與其什麼都做不到丟人現眼，倒不如——追認自己衝動的言語浮現在心中，用探索內心的眼神回看的利迪，卻因為亞伯特突然發笑而愣了一下。

「別鬧了。精神面的強化措施，是要引出當事人的劣等感，轉化為對敵人的戰意。現在的你只會自我毀滅。」

「我只是想——」

「而且，要是有這麼方便的話，我自己就去試了。如果靠光藥物跟洗腦就能強化心靈的話。」

意外的話語打斷利迪，亞伯特背向了他。「真是奇怪。」自嘲的聲音滲出，讓MS甲板的喧囂聲一時之間都聽不見了。

「在『迦樓羅』上面臨死亡的時候，我想起來了。『我想，財團後事可以託付給巴納吉』……十年多前，我的確聽過父親這麼說。」

父親，這句話刺進腦海中，讓意想不到的人際關係刻進利迪的記憶中，可以提及財團繼承人的父親，也就是卡帝亞斯・畢斯特。亞伯特若是他的親生兒子，那麼他與巴納吉是——

「自從母親因心病過世之後，我就被寄在全住宿制的學校。會不小心聽到這句話，是大學畢業時我回到家中。雖然父親把沒有入戶籍的女人帶來家裡，還生了小孩這件事，我是知道，不過對一個之後準備學習財團工作的年輕人來說，這事情帶來的打擊是滿大的。」

與瑪莎的關係是在那之前就開始了嗎?心裡想著,不過利迪又想到這一點都不重要,於是他的視線從亞伯特背上移開。不論原因是什麼,就是有這樣只要走錯一步,就永遠再也搭不上邊的脆弱親子關係。他自己也沒辦法與父親好好地面對面了……

「不過,我卻長期忘了這些事。父親那以堅強的自己為基準,缺乏對弱者顧慮的個性使得母親自殺。我一直以為我對父親反感是因為這樣,聽到巴納吉・林克斯這個名字,直到有人提起關係之前,我都不認為他是與我有關聯的人。大概跟他一樣,我也無意識地封鎖了自己的記憶吧。

可是,我的心跟身體卻還記得。所以知道父親要把『盒子』流出去的時候,我用我的這雙手……」

亞伯特看著舉到胸前的手掌,慢慢地握住。他那雙手做過什麼,對於在「工業七號」親眼看過他神祕行動的利迪來說,大概可以猜到了。感覺到冰冷的空氣拂過,利迪看著眼前無可依靠的背影。「完全忘記的記憶,卻在心中盤根錯節,決定了現在的自己。」亞伯特繼續說著,讓放鬆的手掌漫無依靠地漂浮。

「而將這一點以人為操作,便是強化人的洗腦。這樣是得不到強韌的精神的。與其想這些無聊事,不如去習慣『報喪女妖』你跟我現在最需要的,是控制狀況的力量。只要打倒

『獨角獸』就可以得手。好好利用你現在的立場吧，我也會利用你。」

說完，背影踹了地板，亞伯特這次確實從利迪眼前離開。跟自己一樣紅腫的臉龐穿越門口而消失，原本那隔絕的空氣再次包圍維修窄道。聯邦政府與畢斯特財團百年的盟約，就這樣在自己這一世代被更新了。只能接受改變中的現況，沒有其他辦法的利迪，目光不知不覺被立在甲板一隅的「報喪女妖」所吸去。

現在所需要的，是控制狀況的力量……奪回被奪走的事物，肯定自己選擇的力量。不論做什麼米妮瓦都不會回來，這一點自己也很清楚。可是他告訴自己「盒子」的問題跟那是兩回事，利迪繼續凝視著黑色的機體。當駕駛員想要往更深處跨進一步時，「報喪女妖」只是用沒有表情的臉孔看著對面的牆壁。

※

『通告全艦，我是艦長。接下來我們即將基於拉普拉斯程式所指定的座標，對「L1匯合點」進行調查活動。調查隊各員依序出發。全艦加強對空監視。』

奧特艦長的聲音在開放回路響著，MS甲板開始抽出空氣。看到「AIR」的顯示板閃著紅光，接著聽到美尋的聲音『RX-0，請上彈射器。等你的好消息喔，巴納吉。』，巴納吉回答「了解」並稍稍踏下腳踏板。

右手拿著光束步槍，背部包包背著護盾的「獨角獸」，離開懸架開始前進。將腳跟底的勾子坎進甲板的凹槽，每走一步，有如地鳴的振動便傳到駕駛艙，感覺得到輔助席上的奧黛莉身體有點緊張。踩著踏板的右腳多了令人不快的重量，讓巴納吉歪著嘴巴。康洛伊給的自動手槍，正塞在足用皮套中綁在右腳踝上。要說這是駕駛員的標準裝備也沒有錯，不知道奧黛莉會不會在意？想往右邊的輔助席看去的巴納吉，因此讓站在甲板一隅的辛尼曼等人進入他的視野，而有一股無法呼吸的感覺。

穿著從「葛蘭雪」拿進來的民用太空衣，從維修窄道上看著自己的黑色瞳孔——一股無法壓抑的衝動突然湧現，巴納吉在通向彈射甲板的升降梯前讓機體停止。「巴納吉？」奧黛莉叫著他。回了一句「我馬上回來」，他打開艙門的同時跳出駕駛艙。

「船長！」

與艙內的空氣一起被吸到外面，巴納吉大聲呼喊著並漂向維修窄道。由於正在出發作業中，無線電的聲音交錯，就算大聲呼叫他也不見得能夠聽到。不過巴納吉還是喊出聲來，而辛尼曼似乎也聽到了。他一瞬間似乎吃了一驚往後退，隨即透過扶手伸出手來抓住巴納吉的肩膀，拉到維修窄道上。巴納吉飛也似地撲進辛尼曼懷裡，讓雙方的頭盔接觸。

「船長，感謝你肯相信我們。」

「你……你突然講這做什麼啊？」

「我總覺得還沒好好跟你道謝……只是這樣。拜託你們看家了。」

一瞬間，辛尼曼用彷彿可以射穿人心的視線透過護罩看著自己，也許他已經看穿自己心中的那一絲疙瘩。用雙手抓住巴納吉的頭盔，滿是鬍子的臉這次自己靠過來，「我們才要拜託你。」安穩的聲音讓雙方的頭盔共振。

「你得平安回來。要是公主受了那麼一點擦傷，你就等著小命不保吧。」

黑色的瞳孔中帶著堅強的光芒，就像在非洲的沙漠所仰望的星星——不會誇示自己、也不會指引道路，在頭上不斷閃耀著的星星。那必定是只需要在那裡便能使人安心，有著人類肌膚溫暖的星星。這個人不會背叛自己。在最後的關鍵一刻他無法捨棄人心，自己已經數次看到他這種樣子了。只是杞人憂天，確認過之後心中的疙瘩也消失了，巴納吉說了一聲「了解」，離開辛尼曼。對旁邊的布拉特也輕輕地揮了手，對維修窄道的扶手用力一踏，讓身體一直線地流向「獨角獸」的駕駛艙。

『巴納吉你在幹嘛!?還在出發中耶！』

坐回線性座椅，美尋小姐的怒吼刺進耳朵。「非常抱歉！」一邊回答一邊關起艙門，巴納吉讓「獨角獸」前進到升降梯，並且也對輔助席的奧黛莉說了聲「抱歉」。也許是察覺到了些什麼，奧黛莉輕輕地搖了頭露出微笑，可是眼神馬上又垂下去了。在升降梯開始上升而傳來的震動之中，從內部滲出來的陰影覆蓋了頭盔下的臉孔，讓駕駛艙的一隅滯留著外人所無法介入的氣氛。

位於船體中央的第一彈射甲板，已經在真空下了。走下升降梯，巴納吉讓拖鞋狀的彈射裝置與「獨角獸」的腳接合，透過開放的閘門看著宇宙。正面是可以看到月球的L1宙域，「L1匯合點」像污染月亮的一點污點一樣橫在眼前。這次就是最後，或者——在接下來的想法出現前握住操縱桿，巴納吉對奧黛莉說了聲：「要出發囉！」

「會有出發的衝擊感，注意喔。」

「沒事的。之前我有跟利迪少尉一起出擊過。」

淡淡地陳述事實的聲音，讓他似乎想起了遺忘未做的功課。『通路淨空。RX-0，請出發。』被美尋隨後響起的聲音驅使，巴納吉沒時間反芻利迪這個名字，便回答「了解」。現在去想也沒辦法處理，而且還有問題更應優先處理。從腦中消去那曾在地球大打出手的面孔，與奧黛莉眼神交會之後，他用當下不會回頭的目光看向前方。

「『獨角獸鋼彈』，巴納吉・林克斯、」

「米妮瓦・薩比、」

「出發！」

兩人的聲音唱合著，同時線性驅動的彈射器啟動。仍然大破的左舷彈射甲板從旁邊流過，從艦首突出的的滑翔甲板自腳邊消失，全景式螢幕上的畫面成了寬廣無垠的虛空。忍受全身血液繞到背後的不快感，巴納吉先確認了與「擬・阿卡馬」之間的雷射通訊回路，之後用AMBAC驅動讓「獨角獸」橫向一回轉。反應速度、操縱感覺、都沒有問題。從預備資材中新調度的步槍與護盾，也與機體相當順應。知道補修好的機械臂沒有問題之後，沒有重力與空氣抵抗力的宇宙空間對他就像是早已熟悉的庭院，身體充滿了有如滿足感的感覺。橫向迴轉著機體噴出噴射光，「獨角獸」劃出直線的軌道朝指定座標飛去。

接著94式噴射座從「擬・阿卡馬」出發，載著兩架「洛特」的平板狀機體跟在「獨角獸」的後出發。載著康洛伊等人的「洛特」，其工作是先抵達「L1匯合點」對設施內外進行調查與觀測。『聽好了，巴納吉。不管是多麼細瑣的小事，要是有異狀就要報告喔。』對康洛伊的叮囑，回答「了解了。請ECOAS的各位多指教。」的巴納吉，不再去在意綁在腳踝上的手槍。『我們先走一步。往「燈塔」直線前進。』說完這句話，94式噴射座拖著噴射光從旁邊越過。

等著那點光點溶入星光之中，巴納吉呼了一口氣。用慣性飛行飛到目標還要五分多鐘，「L1匯合點」的座標是固定的，這段期間只要放任機體自己行進就行了。「沒事吧？」回頭看向奧黛莉，巴納吉脫下了頭盔。雖然這違反規定，不過為了不讓聲音傳入開放回路不得不如此。以目光催促，奧黛莉露出了解的表情，也脫下了頭盔。深深地呼氣的聲音在巴納吉耳邊響起，這嘆息聲正證明了艦內的氣氛帶給她多麼大的壓力。

「緊急呼叫會傳進終端機的喇叭。可以鬆一口氣。」

「我的表情有這麼緊繃嗎？」

那張充滿意外的表情相當可愛，巴納吉用微笑回答她。「是嗎……」奧黛莉稍微縮了縮下顎，她看向了旁邊的宇宙。用CG重現的宇宙空間顏色偏藍，沒有讓人足以轉換心情的深度。那張好像在責備自己修行不足的側臉，馬上就被鬆懈的空白所塗滿，感覺得到剛才看到的陰影又蓋上了那消瘦的白色臉龐。

為了看清那陰影的真面目，可能的話還想除去它而製造的兩人獨處時間——可是卻不知道怎麼開口。想說的話應該有好多，不過卻沒有一個成形，過了數秒的沉默，巴納吉看向了正面。

仔細想想，自己對奧黛莉一無所知。包括興趣跟嗜好，連生日都不清楚，可是卻覺得已經互相了解，那是因為什麼?上一次像這樣兩人獨處，已經是好久之前，而且寥寥可數，巴納吉在一陣迷惑之後再次看向奧黛莉。可是「奧黛莉妳啊……」的聲音，與「那個……」的聲音撞在一起，讓人一下不知道該如何是好，巴納吉的頭腦被空白支配，讓他連要說什麼都忘掉了。

被從極近距離回看著他的翡翠色瞳孔壓倒，難為情地移開的目光再次看向正面。只有發電機驅動音的沉默再次降臨。之後，「巴納吉，你相信嗎?」打破沉默的聲音由奧黛莉發出，巴納吉的目光看向了她的瞳孔。

「我們……新吉翁與聯邦的人們，真的可以和平相處嗎?」

這感覺就像原本想慢慢抽出重物，卻一下子就承受它的重量一般。被真摯的目光注視著，這次沒有移開眼神的巴納吉慎重地回答:「……結果已經顯示了，這樣不行嗎?」

「無關國家與軍隊，每一個人都應該有自己所感覺到的世界。大家相信了妳的話——」

「結果還沒出來。面對『拉普拉斯之盒』的話，不知會怎麼樣……」

「奧黛莉……」

「在地球，寄身於利迪少尉的老家之際，我看到了許多事物。」

背對著看起來只有網球般大小的地球，奧黛莉的視線看著不屬於這裡的某處。巴納吉只有無言地看著她的側臉。

「地球居民在想些什麼、地球居民怎麼看待。創出聯邦這個系統的人們的思念、吉翁所留下的那無法抹滅的傷痕……就算有這些知識，不過有這樣的世界，並去體驗他們的生活，這是米妮瓦·薩比的立場無法做到的。讓我了解之前我所知道的世界，有多麼地渺小。」

淡淡地微笑的表情，讓人聯想到自嘲這句話。不忍再看下去，巴納吉低下了頭。「所以，不能被自己一個人的狹隘價值觀所囚禁。不分聯邦與吉翁，要用更寬廣的目光去重新看待世界，我是真的這樣想。可是說不定就連我自己，也沒辦法接受這樣的現況。人在地球的時候，我也數度這麼想過，我無法與這些人互相理解，找不到與他們之間的共識……」

不安。可以用這一個單字去囊括的陰影從她細弱的肩膀滲出，握住的拳頭微微顫抖著。對自己的行動無法肯定的不安感。即使如此她還是必須努力地虛張聲勢，裝得像是非常肯定的壓力，以及或許欺騙了大家的自責之念。這一切變得渾然一體傳來，與自己心中對未來的不安共鳴的同時，巴納吉也感覺到奇妙的安心感在心底擴散。

被這翡翠色的瞳孔所魅惑，用再一次見到她支撐著自己——知道這一切並沒有錯的安心感。她有這樣的價值。不是身為米妮瓦的她，而是有著不安與迷惑的奧黛莉這個身心，對自己才有無以取代的意義。只要確信她的出發點沒有錯誤，自己對要接受現狀這點並沒有異議，對未來也只能做好心理準備而已。只要與她在一起總是有辦法的，巴納吉突然想肯定毫無根據這麼相信著的自己。

「我也在地球看到很多東西。」

面對終於再次相會的奧黛莉・伯恩，巴納吉說道。奧黛莉微微抬起頭，用在「工業七號」所見過，那充滿自然感情的瞳孔看著自己。

「在沙漠差點遇難，讓我似乎了解人類為什麼沉迷於破壞地球了。要在自然之中活下去，人的身體實在太脆弱了。自然保護活動家所說的自然，不過是對人類有利的自然，而大部分是無法相容的。只要人類還是想活得更好的生物，那麼就無法避免與自然對立。應該說，對人類來說這才是自然的。」

「有人說過一樣的話。一切都是出自人的善意……」

「我也這樣想。宇宙世紀，也是出自人的善意。宇宙居民所說的地球聖地主義……這把地球當做故鄉保存的運動，一定少了這方面的體驗，太偏理論了。然後宇宙居民，也無法從本質上理解宇宙居民在宇宙得到的自然觀。」

「宇宙居民的自然觀……？」

「我在想新人類是不是就是這樣。為了填補太過廣大的空間，必須擴大人類的感性這種想法，不實際在宇宙住過是不會有的吧？」

臉上充滿意外地眨動眼睛之後，奧黛莉點點頭，露出原來如此的表情。拾起在腦中釀成的思考片斷，巴納吉接著說下去。

「而且，又有可能把人往宇宙丟棄，這個弱點在的話，地球居民更不會接受宇宙居民的思潮。宇宙居民也無法捨棄留在地球的人們都是特權階級，這種扭曲的想法，所以才會做出丟下殖民衛星這種極端的事情。沒辦法有共識是當然的。重要的是，去理解雙方是活著不一樣的世界的。就像妳說的，自己生長的場所是無法改變的。承認互相都活在不完全的世界，並且找尋接近完全之路的話……」

「接近完全之路……你是說那就是新人類？」

「照吉翁．戴昆的定義去想的話。就這意義來說，還沒有真正的新人類誕生。雖然我希望至少已經站在入口了。」

足以託付「盒子」之人——真正的新人類。不管父親的想法如何，不是神的人不應該下這樣的判定。「獨角獸」內藏的系統也只是靠著機械式判別人工物的強化人感應波，沒有能力去判定真正的新人類吧。就像漂浮在原始之海的單細胞生物，沒有辦法去預期到億年後的生命進化一樣。

「宿命沒辦法改變，可是命運可以改變。現在的自己不是一切……嗎。」自言自語著，奧黛莉看向了看起來比籃球大一圈的月球。臉上那拮据的不安陰影，多少消去了一些。「跟我們一樣啊！」巴納吉接了她的話，也看向正面的月球。

「可以移動星球的精神感應框體、或是可以改變世界的『拉普拉斯之盒』。知道這樣的東西或許真的存在的話，就會覺得同是人類真不該在這種時候爭執。」

「是啊。這是……」

「現在雖然還只是在『擬・阿卡馬』裡面，不過像船長這樣的人，都相信了可能性。聯邦與新吉翁……地球居民與宇宙居民的和解，是有可能的。說不定『盒子』的解放會成為這項契機。」

想說些什麼卻沒能說出口，低下頭去的奧黛莉臉上再次出現陰影。「當然，這是帶有我的希望性的觀測。」巴納吉連忙補充，然而她突然抬頭，讓翡翠色的瞳孔一下子近在眼前。

「我也想這樣相信著。」

她不安地伸出手，抓住巴納吉的上臂。強勁的力道透過駕駛服的布料傳達而來，讓巴納吉感到心跳加速。讓我相信……響起的聲音，是現實的聲音，還是共振的心底深處所響起的

「聲音」呢?無法加以判斷，目光被眼前的雙唇吸住無法動彈，他不知不覺移動的手疊在奧黛莉的手背上。

時間停止，就好像兩個人以外的一切都消失了一樣。聞到頭髮飄來的甜蜜香味，巴納吉閉上了眼睛。摒住呼吸的奧黛莉臉接近到幾乎碰上，從那傳來的些許熱度刺激著鼻腔。預感到嘴唇觸感的頭腦麻痺著，無法做出任何思考的瞬間，凝耳的呼吸聲突然響起，讓幾乎融化的身體突然僵直。

『離指定座標還有T負六十。兩位，差不多該開無線電了。』

跟著響起的是康洛伊那彷彿看到一切的聲音，讓他體驗到了所謂臉上噴出火來是什麼樣的感覺。巴納吉馬上看向正面，用有點高的音調回答「了解」。他沒有勇氣與急忙端正坐姿，戴回頭盔的奧黛莉目光交會，視線只能逃向已經可以用肉眼辨別形狀的「L1匯合點」。反射著遙遠的太陽光，雪花結晶的形狀閃著光芒，宇宙的燈塔即使在這空蕩的時候，仍然在虛空中劃出精緻的幾何學圖案。

「好漂亮……」奧黛莉說著。放棄去搭些符合氣氛的話語，巴納吉的目光移向儀表板上的座標計。確認那逐漸接近於零的數值之後，檢查各系統的動作狀況。拉普拉斯程式沒有啟動的徵兆，短時間裡只剩下尷尬的氣氛留在駕駛艙中。

※

『ECOAS920，確認抵達目標。RX-0接著進入指定座標。』

『有首相官邸的先例，不要看漏了各感應器的些微變化。電波、磁波、放射線，不知道來的會是什麼。』

帶著興奮的奧特艦長聲音結束的同時，從喉嚨搾出來的聲音傳進耳朵，壓在手腕上的抵抗感一下子消失了。

鬆開扼在喉嚨上的手腕，推開了那從背後壓制住的身體。辛尼曼抓住開始漂浮在走道上的警衛隊員衣領，將他拉進倉庫，並壓進堆積如山的紙箱暗處。這是第二人——真是容易。雖然心中感到一絲猶豫，但是身體卻記得該做的事情。別班的亞雷克他們，現在也只是想著如何結束而行動的吧。與把第一人用細鐵絲綁起來的布拉特眼神交會，點了點頭，辛尼曼從警衛隊員的腰間拿走了無線電。一旦開始就沒什麼好在意的了。反芻著浮在心中的話語，他將無線電拿近嘴邊。

「一如預定。」

喀嘰、喀嘰。表示了解的雜訊音振動著無線電，傳來一切都照流程進行中的消息。背對著正在捆綁第二人的布拉特，辛尼曼將強化塑膠製的公事包拿在手邊。從「葛蘭雪」拿來的公事包，放了航海記錄的船長用的私物，當然也受過檢查。可是這艘船的成員到最後還是沒有發現，這公事包的扣具及密碼鎖分解後會成為小型手槍的零件、把手會成為槍身的構造。

其他魚目混珠拿進來的火器，數量只有五把。在壓制艦上的武器倉庫之前，必須只靠這些解決事情。再次確認時機是勝負關鍵，辛尼曼埋首在手槍的組合上。把綑綁起來的第二人壓進紙箱堆中的布拉特，用不知道是否是逞強的口氣說：「真是的，居然這麼沒挑戰性。」

「接下來，就看公主跟小鬼怎麼行動了……」

撇過來的視線，問著這樣好嗎？沒有什麼好不好的。我們是新吉翁的軍人，這裡是聯邦的船艦上。我們沒辦法去想更多，也沒有必要想。「不用擔心。」辛尼曼回答，拉動了組好的小型手槍滑套，確認瞄準器的狀況，吹散積在彈膛的灰塵。

「公主她呀，比我們想像的要成熟多了，跟那個小鬼不一樣。」

先前從駕駛艙跳出來，像小狗一樣飛撲過來的那張臉在腦海中閃過。沒有辦法，我們和你，住的世界不一樣。把裝有六發25mm子彈的彈莢裝上，姆指壓上滑套鎖的辛尼曼，藉著解鎖的手勢趕走了腦海中的殘像。初彈裝入彈倉的聲音震動了倉庫的空氣，微微地壓擠著吞下罪惡種子的胸口。

※

有如寶石飾品般優美的「L1匯合點」，卻也有毫無情調抵銷了美感的部位。就是縱貫中央核心區域的穩定用纜繩，直徑十公尺，總長七公里的粗大線段，從雪花結晶的兩面拉出一直線。

為了定位在重力均衡點的中心，必須要相對應地接受兩個重力源——地球與月球所發生的引力，向各個星球延伸的纜繩功用就有如鉛錘。從地球的那一邊接近「L1匯合點」的「獨角獸」，沿著纜繩接近雪花結晶的核心，抵達了指定座標宙域。

指定座標所示的範圍，包含了以「L1匯合點」為中心的直徑一公里多的空間。在宇宙來說這可是極為渺小的空間，巴納吉讓機體與「L1匯合點」的相對速度降到趨近於零，慎重地開始跨越座標宙域。抵達之後已經過了三分鐘，「獨角獸」的機身並沒有發生變化。各個系統維持正常，拉普拉斯程式也保持著沉默。

「果然，條件還是要發動NT-D才行嗎？」

「也許是這樣啦……不過在首相官邸那時候，只是接觸就產生變化了。」

回答著左右張望的奧黛莉，巴納吉看著儀表板上的時刻顯示。已經過了四分鐘，這麼地沒變化也很奇怪。該不會看漏了什麼吧。

「康洛伊先生，內部的狀況怎麼樣？」

『就是個無人的廢墟罷了。太陽電池的動力還活著，不過大半的機能都死了。從調查開始到現在，都沒有變化。』

從十分鐘前就登上「L1匯合點」的兩架「洛特」，一架從港口進入核心區域，另一架在調查從這裡看起來是死角的月球那一面。現在的太陽在地球方向，所以要探索月球那一面只能靠月光。「洛特」現在大概正變成MS型態閃著肩部的探查燈，在太陽能發電板上慢慢地移動，不過位於地球這一面的「獨角獸」沒辦法看到它的樣子。側眼看著滯留在港口旁空蕩的噴射座，巴納吉讓機體移動到穩定用纜繩的根部。近距離看到的「L1匯合點」，大小可不是船艦的等級。雖然沒有到殖民衛星那種程度，但也是有可以當做臨時港口作動的規模，堪稱是宇宙的小島。

無計可施。別說是「盒子」的內容，自己連它的大小都沒有概念。沒有任何指示，要從這裡面找出「盒子」，就像是要從稻草堆中找出一根針一樣。雖然知道沒用，不過巴納吉叫出事前輸入的「L1匯合點」構造圖，凝視著那3D的模組。『不能變成「鋼彈」嗎？在達卡就是這樣才解放情報的吧。』康洛伊說道。「沒辦法那麼自由變形啦。」正在回答時，「巴納吉。」奧黛莉急迫的聲音響起。

「既然是你的父親計畫出來的，我相信不會那麼一面倒。但是，萬一『盒子』是會帶來災厄的東西的話……」

手碰著頭盔，暫時切斷無線電說話的那張臉，無法只用認真形容。與她那幾乎可說是帶著殺氣的目光交會後，「我知道。」巴納吉回答。

「到時候，就破壞它吧。不要讓它落入別人手中。」

從想要知道「盒子」的真面目——想找到「答案」之時，就放在心中的話語。看著微微嘆息的奧黛莉後，巴納吉仰望有如一面牆壁堵住視線的「L1匯合點」，「可是，我不覺得是那樣。」他說道，並輕輕踏下踏板。

「看如何使用，也會給這個世界帶來光明的東西……沒錯，是看使用的人。他為此，還特地做了區分出新人類的系統。」

離開核心區域，讓「獨角獸」移動到雪花結晶的最外緣。遠方通過的民用船航海燈，化為閃爍的群星從腳底流過。從行進方向看來，應該是從月球往地球的船吧。在連結地球與月球的航道上行駛的船隻，毫無例外地都會掠過「L1匯合點」的附近。

「『盒子』的真面目，以及抵達它的路途，一定是更加單純的……」

凝神看著頭上，可以看到有一群閃爍物放著比群星更強的光芒。那是殖民衛星群的光，繞行L4共鳴軌道的SIDE2。繞行L1軌道，昔日的SIDE5——暗礁宙域，以及在那之中的「工業七號」，現在都不在視野之內。

「從『工業七號』開始，最初是首相官邸『拉普拉斯』的殘骸……」

宇宙世紀開闢之地，因為爆炸攻擊而與當時的首腦們一起被破壞的「拉普拉斯」。巴納吉想起在那裡所聽到的演說。百年以前，在西元的最後一晚聯邦政府初代首相的聲音。與被殘酷地破壞掉的殘骸群一起，述說著「過去」——

「接下來是達卡。地球聯邦的首都……」

在熱沙之中聳立的宇宙世紀曼哈頓。聯邦這個系統的堅強與脆弱都在那裡出現。化為劃破皮膚的沙嵐而吹襲的馬哈地的瘋狂、羅妮的鮮明。民族與宗教，無法鎮下的業障在鍋底翻滾著，在灼熱的大地嚴然屹立，「現在」的象徵——

然後，現在看得到的是什麼？父親指定這裡，是想傳達些什麼？巴納吉讓「獨角獸」遨遊在虛空之中，環顧了周圍的空間。切掉CG，將宇宙的實景投影在全景式螢幕上，配合慢慢地迴轉的機體再次看向四周。

被一片漆黑所包圍，變得昏暗的駕駛艙，被「L1匯合點」反射出的白色光芒所照亮。不行，還是不懂。就算被判定為新人類，但畢竟只是人類的自己只能看到眼前所見的東西。告訴我吧，巴納吉在心中喊著。如果殘留思念是真實的，並且就寄宿在這架「獨角獸」的身上的話，那麼現在便指引我道路吧。

你說過要展示人之所以為人的溫柔，這是上到宇宙的人類的職責。「拉普拉斯」的亡靈，初代首相也說了同樣的話。那是善意吧。是在苛刻的現實裡，與不合理的事物奮鬥之下所編織而出，為了讓人類保持人性面貌的善意吧。在尋求「盒子」的旅途之中，自己看到了世界真相的一角。看到了善意與惡意混雜得無以分辨，掙扎地追求著「光明」的世界樣貌。接下來的才是真正重要的，對於活在善意所產生的可能性下、並且靠此存活的自己下一個應該注目的事物。將「過去」與「現在」納為血肉的身體，下一個應該面對的東西——

噗通一聲，沉重心跳貫徹全身，震動了駕駛艙。自己的心跳，「獨角獸」的心跳，兩個合而為一，每一次的脈動都讓巴納吉感覺到自己的五感擴張。讓他不斷地感覺到神經通到了機械臂的指尖、腳部裝甲的腳尖，擴張到MS大小的五感朝四方擴散而去。

腳邊是地球，頭上是月球。然後在眼前的，是有無限空間的宇宙。從行星誕生的生物們，下一個應該前往的未開之新領域。雖然現在還局限在地球圈這個小小的地方，可是這空間就開放在人們的眼前。等著人們用人類的溫柔與力量，去用光芒照亮的黑暗，就在眼前。

也許在拓展知覺，理解如何讓思想契合的方法，總有一天連時間都能支配的時候，這個空間在才會在人的面前敞開大門。用不會輕易耗盡的時間、空間以及可能性，去開拓的未知領域。

經過了過去，直到現在人類站上的出發點。宇宙與行星，還有人。三位一體所呈現的無限——未來。

「……我懂了，爸爸。」

不知不覺流露出的話語化為「光」，讓額頭爆出形似神經細胞的薄弱閃光。那道光化為V字形的劍型天線向左右張開，接著讓滑動的裝甲間流露出精神感應框體的燐光，虛空中出現變形成「鋼彈」的軀體。

而他只不過是作出把閉起的眼睛睜開，這麼自然的動作而已。「巴納吉……!?」奧黛莉困惑的叫聲刺激著現實的聽覺，將巴納吉的知覺拉回到坐在線性座椅上的渺小肉體中。

NT-D的訊號閃爍著，化為「鋼彈」的機體線圖映在狀態畫面上。想確認奧黛莉是否沒事，才發覺自己被保護頭部的拘束器固定住頭部的巴納吉，在心中想著：不用了。拘束具解除，重獲自由的肉體差點從線性座椅上浮起。就這麼扭身想轉向輔助席的同時，全景式螢幕上映出的數個星點輝度增加，延伸出的光軸如同在描繪星座般開始互相交織。

就像是天文台、也像是從內側仰望急速發展的腦部。閃爍的群星被各自的光軸所連結，畫出了分不清是星座還是神經系統的圖樣，每一區閃著不同的對照標色。地球、月球與殖民衛星群。正想對照時間檢查各自的位置，並確認身在指定座標的機體狀況時，「獨角獸鋼彈」自己動了起來，改變身體的方向，將它的主監視器定向虛空中的某一點。

從群星延伸出的光軸沿著全景式螢幕畫出弧線，指示著正面的紅色光點。無數的光軸如同被紅色光點吸收般消失，只留下一個指定遠方座標的光點，緊接著旁邊浮現出「Ｌａ＋」的紅色標記。

「巴納吉……」

看著超乎想像的座標資料，奧黛莉呆呆地低語。巴納吉點頭，「沒有錯」的聲音從乾涸的喉嚨中擠出。

「這就是最後的座標……『拉普拉斯之盒』的所在地。」

奧黛莉那搭在肩膀上的手抖了一下。搖搖頭，巴納吉勉強讓被光點吸引的目光移動，並且伸手去碰頭盔確認無線電沒有中斷。「康洛伊隊長、『擬．阿卡馬』！『盒子』的最終座標是——」他一股腦要開口的瞬間，從腳底刺上來的殺意貫穿了駕駛艙，兇暴地發出光芒燒灼了視線的一角。

比握住操縱桿的動作還早感覺到危機意識的「獨角獸鋼彈」自動採取回避行動。同時MEGA粒子彈的光軸發出閃光，掩蓋了全景式螢幕，駕駛艙連續傳來飛散粒子的爆炸聲。

巴納吉一邊將背部背負的護盾裝上左腕，一邊讓機體Z字移動，眼神看向彈道的源頭。遠方通過的船艦航海燈閃過視野的剎那，從該處噴出第二發光束，護盾內藏的I力場產生器讓襲來的高熱粒子向八方散去。

「挑這種時候……！」

是聯邦，還是新吉翁？挑定混在通行船中襲來的敵人，巴納吉架起裝填了麥格農彈莢的光束步槍。感應到的精神感應裝置駕馭著機體，「獨角獸鋼彈」為了尋求有利的射擊位置而機動著。無痛注射的衝擊竄過手臂，內藏在駕駛服裝的氣囊壓迫著下半身，血液被阻止無法下降，讓上半身感到一陣令人不快的熱度。但是下一瞬間，咕嗚！旁邊發出一聲有如野獸的悲鳴，讓巴納吉感到渾身汗毛倒豎。

「奧黛莉!?」

轉動被壓在線性坐椅上的頭部看向輔助席。被幾乎可以殺人的重力加速度壓迫，讓奧黛莉上半身後仰，而無法看到她的表情。不用專用的駕駛服與線性座椅，是無法忍受毀滅模式的高機動性的。巴納吉立刻鬆開腳踏板，努力地從意識中切離那逼迫而來的殺氣。

ＭＥＧＡ粒子彈擦過動作變遲鈍的「獨角獸鋼彈」，熱波與衝擊波打在機體上。在劇烈搖晃的駕駛艙中，持續指著宇宙中一點的「Ｌａ＋」光點在頭上迴轉，透出紅色的光芒時遠時近地搖晃著。

※

在瞄準畫面上放大的白色機體，被擦過的ＭＥＧＡ粒子彈衝擊波擊中而大幅地往右晃。就算敵機從鏡頭移出，也沒有必要擔心跟丟。對方的動作遲鈍，機動速度用追尾系統就可以輕鬆跟上。

「可惡的『鋼彈』，沒傳說中的厲害嘛。開曼隊去對付『擬造木馬』。這傢伙我來就夠了！」

對無線電呼叫著，季利根將光束砲的準星對準白色機體，發電機的出力低落，使「高性能薩克」在光束武器的使用上受到相當的限制，不過這架特裝型有著足以驅動長距離用狙擊槍的出力。從母艦「古爾托普」出發不到十分鐘，就碰上這麼大的獵物。瞄準那與在紀錄影片中看過無數次的吉翁仇敵神似的白色ＭＳ，數不清是第幾發的光束在Ｌ１的宙域中奔馳。

將護盾拿在前方，擋住飛散粒子的機身再次移出鏡頭之外。「休想逃……！」說話的季利根嘴角上揚，用ＡＭＢＡＣ控制姿勢並踏下踏板。背部與腳部的推進器噴射，所屬於開曼小隊的兩架「高性能薩克」，從追擊「鋼彈」的「高性能薩克特裝型」腳邊掠過。「德洛密」的ＭＳ隊也從別的方向開始襲擊，可以目視「擬造木馬」──「擬・阿卡馬」射出了無數的對空火線。

雖然是艘左舷彈射甲板受創的帶傷船隻，不過火線的數量比想像的還多。無法進攻的開曼隊散開，其中一方放出的飛彈在空中炸開，爆出模擬彈完全無法比擬的巨大火球。爆散的偽裝隕石看起來有如我方機體，讓季利根一下子冷汗直流。

大規模地進攻，把艦的注意力引向艦外。這是「擬造木馬」所發信的無線密碼內容，理由是可以推測得到，不過密碼的發信者現在身處何種狀況下就只能用想像的。其他還有兩架的ＭＳ要是出擊的話怎麼辦？我們可以撐到密碼的發信者行動嗎？突然想到這些，讓季利根全身發抖，不過接下來他感受到高昂感漲起，讓全身血液沸騰的感覺。

這與國防大學互相認識的人，分成紅軍與藍軍的模擬演習不同。沒見過面的敵人、無法判斷的狀況、預測錯誤會導致死亡的極限緊張感。這就是——

「戰爭……嗎……」

低吟著，他舔了一下乾澀的嘴唇。記起無處可用的兵器操作法、持續進行空虛的鑽研，一切一定都是為了這一瞬間。不斷做著不需要提交的作業，並且只是鎖進自我滿足的金庫之中那些日子——今天是清庫存的時候了。用舊式的機體所培養的技術、直覺，還有韌性。要打下那架「鋼彈」，以證明這一切不是白費的。

面對將虛有其表的機體向左右晃動，逃進「L1匯合點」陰影中的「鋼彈」，季利根把「高性能薩克特裝型」的推力全開咬住對手不放。用兩手撐住與機身長度匹敵的光束砲，等待能源填充完畢後扣下扳機。一直線延伸出去的光束撕裂實戰下的宇宙，在「鋼彈」所藏身的太陽發電板上穿出一個黑色的洞。

※

「是吉翁共和國!?」

復誦的同時，光束擦過艦橋的附近，閃光與震動掩蔽了奧特的五感。「沒有錯！」偵測長用不輸爆炸聲的聲音咆哮著。

「是姆賽改級的『古爾托普』與『德洛密』！以練習艦隊的名目，提出遠洋航海的申請！」

偵測畫面上層疊映著姆賽改級的CG，與攻擊中的「高性能薩克」資料。信任登錄上的識別資料的話，那麼雙方都是現役的吉翁共和國用兵器沒錯。對警戒著聯邦與新吉翁追擊的「擬・阿卡馬」來說，敵人的真面目完全在意料之外——「怎麼回事……」奧特唸著，不過沒有人有空回答他，奧特將目光移向了主螢幕。與襲擊「獨角獸鋼彈」的敵人加起來，「高性能薩克」的數量共八架。相對的自己這邊，能夠即刻出動的迎擊機只有「里歇爾」與「完全型傑鋼」兩架。就算對手是十年前生產的舊型機，但是被數量壓制就沒法子了。加上在後面待機的兩架姆賽改要是開始艦砲射擊的話……

現在才後悔怎麼會因為沒有追兵的氣息，就沒有事先配置單艦防禦用的MS。雷達事先已經捕捉到共和國艦的存在，可是誰能預想到與事態無關的同盟國會突然進行奇襲？用力地搥著艦長席的扶手，奧特咆哮道：「MS隊，還沒出發嗎!?」「沒有辦法！敵人的攻擊太激烈——」美尋回答到一半，就被腳底傳來的爆炸聲壓過，『第　電源室，發生火災！』『應急班！反應太慢了！在做什麼！』充滿殺氣的艦內無線電對話在艦橋裡迴響著。

雖然沒有直接狙擊輪機，但是敵人的攻擊可以說是毫無針對性。也沒有要擊潰對空火線，只是一直反覆進行打到賺到的打帶跑。這樣下去不知道什麼時候會直擊艦橋。發現現況下包括自己在內，沒有一個人穿著太空衣而感到一陣戰慄的奧特，大聲說道：「誰都可以，去拿太空衣來！」「已經叫人去了！」蕾亞姆大聲地回覆著，臉上被砲火的光芒照出幾分陰影。

「『鋼彈』在做什麼?不能叫他回來嗎!?」

「通訊斷絕中。他躲進『L1匯合點』的陰影處，似乎陷入苦戰。」

「叫ECOAS的『洛特』去援護他。敵人是舊型的MS，不是什麼難纏的對手——」

「那孩子沒有辦法好好應戰。」

聽到蕾亞姆的低語，讓奧特吞回了說到一半的話。「因為米妮瓦公主也在，所以……」看著她難以啟齒的臉色，奧特感到一陣戰慄，並看向窗外在「L1匯合點」附近炸開的爆炸光。在抗G力不足的輔助席上，曝露在那有如怪物般的機動力下的結果根本不需要想像。對沒想到這點的自己咂舌，「可是，這樣下去……」當他低語的同時，背後的門在爆炸聲中傳來打開的氣息。

太空衣終於到了嗎。「太慢了!快點……」奧特將視線看向椅背之後，卻突然失去聲音，坐在艦長席上的身體僵直了。那裡沒有抱著太空衣的乘組員身影。給這一切突發事態致命一擊的異常——背叛這數天以來小小的進展的異常，忽然之間站在艦橋的門口。

蕾亞姆也倒抽一口氣呆立著，美尋與偵測長愣住而停下手的動作。總覺得自從戰鬥開始之後，各部門的動作就遲鈍得很奇妙。反芻著共和國軍時機過於完美的襲擊，奧特領悟了現在所面對的現實，並與站在門口的異常目光交會。視線短暫地交錯了之後，被他手上的衝鋒槍槍口解開，附著防火帽的黑色洞穴朝自己看過來。

同樣了解職責之重的眼神，在槍口的那一端無言地訴說著。抵抗是沒有用的，身為指揮官該做的事只有一件——緊緊地握住座椅扶手的瞬間，「不知羞恥……！」大叫的蕾亞姆往前踏出一步，奧特想制止她時已經太遲了。輕機槍的槍口噴出火花，在艦橋中產生比窗外的爆炸光更醒目的光芒。

※

從肩膀的護盾中拔出來的光劍，化為斬開黑暗的鮮明光芒直逼眼前。不過對方犯了致命的錯誤。在揮舞之前，刀刃接觸到太陽能發電板上伸出的警示燈，錯失了斬擊的時機。

過於直線的移動軌道，散漫的狀況掌握。要回避很容易，甚至於從旁邊用光劍反擊也不是不可能，不過他知道這樣做的話奧黛莉也不會沒事。用護盾擋下斬擊的巴納吉，放棄繞到敵機背後，改讓「獨角獸鋼彈」往月球那一側退後。不能噴射推進器，這樣的想法讓反應變遲鈍，沒能控制好動作的機體很難看地在空中回轉。想用ＡＭＢＡＣ重振體勢的努力也是白費，機體傳來與穩定用纜繩相撞的衝擊，「巴納吉，先別管我了！」奧黛莉大叫的聲音在劇烈震動的駕駛艙內迴響著。

「好好地戰鬥！這樣下去——」

蹬了警示燈的柱子轉換姿勢的敵機「高性能薩克特裝機」從腳邊急速接近，並舉起手上的光劍。真是千篇一律。雖然知道不會打中，但是巴納吉還是對著敵機發射光束麥格農。在麥格農彈莢中保持簡併態的ＭＥＧＡ粒子被解放，一口氣爆發出來的巨大光軸掠過單眼的巨人。彈道上的太陽能發電板被飛散粒子燒得面目全非，在「Ｌ１匯合點」的表面留下了遠看也能看到的傷痕，不過這距離沒辦法只靠衝擊波打下對手。巴納吉讓機體接著核心區的最外緣，藏在連接面板的結構材暗處，不過與預想中的相反，「高性能薩克特裝機」並沒有張開反擊的火線。雖然自己已經在對方射線上，但是攜帶著長砲身光束砲的機體似乎很慌張地翻身，用直線的軌道滑進「Ｌ１匯合點」的死角。

就在這時，繞到月球那一面的另一架「高性能薩克」，急急忙忙地用機槍攻擊而來。沒有去壓制正在核心區上的「洛特」，只是在找機會插手戰鬥的這一架「高性能薩克」，跟停住的那架一樣是直線的軌道。不需使用麥格農彈，將光束步槍的槍口對著它牽制的巴納吉，預測它的回避行動，一起發射頭部火神砲。60mm的實體彈火線以扇型散布，採取預料中的回避運動的「高性能薩克」腳部噴出直擊的閃光。雖然馬上採取回避行動，可是推進器出力過度，背對的機體一下子就脫離戰鬥空域了。沒有張開牽制用彈幕的概念，也完全忘了與僚機合作。只靠氣勢壓過來的傢伙們，難道只看到光束麥格農的威力就嚇到了嗎？

「這些傢伙，是外行人……」

從洩了氣的身體吐出這句話。不是機體性能的問題。地球的吉翁軍殘黨，用比那還古老的機體與聯邦的最新機體戰得不分上下。從結構材的影子中脫出，飛過太陽能發電板上時，「那是共和國軍的機體。」奧黛莉開口說道，讓巴納吉再次看向被擴大視窗捕捉到的CG補正畫面。

這麼說來，那亮灰色不適合實戰的機體好像在新聞還是什麼地方看過。與聯邦宇宙軍合同演習云云的新聞影像中，三不五時會閃過．下的吉翁共和國MS。對違反命令的戰艦發動攻擊，也是基於和聯邦的安全保障條約嗎？用目光追著與「帶袖的」設計理念、技術落差極大的機體，「共和國……」正打算回問的時候，被米諾夫斯基粒子干擾的無線電傳出人聲，從雜訊中浮出來的聲音在耳邊明確地響起。

『……巴納吉，「獨角獸鋼彈」，聽得見嗎？』

因為從「L1匯合點」的暗處脫出，所以雷射通訊似乎恢復了。發訊方位被自動解析，視窗捕捉到「擬．阿卡馬」的擴大影像同時，已經聽慣的粗獷聲音繼續說了下去。

『我是辛尼曼上尉。立刻中止戰鬥，遵從共和國軍的指示。「擬．阿卡馬」已經被佔領了，不聽從指示的話，我們無法保證艦長以下乘組員的安全。』

無法了解聽到了些什麼，只有被重物撞到的衝擊通過腦門。一瞬間讓身心放空，無法動彈的巴納吉，擠出一句「……什麼？」並將手貼上頭盔。

「船長，我不懂，你在說什麼？佔領了『擬．阿卡馬』……」

『就是字面意思。只要乖乖地聽從指示，就不會危害你們。立刻解除武裝。』

接近警報突然響起，讓幾乎飛離的意識一部份回到肉體。一時後退的「高性能薩克」群，劃著大幅度的軌道逐漸接近。散開、並且如同包圍般接近的兩機，舉動很明顯地與這無線電的聲音同調。「等一下……」呻吟著，巴納吉將背壓在線性座椅上。脈動變得急速，冷汗直流。

「這是怎麼回事，船長!?請說明，請好好地說明！」

沒有回答。在接近的「高性能薩克」後方，「擬·阿卡馬」與「L1匯合點」保持約一百里左右的距離，而且安靜得詭異。沒有張開對空火線，共和國軍的MS也逐漸聚集在保持沉默的艦體周圍。什麼?發生了什麼事?思考與視線都無法定住，巴納吉轉頭看向身旁的奧黛莉，他高聲說道：「奧黛莉，妳也說句話。」低著的頭稍微動了一下，翡翠色的瞳孔回看著巴納吉。

「船長好奇怪，他好像搞錯什麼了。妳來跟他說的話……」

應該同樣處於困惑之中的那對瞳孔，卻帶著令人害怕的寂靜沉在陰影之中。聯邦與新吉翁，高唱著雙方調和的可能性的同時——不，她越是高唱，陰影變得越加深沉。她知道會變成這樣，她害怕的就是這個。無言地訴說著，陰影接受了這已經無法扭轉的局面……

抓住她肩膀的手失去力氣，沒有目標地漂在空中。「怎麼會……」流露出的言語滯留在頭盔內，巴納吉感到呼吸困難而打開護罩。奧黛莉的目光垂下去不動。「擬·阿卡馬」也沉默著。你在那裡做什麼?巴納吉搖晃的視線看著白色船體，在口中唸著。就算做出這種事，也救不了任何人。明明比任何人都清楚這一點，然而你在那裡做什麼?

「那是平常的船長啊，說要是讓妳受傷絕不放過我，像平常一樣地笑著……太奇怪了，怎麼這樣。船長……船長他……」

「辛尼曼。」

打斷沒完沒了的自言自語，奧黛莉抬起頭說著。被那不是奧黛莉，怎麼看都是米妮瓦的表情與聲音震懾，巴納吉無語地看著她的側臉。

「我以米妮瓦．薩比之名命令……就算這麼說，你也不會聽吧？」

『是的。』

「是嗎……很遺憾。」

低下的臉孔一瞬間閃過漆黑的陰影，奧黛莉打開頭盔的護罩，用毅然的表情看向自己。切斷無線電，她很快地說道：「巴納吉，破壞掉『獨角獸』。」巴納吉一下子無法理解她說了什麼。

「辛尼曼與『帶袖的』他們取得聯絡。增援馬上就會來了，在『盒子』落到他們手中之前——」

『巴納吉，挾持米妮瓦．薩比做人質。』

瞬間，別的聲音在頭盔中迴盪，巴納吉張大半開的眼睛。

「康洛伊先生……」

『現在已經是萬一的事態了，這關係到乘組員們的性命。』

追尋無線電的發訊方位，將視線移向背後的「L1匯合點」。無法以目視確認身在核心區域的「洛特」機影，腦海裡浮現的是他交過手槍時的嚴肅神情。巴納吉看向右腳踝，收在足用皮套的自動手槍進入視野之中。從固定扣的縫隙間露出，閃著黑色光澤的握把——要拿這對著奧黛莉？為什麼？

『住手，巴納吉，你做不到的。』

辛尼曼的聲音插了進來。早已聽習慣的聲音在腦海中迴響著，巴納吉用雙手壓住頭盔。

『仔細想想吧。把「盒子」交給聯邦也不能改變什麼。等他們修復了與畢斯特財團的共生關係，我們與公主都只能葬送在黑暗中。想想瑪莉妲吧，你應該也看過他們的手段了。』

「可是，『擬．阿卡馬』的人們……布萊特艦長，不會那樣——」

『一個軍人能做什麼？為了救他們，現在只能這麼做。如果不分聯邦與新吉翁的話，那麼來我們底下應該也是一樣的。』

不是這樣。他立刻想著。可是想著為什麼不一樣的巴納吉，卻得不到答案，而看向奧黛莉。翡翠色的瞳孔不發一語，只有康洛伊的「不要被迷惑」響著。

『他們是騙人的高手，不要聽他們的。王牌握在你手上。』

『你要聽那些把公主當物品的人說的話？巴納吉，跟我們一起來吧！這也是為了公主好。』

「高性能薩克特裝型」已經接近到肉眼可視的距離，並且將保持在即時射擊位置的光束砲對準自機，巴納吉感到一陣反胃。『我是吉翁共和國軍季利根·尤斯特上尉。立刻放下武器，打開駕駛艙門……』聽著對方駕駛員的聲音，巴納吉卻握緊了因汗而溼透的拳頭。破壞機體、向新吉翁投降、拿奧黛莉當人質。大家都只顧自己，只想著自己那一方。就為了這樣破壞「獨角獸」好嗎？將這前往「盒子」唯一路標的機械，將這透過過去、現在和未來之旅，想呈現出人類可能性的父親的思念——

『你沒聽到嗎。放下光束步槍……』

歇斯底里的駕駛員聲音持續著。「囉嗦！」打斷他的巴納吉，藉著出聲的氣勢，踏下腳踏板。

突然加速的「獨角獸鋼彈」，對眼前的「高性能薩克特裝型」進行衝撞。接觸的衝擊震動著駕駛艙，「巴納吉……！」動搖的奧黛莉叫了出聲，不過巴納吉並沒有想理她。對撞飛的「高性能薩克特裝型」看都不看一眼，巴納吉正面盯著「擬·阿卡馬」的白色船體。

他沒有想到要做什麼，只是想看船長的臉。沒有面對面，沒辦法談這種話，不可能互相理解。一起穿越沙漠時，那一直照顧著自己的背影。在達卡的空中互毆時，你也手下留情了。你厭惡在眼下的地上那無謂的殺戮，默認著讓我衝出去——

細銳的光芒在眼前啪、啪地錯綜閃動，對他一頭熱的腦袋潑了盆冷水。巴納吉反射性地煞住，讓「獨角獸鋼彈」的軌道幾乎九十度轉換，但是聽到有如從壓潰肺臟吐出的咽嗚聲，讓他感到全身失去血氣。

他忘了奧黛莉也在。回看輔助席，只看到癱瘓的奧黛莉，巴納吉大叫一聲「奧黛莉！」並搖動她的肩膀。

笨蛋，我是笨蛋。現在無論如何都要保護好的，除了她之外沒有別人啊。受恐懼感驅使，對頭盔中的臉頰拍了數次，她顫抖的眼瞼緩緩睜開，沒有定焦的瞳孔回看著自己。正鬆了一口氣的瞬間，『冷靜點，巴納吉。』新的聲音從無線電插進來，讓巴納吉觸碰奧黛莉的手一陣痙攣。

『你的行動會牽連到許多人的性命，不要隨便亂來比較好。』

發射錯綜的威嚇光束的物體——有線式的遠隔操作砲台回捲，收回到往自機接近的異形ＭＳ手腕上。在那令人聯想到薔薇的紫色機體身後，身著鮮紅色裝甲的機體從「擬．阿卡馬」的後方出現，讓巴納吉的視線盯著它不放。

「弗爾．伏朗托……」

意識似乎恢復清醒的奧黛莉，傻眼地說著。追過紫色的機體，在「擬．阿卡馬」前方將相對速度降為零的「新安州」，連手上的光束步槍都沒有舉起，俯視著「獨角獸鋼彈」。同行的兩架「吉拉．祖魯」代替它架起光束砲，與紫色機體一同，單眼閃著威嚇的光芒。看著這群與共和國軍的「高性能薩克」群等級不同，已經習慣戰鬥的人們動作，巴納吉將在「帛琉」所看到，戴著假面的臉孔與紅色機體重疊。

『投降吧。現在這是最好的一條路。』

那環繞在耳邊，侵蝕腦海的聲音繼續說著。重新握住操縱桿的手失去力道，巴納吉失去焦點的眼神在虛空中游移。最好的一條路、通往未來的道路、父親所託付的事物。毫無脈絡的話語盤旋著、化膿、崩潰，並失去意義。連思考如何是好的能力都沒有了，只剩下言語亂七八糟地混成一團，在放空的腦海中無處可去而滯留著。

也許因為這樣，從輔助席起身的奧黛莉將手伸向腳邊時，他沒辦法即時做出反應。等他發現的時候手槍已經被拔出，腹部被槍口抵住的巴納吉，直到這時才終於看向奧黛莉的臉。

奧黛莉，他想開口叫她，可是卻叫不出來，壓在腹部的硬塊成了他唯一可以感覺到的東西。奧黛莉沒有移開與巴納吉對上的目光，她靜靜地說道：「辛苦你了，弗爾．伏朗托上

校。」

「『獨角獸』的駕駛員，現況下沒有辦法做出冷靜的判斷。駕駛艙由我壓制了。」

『米妮瓦殿下……這樣好嗎？』

「事情已經發展到這個地步，也沒有辦法了。我要往哪去才好？」

『降落到「擬．阿卡馬」就可以了，可以讓它解除武裝嗎？』

伏朗托的聲音也相當冷靜。「奧黛莉……」從喉嚨擠出聲音，巴納吉看著表情充滿壓抑的奧黛莉。是演技嗎？他想用眼神試探，可是翡翠色的瞳孔沒有回答。槍口更加用力地壓迫著腹部，宛如在測試強度般的視線穿透身心。心底深處被動搖，讓巴納吉心中體認到這是重要局面。他閉上眼睛一段時間，然後深深吸了一口氣看向正面。

解開操縱桿的鎖定，放下裝備在右機械臂上的光束步槍。以此為契機，NT-D的訊號開始閃動，精神感應框體那連駕駛艙中都看得到的光芒消失了。擴張的框體收縮，滑開的裝甲回到固定位置，多劍型天線收束回獨角，下方的雙眼監視器也失去光芒。確認「La+」的紅色光點消失，機體狀況回到「獨角獸」的巴納吉，開啟推進器縮短與「擬．阿卡馬」間的距離。

尾隨著抓住漂在虛空中的光束步槍，開始導引的「吉拉．祖魯」，前往現在已經在新吉翁掌中的白色船體。敵意、猜忌、良心不安。感覺著漂在周圍複數的視線與情感，巴納吉專心地讓「獨角獸」前進。相信別人這個行為——用全身實際體會到這有多麼沉重與困難的同時，他將心思放在旁邊這條以槍口聯繫的生命上。在持槍壓著自己不動的奧黛莉頭上，伏朗托的「新安州」視線也盯著自己不放，體現紅色彗星之名的機體持續浮在黑暗之中。

3

「……你聽到艦內廣播了吧？沒有例外，請全員移動到MS甲板。」

「也有不能拔點滴的人啊！在無重力下你是要我怎麼處置？人在一般病房就算了，在加護病房的患者不能移動。條約裡面也承認傷兵有治療權利。」

曾經聽過的聲音，帶著固執的憤怒震動著耳膜。瑪莉妲・庫魯斯微睜雙眼，模糊的視線左右環視著。

她看到了像是醫務室的白色天花板。那不是「葛蘭雪」的天花板，理解到這點的身體流過一股微弱的電流，瑪莉妲將沉重的腦袋轉向聲音傳來的方向。透過環繞著病床的拉簾，在外頭蠢動的魁梧男性背影，是自己熟悉的人物。那是葛蘭雪隊成員之一，擔任後備操舵手的亞雷克。身材壯碩卻頗膽小的他，手上握著輕機槍。被槍口指著的白衣男性也有印象，不過她對這個人不太熟悉。是被「擬・阿卡馬」抓到時，負責治療的軍醫。記得人稱哈桑……

突然的一陣頭痛，讓模糊的視線中斷了。發生了什麼事？我不是被移送到地球了嗎？身體好沉重，嘴裡還有麻醉的苦味。雖然感覺到重力，不過這裡是地球還是宇宙——閉上眼睛，再次睜開的瑪莉妲，用比較鮮明的視線再次看著拉簾外的景象。「賈爾先生，你也說句話吧。」哈桑說著，視線越過亞雷克看向第三個人影。

「雖然只是短時間，不過你也跟他們一起行動過吧？就算要佔領船隻，也有最低限度的規則啊。沒有哪個比較好說話的人嗎？」

拉簾的縫隙間，可以看到沉默不語的男人側臉。看著深嵌在那相貌精悍的光頭男子臉上的黑色瞳孔，這也是有看過的臉……正這麼想著的瑪莉妲，因為一句插進來的「沒有用的」讓她眼皮痙攣。

「我們在這艘『擬．阿卡馬』上待的時間，遠比他待在『葛蘭雪』上的時間要久得多了。」

說話的同時，走進視野的辛尼曼，目光看向被稱為賈爾的男人。用險惡的眼神互相注視之後，辛尼曼先移開了視線。「……期待恐怖分子遵守道義是沒有用的，是吧？」哈桑接著吐出這句話。辛尼曼轉動堅硬的目光，

「就是這樣。不被承認為軍人的話，也沒有義務要遵守條約。」

從腰間拔出的手槍，無所謂地指向了哈桑。突然間緊繃起來的空氣穿過了變遲鈍的全

身，讓瑪莉妲躺在床上的身體發抖。似乎是查覺到自己的氣息，辛尼曼抖了一下，眼神看向自己的剎那，「哈桑醫生。」賈爾打破了沉默。

「辛尼曼是認真的，現在最好聽他的話。」

「可是……」

「也只能讓他們把人帶走了。他們應該也會認可我們攜帶必要的醫療器具。」

賈爾再次看向辛尼曼的瞳孔中，看得到壓抑情感的栓塞。「要讓我們確認過。」辛尼曼板著臉孔說道，並放下對準哈桑的槍口。哈桑瞪著辛尼曼的臉看，不過在賈爾「我也會幫忙，來吧」的催促下，不甘不願地離開了。一旁亞雷克看似鬆了一口氣，賈爾未予理會，也跟在哈桑之後離去。

「很遺憾。」

高大的賈爾在經過辛尼曼身旁時低喃著，之後便從視線中消失。亞雷克也跟著離開，拉簾的縫隙中只剩下辛尼曼的側臉。他壓著怎麼都壓不下來的感情，黑色的瞳孔在沒有表情的臉上搖動著。MASTER好像在痛苦著，為什麼我還躺在這種地方？瑪莉妲彎腰想撐起上半身，不過側腹部的劇痛讓她咬緊了牙關，用斷斷續續的聲音擠出「MASTER……」。大步走過來的辛尼曼拉開拉簾，那似乎好久不見的鬍子臉出現，遮住了天花板的螢光燈板。

褪色的皮外套，漂著些許的硝煙味。感覺冷冽的外面空氣吹進床上，讓瑪莉妲毫無防備地躺著的身體稍微繃緊了起來。「這裡是…？」發出乾涸的聲音，她對無法自由活動的手腳使勁。辛尼曼的手掌貼在瑪莉妲額頭上，靜靜地說道：「不用擔心。」

「我不會要妳移動，在這裡好好睡一覺吧。下次妳醒來的時候，一切就都結束了。」

粗糙的掌心觸感，從額頭蓋到眼臉上。傳遞而來的熱度滲透身心。沒錯，就是這個掌心呼喚著我，再一次將我從黑暗中拉回來。雖然想了起來，卻無法讓她趕走襲擊而來的沉重睡魔。瑪莉妲閉上眼睛，將似乎吊著點滴的手往辛尼曼伸去，伸長的手指與手指間稍微碰觸了一下。是父親的手，浮現這句毫無脈絡的話語之後，身旁辛尼曼的體溫便消失了。

留下拉簾唰地拉上的聲音，被冷清的外界空氣所包圍的身體逐漸遠去。目送那吞下苦衷的背影，認清自己無力支持住他的瑪莉妲，讓有如鉛塊的肉體沉在床鋪之中。

※

對看習慣姆賽改ＭＳ甲板的眼睛來說，這空間實在太過寬廣。貫通七層樓高的天花板足足有三十公尺，長應該有八十公尺的牆壁上排著許多整備用的懸架。既然另外有出發與著艦用甲板，那麼這大得不像話卻什麼都沒有的地方，純粹是用來儲存的空間吧。地板下設有解體整備用的工廠區域，還確保有比這小上兩圈的空間，只能說真是服了他們。

「要讓ＭＳ站在地板上，這真是靈魂被重力奪去的人們才有的想法。」

聽見這半開玩笑的獨白，開曼中尉也回答道：「就是啊。」自從兩年前的合同演習後，季利根就沒有再進到聯邦的艦裡，不過這「擬造木馬」——「擬·阿卡馬」奢侈的作工遠遠超過其他艦艇。季利根看向沿著牆壁排列，共計十二具的懸架，感覺這實在有夠浪費空間。如果是吉翁共和國的船艦，就會有效利用天花板及地板空間，搭載比這多一倍的ＭＳ。

不過現在「擬造木馬」的艦載機可說是冷冷清清。收在懸架上的正規艦載機只有兩架，旁邊停著兩架「帶袖的」的「吉拉·祖魯」，對面的牆上以季利根的特裝機為首，有四架隸屬古爾托普隊的「高性能薩克」並排著。將頂著護目鏡造型的頭部的聯邦機趕到角落，繼承「薩克」設計的單眼機並排的場景，正是證明這艘艦隻正處於吉翁壓制下的光景，不過這些只不過是演出現況用的大道具。季利根從懸架旁的維修窄道探出身子，讓支配著這ＭＳ甲板氣氛的存在進入視野之中。

鮮艷的紅色裝甲，背對著靠近艦首的牆面，看起來宛如浮在空中。那是人稱再世夏亞，弗爾·伏朗托的座機「新安州」。放出如此的威壓感，令人想要相信紅色彗星真正復活。這架「帶袖的」ＭＳ，才是現場氣氛的支配者。用金邊裝飾的胸口駕駛艙蓋打開，駕駛員現身，並戴著覆蓋眼睛到額頭的面具，讓這份確信更添強度，深植在季利根心中。

就算在戰鬥中也不穿太空衣這傳言，似乎是真的。目光追著鮮紅的制服，季利根自言自語著：「簡直就像是夏亞……」他碰觸別在斗篷上，垂在胸前的階級章。用形狀記憶纖維織成的斗斗篷，就算在無重力下也不會隨便漂起來。雖然已經進行氣密措施，在敵艦的ＭＳ甲板下脫掉太空衣仍然不是個好主意，不過季利根命令部下更衣，改穿公國軍斗篷。他認為穿著聯邦給的衣服，沒辦法與現場氣氛合為一體。

在他的眼裡，我們這些共和國軍的人是什麼樣子呢。季利根整理著斗篷，目光追著在空中流動的伏朗托，然後看到白色的ＭＳ機體，讓他皺起眉頭。在艦首側懸架上的獨角巨人，與紅色彗星所支配的甲板完全不搭調。「那就是『鋼彈』……？」似乎是看到了同樣的場景，開曼低喃著，季利根壓下臉上不快的表情背向「獨角獸」。

「是啊。頭上的角合起來，就變那樣了。不知道有什麼意義。」

沒有回頭看嗆聲的季利根，開曼從扶手伸長脖子注視著「獨角獸」。開曼隊分配去對「擬造木馬」進行攻擊，所以沒有目擊到那架「鋼彈」如同怪物般的戰鬥力。當時的恐怖化為冷汗在額頭浮出，季利根緊握著放在扶手上的拳頭。

不只是機體的性能問題，那架「鋼彈」有著氣魄。它打垮了相信只要有愛國之志，就可以對付十人或百人的自己，顯現了戰場上的現實的氣魄。被它吞噬的身體萎縮，一時之間只想著怎麼逃離它的射線。如果不是潛入「擬造木馬」的「帶袖的」間諜展開行動，單方面中止戰鬥的話，自己可能已經不顧面子地逃回「古爾托普」了。至少，被那架「鋼彈」潑了盆冷水，當初的興奮已經消失得無影無蹤，這點是無法否定的事實。

駕駛員是什麼人？看向靠在「獨角獸」的駕駛艙旁邊的吊艙，季利根凝神看著從這裡看起來只有豆粒般大小的駕駛員，不過感受到艦尾側的隔牆打開的聲音與振動，讓他回頭望去。讓整個甲板鳴動的巨大隔牆完全打開，兩架小型的ＭＳ踏入甲板，接著兩腕各有三根爪子的紫色機體異樣的身影出現。自己看過那帶著兩架小型機，大概是從著艦甲板移動過來的ＭＳ。它是伴隨紅色彗星的親衛隊長機體。安傑洛上尉的「羅森・祖魯」，有人在無線電中這麼叫它。

被蹲下巨體，穿過隔牆的「羅森・祖魯」驅趕，而移動到甲板一隅的兩架小型機停下動作。全長不到「羅森・祖魯」一半的小型機，就好像惡作劇被逮到而帶回來的小孩子，不過可以把發電機與驅動系統小型化到這種程度，那技術一定是最新型的。「那是ＭＡＮＨＵＮＴＥＲ的機體。」開曼在耳邊低語的聲音，讓季利根板起面孔。狩獵人類的特殊部隊ＥＣＯ

AS惡名，象徵著聯邦政府的恣意妄為，在「風之會」中也成為話題。
突然間，他感到不安。直到潛伏在SIDE6的「帶袖的」艦隊抵達，還有一天多。在那之前必須只靠這裡的人佔領著「擬造木馬」。伏朗托隊的人員，含運來MS的腳鍊乘員在內共十六名。算進潛入工作部隊——葛蘭雪隊的人員也不到五十人。當然，外圍警備也要配置人員，所以進行艦內佔領的人數會更少。對艦內進行監視的工作，不得不以「古爾托普」及「德洛密」派遣來的特務隊為主力。把兩艦各派的三十名特務隊數量合計算下去的話，可以專注在艦內佔領的人數大約不到百人。
要對應已經解除武裝的四百名「擬造木馬」成員，這樣的數字是足夠了，可是其中含有ECOAS的隊員那就是另一回事了。受過地獄般的訓練，他們被一樣有軍人身分的人認定是怪物。和他們比起來，這邊的戰力有三分之二都是沒碰過實戰的共和國軍人。壓得住嗎？季利根心想，同時也對自己的不安感到疑惑。
季利根自覺到，是因為面對「鋼彈」的經驗所造成的陰影吧。在戰場上左右生死的是個人的氣魄，「鋼彈」的駕駛員親身告訴了自己這一點，不過交錯的氣魄內容卻與想像的不同。是更粗俗、更現實的東西。只是不想死，這麼單純而強烈的感情錯綜著，感覺上就跟被丟進危險的工地現場沒兩樣。沒有什麼仗義的陶醉、也沒有高度的戰術運用可插手的餘地，像是一不注意就會被卡車或是吊車碾斃，那樣粗暴而無力可回天的恐怖。對於沒有工作意識，只靠理念支撐至今的自己來說，光是想要不被吹襲的暴風吹飛就已經卯足全力了。

與想像中的不一樣。用一句話講白了就是這樣，不過在這股異樣感的背後，有著某樣會讓現在的立場崩潰的事物。「沒問題嗎？在『帶袖的』主力還沒到之前，只靠我們……」背對著開曼繼續說著的聲音，季利根看著採取降落姿勢的ＥＣＯＡＳ機體。「聽說葛蘭雪隊是老練的部隊。加上我們特務隊的力量——」在他心不在焉地回答的同時，甲板上的氣氛突然一變，目光一隅出現鮮明的色彩。

穿越對面牆上的氣閘門，在維修窄道上出現的那色彩，身穿有如萌芽的鮮綠色制服、配上金邊的刺繡，披著及膝的酒紅色斗篷。從這裡看不清楚長相，不過所散發的氣息並不是一般士官可以比擬的。人影與紀錄影像中看到的幼年期米妮瓦．拉歐．薩比重疊，讓季利根全身僵直。「喂，那個……！」「不就是米妮瓦．薩比殿下嗎？」四處傳出類似的喧嘩聲，讓甲板的氣氛一下子起了騷動。

不在意所有人的注目，似乎是米妮瓦的人影對維修窄道蹬了一腳。那細緻的身軀在伏朗托的親衛隊員伴隨之下，擺動斗篷漂在空中。在殺氣騰騰的ＭＳ甲板上亮起一盞光芒，季利根感覺到體內產生的不安消失而去，他幾乎是帶著感動看著那身影。穿過身著公國軍軍官斗篷的同志們面前，米妮瓦往收有「獨角獸」的懸架方向前去。眼底看著被槍指著，無計可施地被帶走的聯邦軍人們，體現吉翁主義的血肉就翱翔在眼界之中——

「吉翁萬歲！」

心中的衝動，化為言語從口中彈出。呼喊瞬間傳開，讓許多唱和的聲音在甲板中響起。吉翁萬歲、吉翁萬歲。共和國士兵的歡呼充滿了ＭＳ甲板的空間，震動著「擬造木馬」的船體。季利根相信，這股波動將會滲透宇宙、傳向地球圈全域，並成為宣告新時代胎動的力量。

這就是我所期望的。之前的不安以及有什麼不對的異樣感全部一掃而空，心中充滿了何時去死都無妨的念頭。吉翁萬歲的唱和聲短時間內沒有止歇，得到了足以倚靠的尊嚴的男人們，歡呼聲不斷地震撼著甲板的空氣。

※

狂熱的人群歡呼，與其說是聲音更像是牆壁。用個人的意志已經無法駕馭，沒有達到目的之前無法停止，壓倒性的高牆——

而奧黛莉若無其事地穿過那道牆，往這裡接近。那身穿新吉翁的正裝，全身沐浴著眼底歡呼聲的姿態，並不是奧黛莉的樣子。從巴納吉看來，那更像是批著奧黛莉的皮，潛藏在奧黛莉的影子中的某個人。是某個名為米妮瓦．薩比，與自己無緣之人的模樣。

被高聲歡呼的共和國士兵包圍著，「擬．阿卡馬」的成員也呆滯地仰望著奧黛莉——也就是米妮瓦。全體乘組員逐漸被帶來這塊MS甲板，巴納吉眼底看到被分為各班的一行人將雙手放在頭上，雙膝跪在地板上的場景。將自動步槍對著被俘虜的聯邦軍，大叫著吉翁萬歲的舊公國軍制服群。在感覺到有如時光倒流回一年戰爭當時，好似被丟到不同歷史的時間軸的錯覺而起雞皮疙瘩的同時，巴納吉在埋沒甲板的無數臉孔中找尋著辛尼曼。

自從被收容到艦內之後，他還沒有見到辛尼曼。他人在何處、又是用什麼樣的表情看著這狀況？環顧四周範圍都找不到他的人影，緊握著吊艙扶手的巴納吉，突然感覺到後腦部傳來冷酷的視線。

稍微轉動頭部，讓站在背後的紅色制服進入視野中。弗爾．伏朗托戴著面具的臉一動也不動，只是背對著「獨角獸」的駕駛艙站著。連他是不是在看著自己，也因為防眩護鏡藏住了瞳孔而無從得知，只有沒來由的寒意從背上傳來。有如事先講好般地與辛尼曼取得連繫，毫不費力地將「擬．阿卡馬」納入支配的寒意。那至今未曾見識過，完全不同層級的寒意，令人無條件地感覺到，要是一有抵抗的動作，不用等一旁待機的親衛隊員行動，他會一擊讓對手躺下。

他到底是什麼人？巴納吉在腦海中描繪出那在「帛琉」曾經見過一面，面具下的臉孔，可是仍然只有面具的印象，同時他感覺到吊艙的扶手微微地振動著。抓住同一條扶手，翩然降落在吊艙上的米妮瓦．薩比，正翻動著含風鼓起的斗篷，朝甲板的方向望去。她的右手高舉的瞬間，吉翁萬歲的唱和化為歡呼的叫聲，有如地鳴的歡呼聲嗚喔喔地搖動著吊艙。

「米妮瓦殿下萬歲！」「願榮耀降於薩比家！」環顧了高呼的士兵們，等他們的興奮告一段落之後，米妮瓦轉身與背後的伏朗托正面對望。奧黛莉，巴納吉感覺到在內心呼喚她的聲音被彈開，然後摔碎在地上的空虛感，他只能安靜地看著那對自己瞧都不瞧的側臉。背對著併攏腳跟的親衛隊員，伏朗托開口說道「真是完美」並往前踏一步。

「拿更換的服裝來果然有價值。這樣子共和國士兵的士氣也會提升吧。」

嘴角的微笑是他唯一的表情，伏朗托淡淡地說著。「準備得真是周到。」米妮瓦冷漠地回答，眼神中有注視著敵人的險惡感。

「聽說過去率領新吉翁的夏亞．阿茲那布爾可是很不喜歡讓人飾演象徵的？」

「名為夏亞的人是如此吧，而我只是進行我覺得需要的事。米妮瓦殿下，不也是了解到這一點，才更衣的嗎？」

「講這種把人當傻子的話。閣下這種態度，才是讓我從『帶袖的』離開的原因……不過多說無益。」

既然都發展成這樣了。對補充了言外之意的米妮瓦點頭，回答「在下惶恐」的伏朗托仍然帶著微笑。目光從戴面具的臉上移開，米妮瓦的視線一瞬間與巴納吉對上，但是巴納吉還來不及看清她的眼神，她又看向了甲板。

「不過，這樣好嗎？俘虜中也有ECOAS的隊員。這可不是沒有實戰經驗的共和國軍可以對付的對手。」

「ECOAS與主要幹部的監視，我交給葛蘭雪隊了。請不用擔心。」

「那讓全員集中在這MS甲板上的理由是？有共和國艦的增援的話，應該可以打散分區拘留才對。」

「是依照戰略上的判斷。米妮瓦殿下無需操心。」

「戰略……為了問出『拉普拉斯之盒』的最終座標嗎。」

接近斷定的聲音，讓伏朗托嘴角的笑容消失。自己被收容到艦內時就關掉發電機，讓拉普拉斯程式的資料不會被叫出來，這點米妮瓦應該也知道，但是這件事與把人質集中在這裡有什麼關係？不自覺地凝視著米妮瓦，同時發現自己下意識地用上人質這個字，使巴納吉眼前一片昏暗。

不會吧，他被心中喊出的衝動驅使，並瞪著伏朗托看，被寒意所籠罩的面具一動也不動。「你這個人……！」當他大叫並踏出一步時，突然從背後伸來的手臂扣住他的脖子，從地板浮起的身體被拉向後方。

「我就在等這一刻。巴納吉．林克斯……！」

讓皮膚麻痺的聲音在耳邊出現，側腹被槍口抵住。安傑洛．梭裴的聲音，與在「帛琉」跟隨伏朗托時一樣地陰濕。「在這裡沒辦法冷靜地談話，我們移動吧。」伏朗托說著，隨後從視線消失。用眼神回應的米妮瓦，臉孔轉過來看了一眼。翡翠色的瞳孔上出現苦衷，好像有想傳達什麼給自己的氣息，是錯覺嗎？半被塞住的氣管流露出喘氣聲，巴納吉握起游移在空中的手。被壓迫的神經滲出淚水，讓離去的米妮瓦背影變得模糊，也令他感到悔恨。

※

艦內容積最大的ＭＳ甲板，光是地板面積就有學校的操場大小。就算四百多名乘員全部聚集，也不會讓人感到狹窄，不過一時之間可以環顧這麼多人還是相當地異常。在服役之後，就算在停泊時也會有人值班的軍艦上，不會有所有乘員全部離開負責區域的狀況——除了大破而下令全員離艦，或者被敵人佔據的時候。

實際上，葛蘭雪隊的手段真是高明。在共和國軍的攻擊開始同時襲擊武器庫，轉眼之間就壓制了主要區域。沒有死人，也是因為他們迅速到不讓人有抵抗的機會。在這四天中，他們大概詳細地調查了「擬・阿卡馬」的艦內構造與警備狀態吧。獻上「葛蘭雪」這個祭品，讓我方完全鬆懈——又或者，米妮瓦・薩比那些話也是演技？沒有重點的思路突然發熱，讓奧特咬緊牙關地看向「獨角獸」。從這裡看向靠在腹部駕駛艙旁的吊艙，只能看到底面。沒辦法看到應該在那上面的米妮瓦表情，只能從艦長帽的帽緣看到吞下了祕密的白色機體。

旁邊站著紅色彗星的「新安州」，那醒目的紅色裝甲反射著甲板的照明燈。似乎是親衛隊長機體的紫色MS，結束了從「L1匯合點」帶回兩架「洛特」的工作，厚重的機體站在艦尾側的隔牆前。那描繪出花瓣般曲線的機身，與放在下層整備甲板的四片翅膀——「剎帝利」有相彷的生物性設計感，與共和國軍的「高性能薩克」在一起，就像是吉翁式MS的博覽會。

被集中在腳邊的乘員們，被分為一班二十人左右的團體，跪在地板上。每個團體都有兩個共和國兵看管，看管奧特等主要幹部的是葛蘭雪隊的成員。當然，全員的食指都放在衝鋒槍的保險上，不與我方進行對話。看著布拉特目光毫不鬆懈的臉色，奧特嘆了口氣，視線看向艦尾側的隔牆。

從「洛特」被趕下來的康洛伊等ＥＣＯＡＳ一行人，前後左右都被槍口對著，並往這裡接近。大概是因為手被綁在背後，所有人的步伐都不太穩定，而且還是在無重力下，要靠鞋底的磁力來步行。

「真是奇怪。」

跪在旁邊的蕾亞姆小聲地說道。奧特只用眼神往她看去。

「ＥＣＯＡＳ居然會跟我們一起拘禁……將全員集中在一個地方，實在不是什麼好辦法。為了預防共謀，應該分散拘禁才是常理。」

最後發出好似哽住的聲音，蕾亞姆低下似乎在忍痛的臉。雖然是在無重力下，不過一直把雙手放在頭上，血液流動也會不順，更何況蕾亞姆貼在肩膀上的ＯＫ繃下有槍傷。「會痛嗎？」奧特低聲問道。「傷勢沒什麼大不了的。」蕾亞姆講得很快。

「只是，身體好像快裂開了，滿腹的不爽。」

奧特想起了葛蘭雪隊踏進艦橋時，她大喊不知羞恥並衝出去的側臉。子彈只是擦過她的肩膀，這點比起她本人來說，對奧特更算僥倖。要是乘組員裡再死人的話，他沒有自信可以保持身為艦長的理性。「那裡，不要擅自對話。」聽到監視者的聲音而縮起脖子，同時奧特確認了可見範圍內的乘員臉色。自開始佔領即將滿兩個小時，目前還沒有人發生錯亂，不過之後會怎麼樣還不知道。想著差不多得問問對方今後的方針，視線越過部下們的頭頂看向布拉特的臉之際，布拉特看向奧特的後方。

視線跟著回看，看到拖著皮衣衣角游在空中的辛尼曼。他穿越奧特等人的頭上，漂亮地屈體著地，並告訴布拉特：「艦橋麻煩你了。」等布拉特點頭，並從氣閘門離開之後，辛尼曼那沒有表情的目光往自己看過來。

「每個團體都要決定代表者。想去廁所的人、不舒服的人，要透過代表向監視員提出。此時，要是出了什麼事故，得由代表負起責任。」

彷彿像在讀字條般平淡的語氣。其他的團體似乎也接到同樣的說明，複數聲音時遠時近地起落著。「這裡的代表就由奧特艦長擔任沒問題吧？」辛尼曼繼續說著。奧特瞪著他看，不過辛尼曼視線沒有與他對上。「新吉翁的艦隊馬上就會抵達。」他接著說。

「以後，各位就是我軍的俘虜，會受到符合規定的待遇。只要不抵抗的話，各位生命安全就會受到保障。直到艦隊抵達為止，在這裡要遵守我們的指示——」

「背叛者。」

一行人中發出聲音，辛尼曼閉上了被打斷的口。感覺到監視員拿起衝鋒槍的氣息，奧特忍住想叫出來的衝動轉頭看向出聲的人。在全員的注目下，跪著卻挺直了上半身的美尋，用不愧於她迷你戰車外號的表情瞪著辛尼曼。

「我們也不是全盤相信著你，可是巴納吉他是。你懂嗎？你背叛了最不該背叛的對象。那是——」

辛尼曼一言不發，只是拔出腰間手槍的舉動，讓接下來的話語消失了。制止了差點站起身的奧特，「不要動！」監視員的聲音迴響著。奧特再次將手放在頭上，看著將槍口指向美尋的辛尼曼。要是他敢扣扳機的話，就算被打成蜂窩我也要咬破他的喉嚨。認真的眼神互看了數秒之後，辛尼曼放下手槍，與拔出來之際一樣無所謂地放回腰間。

「相信，本身就跟賭博一樣。」

他低著頭，低喃著。眼神中出現一抹情感，讓奧特用目光仔細觀察著他。

「賭博的結果，就要由下賭注的本人去付出代價，這是規則，就算結果有多麼不合理也一樣。」

再次抬頭，他的目光已經恢復成消去感情的強韌士兵。「這種事……！」用手勢制止聲音高昂的美尋，奧特再次與辛尼曼對上眼神。「我們會遵守規則，我們會。」聽到這句話，讓辛尼曼粗大的眉毛動了一下。

「可是，他還沒有認輸吧？」

目光看向艦首側的隔牆，奧特看著「獨角獸」說道。止住差點跟著轉頭的身體，辛尼曼盯著自己看的眼神稍稍晃動著。「希望我們雙方都不會再有犧牲者。」沒有目送低聲說完後，轉頭離去的辛尼曼，奧特注視著靠在「獨角獸」旁的吊艙。似乎是要移動到別的場所，他看到米妮瓦與巴納吉跟在伏朗托的紅色制服之後漂向空中，並且往艦尾側移去。

※

踢離吊艙，開始在空中漂移的面具男，雖然人在面前卻毫無真實感。他的樣子與一年戰爭當時的夏亞，相像到讓人覺得是從紀錄影像轉出來的。目光下意識地被吸引住的拓也・伊禮，接下來看到米妮瓦踢離吊艙，又看到巴納吉的白色駕駛服漂向空中。貼在巴納吉背後的新吉翁駕駛員，恐怕是弗爾・伏朗托的親衛隊員吧。

他的手上拿著無後座力手槍，對準先行的巴納吉。槍口的黑色洞穴，通往虛無的黑暗洞穴。只要一發就可以消去人生，讓這身體化為肉塊。剛才，被葛蘭雪隊的其中一人用槍對準時的恐怖再次鮮明地浮現，讓拓也緊握著幾乎要發抖的拳頭。

好歹也在進入實戰的船隻上活了一個月。本來以為多少培養了一點膽量，然而被槍直接對準時的恐怖又是另外一回事。在亞納海姆工專已經習慣於打架的身體，卻因為恐懼而無法動彈。如果不是在無重力下的話，他早就腿軟了，要是對方叫他求饒的話他可能已經趴在地上。與敵意一起轉向自己的槍口，就有這樣的威力。這樣小小的洞口可以將自己這個人類從世間抹消，這種不合理與殘酷讓腦海麻痺，無法去做不想死之外的思考。

那傢伙不要緊吧？拓也看向緩緩往這裡漂來的一行人，他聽到「巴納吉……」的微弱聲音而轉頭看向身旁。沒有查覺自己的視線，米寇特只是看著接近頭上的白色駕駛服。看著她膝上抱著的哈囉，感覺不到主人的接近而保持著沉默，也令人難受。共和國兵要求在沒收及切掉電源之間二選一，而這就是選了後者的結果。

雖然說得好像看開了一樣，不過米寇特還是帶著對巴納吉的愛慕。就算知道沒有回報，但她還是靠著這股愛慕想活過這異常的現況。而我到底在做什麼？

對現在的巴納吉來說，我和米寇特都只是縮在甲板上的四百分之一。在周圍坐著的大人們也無法依賴，得靠我自己來支持著米寇特，但是我連句可以讓她放鬆心情的話都說不出口。光是自己要支撐自己就卯足全力，只能沒有目標地抬頭看著巴納吉——而且還對巴納吉有所期待。覺得這樣的自己有夠沒骨氣，讓拓也咬住嘴唇。剎那間，「喂，拓也。」壓低的聲音在耳邊出現，因吃驚而鼓動的心臟敲著胸膛。

「接下來，我會引起一點騷動。一打暗號，你就朝著附近的氣閘門跑去。」

是瓊納．吉伯尼的聲音。這整備上士在艦內算是資歷最老的那一群，在被分散為三班的整備班中，是拓也他們這一團的代表。下意識想轉過頭去，不過一聲「不要轉頭」的大喝，讓拓也把緊張的臉孔轉回正面，一邊轉動眼睛探查監視員的動向，一邊小聲地回問：「你打算做什麼？」

「他們會從我們頭上經過。我去抓公主當人質，你趁這空檔去艦首推進器的輪機室。」

「怎麼可以……！會被殺的！」

「對吉翁的傢伙們來說，那公主是希望之星。多少可以爭取一點時間。而且共和國的人都是菜鳥。」

監視員的數量，是每一團兩名。以三十分鐘為單位換班，不過所有人都很年輕，而且又緊張。加上被接近頭上的米妮瓦奪去注意力，他們倆貼近臉在講悄悄話都沒發現，連在拓也眼中看來都像新手。「你知道艦首推進器怎麼切換手動操作吧？」吉伯尼繼續說道，拓也反射性地點頭。

「讓它卯起來噴射，給ECOAS的人有反擊的機會。你是配置外的人員，就算失蹤也可以混過去。」

「可是……」

「要是成了新吉翁的俘虜，可不知道會受什麼樣的對待喔。你能忍受她被當成玩物對待嗎？」

肩膀被輕輕地戳了一下，讓米寇特的側臉進入眼界。大概是查覺到自己的氣息，往自己回看的臉上流露出不安的神色，讓拓也立刻移開視線。

巴納吉現在管不了那麼多，吉伯尼他們也沒有閒工夫。現在，可以顧到米寇特的人只有自己而已——感覺著這一個月來，不知不覺支撐著自己的對象的重量感就在身邊，拓也看了吉伯尼一眼，決定實行。吉伯尼拍拍他的肩膀，從背後離開，周圍的整備兵們緊繃的氣息傳來。看來已經與他們套好了。在找尋時機的緊張氣氛中，「拓也……」米寇特用不安的眼神看向自己。

「沒事的，米寇特妳不要動。」

「不要亂來，我們不是軍人啊。」

「巴納吉他也不是……別擔心，我至少可以保護妳一個人的。」

沒有去看稍微屏息的米寇特，他看向最接近的氣閘，距離約三十公尺。大概是以為只要切斷跟幹部成員的連繫，我們就什麼都不能做了，這裡沒有像樣的監視員。敵人也沒有餘力在艦內全體設下監視員，所以只要離開MS甲板就會有辦法。沒問題的，他在害怕的心中告訴自己。「那個……抱歉，廁所……」其中一名整備兵開口，讓拓也肩膀為之一震。

開始了。「已經說過要透過代表來說了。」共和國兵用堅決的聲音回應。「是、是，什麼事啊？」吉伯尼發出裝傻似的聲音站起身，紅色彗星一行人正從頭上經過。「不要隨便站起來！」咆哮的士兵眼神集中在吉伯尼身上，另外一名士兵注意力也被拉去的瞬間，整備兵一起展開行動。

迅速地行動的許多隻手，壓住共和國兵的嘴巴，奪走自動步槍，拽向地板上。同時吉伯尼跳起身，撞向經過頭上十公尺左右高度的米妮瓦。先導的伏朗托轉頭，巴納吉與親衛隊員好像傻住而讓動作亂掉，不過自己沒空確認。「快去！」被某人低聲怒吼的聲音催促，拓也忘我地踢離地板。

「拓也……！」背對低聲喊叫的米寇特，他的身體往氣閘飛去。「別開槍！」「米妮瓦殿下被……!?」拓也感覺到那複數的聲音，讓一下子變得吵雜的甲板氣氛刺著肌膚，他咬緊牙關，專注地看著眼前的氣閘門。以為自己用渾身的力量蹬了地板，可是身體的速度卻沒有想像的快。在離地不遠的高度游移，終於要碰到氣閘前的懸架時，砰的一聲槍響，讓應該踢到懸架的腳踩了個空。

身體順勢轉了半圈，ＭＳ甲板的場面映入反轉的視線中。他看到許多個凍住無法動彈的背影，一瞬間還有噴在空中的血液顏色，讓拓也的腦海一片空白。

漂在臉上充滿驚愕表情的巴納吉與米妮瓦之間，那有如阿米巴原蟲般蠢動的血液。從吉伯尼的頭部畫出成道血線，紅褐色的污跡浮在廣大的空間之中。血線扯開的斷點聚成球狀，化為大大小小的顆粒，吉伯尼失去半個頭部噴灑著浮血的巨體在空中回轉。在對面，手上拿著噴出硝煙的手槍的人是——

「你這傢伙……！」

突然響起的怒吼，讓靜止的時間出現龜裂。對想要接近這邊而被監視員壓住的奧特艦長看了一眼，弗爾．伏朗托把射殺吉伯尼的手槍放回槍套之中。這動作有如暗號一般，凍住的許多背影動了起來。「專屬整備長……！」「吉伯尼上士被…!?」乘員們的呻吟，以及「全員，不准動！動的人將會被射殺」的共和國兵叫聲響徹甲板。晚一拍發出的尖銳慘叫聲，是米寇特叫出來的嗎？就在他這麼想之際，數名共和國兵接近眼前，並且壓制了拓也漂在空中的身體。

接下來的事宛如夢境。雖然被扭住的手臂有痛覺，但是只有遙遠的感覺。在一根手指都動不了的狀況下，眼前的景象開始流動。因為槍擊的慣性漂在空中，發出沉重的聲響撞上牆壁的吉伯尼屍體、「不要離開負責區域！」「叫人拿屍袋來！」口中發出咆哮聲的共和國士兵、被加派的監視員用步槍指著，跪下來的整備兵們。這些身影在視線中流過，最後只剩下米寇特的臉部特寫。什麼都不說地抱住自己的米寇特，讓自己恢復幾分正常。我似乎被放回原來的地方，拓也呆滯的腦中想著，他隔著米寇特的肩膀仰望頭上的場面。

半空中吉伯尼的血仍然漂流著，巴納吉被親衛隊員從背後架住。「也不需要殺他吧!?不需要……！」巴納吉大叫的同時，米妮瓦握著拳頭站在空中，也沒有看向一旁說著「公主，有受傷嗎……」接近她的士兵。「好好地對待遺體。」伏朗托說出口後，深深進一口氣的她臉上的表情消失，米妮瓦要士兵們退下，並往這裡降落。

隱含決然意志的眼神互相交會，讓宛如夢境般的薄膜完全剝離。米寇特似乎也查覺不尋常的氣氛，將身軀挪離開拓也，往頭上看去。「公主，不可以！」不顧士兵的大聲勸阻，米妮瓦在拓也與米寇特眼前著地。

環顧了雖然被共和國士兵拿槍對著，仍然用充滿敵意的眼光看著自己的整備兵，她再次與拓也視線對上。「這是不幸的事故。」她發出來的冷靜聲音，讓拓也不斷眨著嚇得呆滯的眼睛。

「同樣的作法，只會導致同樣的後果。請慎選行動。」

說完，並伸出手的米妮瓦，頭上有士兵發出怒吼：「公主！不用對這樣人伸出您的玉手……！」凝神注視著伸出來的手，拓也正想回握的那一刻，「妳果然是……！」米寇特的叫聲讓拓也心頭一驚。

「是殺人兇手的同伴！」

米寇特站起身順勢揮出去的手，打在米妮瓦的臉上。兩人的身體就這麼撞成一團。「妳這傢伙！」不待頭上的士兵吼叫，附近臉色大變的共和國兵就殺了過來。在他們伸出手之前，拓也抱住米寇特的腰。順著把她從米妮瓦身上拉開的力道漂在空中，兩人以疊在一起的狀態被整備兵人牆擋下，他屏息壓住米寇特的身體。「說什麼事故嘛！這哪裡是……！」拓也被混著淚水吶喊，用力掙扎的米寇特打了好幾拳，但是他繃緊全身，包覆著手臂中的這條生命。

「你這傢伙，滾開！」「無禮也要有限度，把那女人交出來！」怒吼著，數名共和國兵的手伸了過來。「殺了吉伯尼整備長的傢伙鬼扯什麼！」「是你們自己的疏失吧！」整備兵們也不服輸地回嗆，就在吵成一團，混亂達到頂點的時候，「好了，別管了。」米妮瓦凜然聲音傳來。

「可是……！」

「我們做的事被打也是當然的。走吧！」

手托著臉頰，往這裡偷瞄的視線另有含意。看著米妮瓦踢離地板，浮上空中之後，拓也看向發出啜泣聲的米寇特。眼角看著滿腹不悅離去的共和國兵背影，他將嘴巴貼近她的耳朵，「米寇特，冷靜點。」他快速地低聲說道。

「現在先忍耐。還有看看妳右胸的口袋。」

米寇特溼透的眼睛睜大，推開拓也似地把彼此身體分開。應該沒有錯，原本藏在掌心，想要交給自己的某個東西。在與米寇特糾纏的一瞬間，米妮瓦把它塞到了米寇特的胸口口袋裡。用眼神制止不自覺地想拿出來的米寇特，「等一下再看。」拓也說道，並稍微抬起頭看著遠去的米妮瓦。

還不知道該怎麼看待這狀況才好。不過，要慎重地處置她所託付的東西，這個念頭讓恐懼的身體感到注入了某些活力。拉近表情半信半疑的米寇特，拓也緊抱住她的肩膀。混有機油味的血腥味，告訴他透過自己掌心傳來的溫暖是多麼重要。

化為不規則形狀的顆粒成群漂流的吉伯尼血液，順著換氣裝置所產生的氣流緩緩地流逝而去。其中好一些附著在懸架的鐵條上，在宛如他的人生的MS甲板上，留下了無法抹滅的痕跡。

※

完全沒有猶豫——回想起他一擊打穿吉伯尼頭骨的技術，巴納吉瞪著前頭的伏朗托背影。是面臨米妮瓦的危機，反射性做出來的？是他有自信憑自己的的技術只會打中吉伯尼？八成不是。是因為伏朗托一開始就沒有考慮到米妮瓦的性命，不是這樣的話，他不會那麼毫不猶豫地開槍。

吉伯尼的遺體，已經收容在屍袋中，正被共和國兵運往甲板外面。遠眺著脹成人型的黑色袋子，巴納吉茫然地想著生前的他是什麼樣的人。雖然沒有機會和他慢慢聊天，不過他身為機工士的技術與直覺堪稱一流。光看拓也與米寇特的反應，也可以想像到他是很懂得照顧別人的那種人。事情變成這樣，他們兩個人可以保持冷靜嗎？巴納吉看著腳下的拓也等人。雖然扯上米妮瓦的騷動告一段落，可是米寇特還是沒抬起頭來。拓也靠在她身邊，抱住她的肩膀。

無處可以發洩的憤怒湧上心頭，有如被撕裂的痛楚傳遞全身。如果自己沒有帶辛尼曼來的話，就不會變成這樣。吉伯尼不會死，也不會讓那兩人如此害怕。要是拿米妮瓦當人質，也許會有別的發展……？被已經無法挽回，無法復原的血腥所束縛著，巴納吉漫不經心地漂在空中。「不要拖拖拉拉的。」低聲怒吼的安傑洛從後面扭起他的手，將槍口抵在背後。

「不要再讓我們多費工夫。在這裡的人是活是死，全部取決於你的態度。」

這感覺就像隱隱感覺到它存在的刀子，冰冷的觸感終於抵在喉嚨上。安傑洛回看著下意識回頭的巴納吉，「你心裡也明白吧？我們把俘虜集中在這裡的理由。」他的嘴角上揚著。

「要是你拒絕協助我們的話，我們就放掉這ＭＳ甲板的空氣。」

雖然已經有覺悟，但是刀尖抵住喉嚨的感覺還是很痛。壓著身體顫抖的巴納吉，安傑洛在耳邊說道：「可別以為這只是威脅。」

「說要做，我們就會做，如果不想讓這些傢伙窒息的話，就告訴我們『盒子』的最終座標。」

充血的眼睛注視著自己的安傑洛，腳底排著四百多個沒有穿太空衣的人頭。失去血氣的身體這次真的一動也不動，巴納吉讓麻痺的身心漂在ＭＳ甲板之中。

※

對全艦下令加速防禦後，已經過了五分多鐘。現在還在加速中的「雷比爾將軍」，正處於空氣全部擠向艦尾方向，令人不快的G力之中。握住移動握把的手感受到異常的重量，利迪急忙穿過長長的走道。開到最大速度的移動握把一抵達終點，他便順勢讓身體流動，接觸艦橋的門板。

雖然是聯邦宇宙軍的最大級巨艦，不過沒有連艦橋都大到沒道理的程度。因為MS甲板數量多，所以當班的通訊員席比較多、活用挑高的天花板在牆上埋有多面螢幕，要說特徵大概就只有這種程度。接受在門口站哨的士官敬禮後，利迪衝進了艦橋。瑪瑟吉艦長回頭看到漆黑的駕駛員裝衝進來，一臉不知所以然。利迪沒有回看艦長，他接近坐在司令席那矮胖的背影。在被拍肩的亞伯特轉過身來之前，他聽到通訊長說著「U007，航道淨空。請出發」，以及耳熟的聲音說著『了解』透過無線電傳來。

『奈吉爾．葛瑞特，U007，出發。』

艦首彈射器作動的振動，並不會傳到數百公尺遠的艦橋來。不過，被射出的「傑斯塔」

的噴射光，卻可以從正面的窗口明確地目視到。不等躍入虛空的奈吉爾機噴射推進器，接觸噴射座，戴瑞的聲音就在無線中響起：『U008，準備好出發。』「了解，航道淨空……」

背對著通訊長的聲音，利迪抓住亞伯特的肩膀問道：「現在是怎麼回事!?」

「在『L1匯合點』的附近觀測到戰鬥的光芒。很有可能與『擬・阿卡馬』有關。」

把對自己瞄了一眼的目光轉回前方，亞伯特回答道。坐在隔壁艦長席的的瑪瑟吉看著利迪，用目光問著：這是什麼人？不過亞伯特沒有反應，微腫的臉頰依然看著正面。

「就算用最大戰速奔馳，『雷比爾將軍』也要花上半天才能到現場。所以我要三連星先行調查。」

「為什麼不是我！」

突然吼出來的聲音迴響，感覺到艦橋主要人員目光全部往自己集中。『華茲・史提普尼，U009，出發！』背景是無線電的聲音，利迪仍然只瞪著亞伯特看。

就連加速開始了，也沒有人對自己說明。就算警戒待機有輪班，亞伯特的權限應該足以介入編制才對。回瞪著無言地訴說的利迪，亞伯特低聲怒吼：「不要發出那麼大的叫聲！」看向豎起耳朵的瑪瑟吉艦長，他離開司令席，把利迪抓到艦橋的後方。

「還不一定是『擬・阿卡馬』。叫三連星前去，也是因為他們本來就是沒有編進部隊編制的多餘戰力。先等奈吉爾上尉的報告。」

「『報喪女妖』也在編制外，要偵查的話，我也——」

「你連機體都還開不好，是能怎麼樣？而且，你跟三連星有辦法合作嗎？」

被他看過與奈吉爾之間的問題，讓利迪連怎麼回嘴都想不出來。身體從悶聲不響的利迪身邊離開，「用『報喪女妖』進行長時間的作戰相當不利。」亞伯特補上一句。

「時機要是來臨，就算你不想，我都會要你出擊。在那之前保存你的體力……而且，氣氛很奇怪。」

目光看向位於正面窗子上的主螢幕，用低沉的聲音補充著。「奇怪？」利迪複誦，並隨著亞伯特的視線看去。

「有疑似『擬．阿卡馬』的船隻，以及其他兩艘船。信號消除了所以所屬不明，可是戰鬥結束之後完全沒有動作，只是一直貼在『L1匯合點』旁。」

顯示在螢幕上的未確認船隻標示，的確是一動也不動。沒有發出敵我辨認訊號的三個標示，幾乎是密集在一起並配合相對速度，疊在顯示著「L1匯合點」的點上。簡直就像是卡進了拉格朗日點的中心，地球與月球的重力均衡點上。

「發生了什麼事。是什麼……」

望螢幕。

凝視著三個標示，亞伯特喃喃說著。來路不明的不安感散播出來，利迪也默默地跟著仰

※

沒有人煙的艦內，靜得只有輪機的聲音微微地流露著。佔領後只經過大約兩小時，卻連空氣都冷得令人感到陌生。

在重力區塊的一角，艦長室也不例外。在這冷清空氣滯留的地方，現在有巴納吉與米妮瓦，還有安傑洛在場，以及伏朗托的紅色背影。受到葛蘭雪隊的帶路，伏朗托所選擇可以冷靜談話的地方，是與艦長室相連的接待室。雖然比照人數份的咖啡在桌上冒著熱氣，可是沒有人去碰。虜獲的人與被俘虜的人，與各自的立場無關，短暫的寂靜降臨，身體沉浸在低重力下的時光持續著。

這也是過去，一度與塔克薩面對面的地點。將當時所喝的，奧特引以為傲的紅茶香氣驅散，即溶咖啡乏味的氣味在室內散開。身體沉在沙發中，巴納吉看著伏朗托的背影。那沒有坐下，只看著牆壁上的風景畫一動也不動的背影，仍然漂著非人的氣息。滯留在艦內的冷颼

颼空氣，也許就是這男人帶進來的。

「安傑洛上尉說的是實話。我們拿這艘艦的乘員當人質。」

彷彿查覺到自己的視線，不動的伏朗托背影說道。是安傑洛開口對他說的、還是他感覺到安傑洛說過？無法判斷是哪一種，巴納吉無言的目光看著他。

「可是，以人質當擋箭牌強迫你不是我的本意，你是有才能的。」

徐徐地轉過身來，面具的視線定住不動。防眩護鏡反射照明的光閃耀著，巴納吉緊繃起坐在沙發上的身體。

「是我們需要的才能。之後，不管你走向什麼樣的道路，讓聯邦的世界埋沒了你的力量實在太可惜了。」

戴著白色手套的手伸向面具，將它拿了起來。豐厚金髮流動的聲音，與米妮瓦的屏息聲相乘，往前踏出一步的安傑洛氣息動搖著空氣。巴納吉在丹田使力，面對著面具下的容貌。

「可以協助我嗎？巴納吉．林克斯。你比你自己想像的還要有價值。」

曝露出來的藍色瞳孔，寄宿著看穿人心的目光，直視著自己。不是講「我們」，而是說「我」，這講法讓巴納吉感到預料之外的重力，眼神垂向自己交握的雙拳。對目光帶刺看著自己的安傑洛回瞄了一眼，再看向眼前過於端正的容貌後，「……你為什麼殺了吉伯尼先生？」

巴納吉榨出這句話。

「以你的能力，就算不殺他也能制止他的行動。」

「你應該已經了解吧？」

與戴著面具時相同，完全無法判斷表情的撲克臉回問著。「殺雞儆猴……嗎？」俯看著立刻回答的巴納吉，「沒錯。」伏朗托嘴角露出一絲笑意。

「可以看穿這一點，這就是我所說你的才能。」

「這是殺人者的才能。不是吉翁・戴昆所定義的新人類能力。」

一時忘了包圍身體的威壓感，巴納吉直視他的眼睛說道。在伏朗托還沒做出反應之前，

「小子，你以為你在跟誰說話……！」怒吼的安傑洛伸出手，抓起巴納吉的衣領。

「上校說的是能力所伴隨的責任。你以為要是放那名整備兵活著會發生什麼事？做出同樣事情的人會接二連三地出現，產生更多的犧牲。得到看透未來這種才能的人，有義務與責任去冷酷地面對事件。」

就算在低重力下，但是單手便可舉起巴納吉體重的臂力可不能小看。被那與說的話相反，充滿個人感情的眼神壓迫著，巴納吉感到令人窒息的恐懼。

「你不過是從這責任逃走，而且還沒察覺到自己在逃避的蠢材。」

「我知道……！可是，那些以為自己可以看透未來的人們末路如何？結果就像過去的獨裁者、或是砸下隕石的夏亞一樣，只是比誰殺的人多而已吧？想要把『拉普拉斯之盒』交給新人類的父親……卡帝亞斯・畢斯特，說不定也是他們的同類啊！」

力量從安傑洛的手上散去，「父親……？」訝異的聲音從他口中流出。甩開他的手，巴納吉站起搖搖晃晃的身體，視線回到連眉頭都沒動一下的伏朗托身上。「所以，要是真的有那種力量的話，那更必須小心。不可以自己隨便絕望，要找尋大家都可以生存的路——」

門突然之間打開，讓巴納吉吞下了說到一半的話。

受所有人注目而停下腳步只有一瞬間，打開門的辛尼曼踏進了室內。目光沒有與任何人對上，從身旁經過的鬍子臉飄著熟悉的體味，巴納吉站在原地將臉孔轉開。明明一直都很在意，但是他一出現在眼前就說不出話。體內有個聲音叫囂著：就算說了也沒有用。讓絕望這個字的語感變得鮮明，他感覺到支撐自己與伏朗托對抗的膝蓋失去力量。

夏亞跟父親，是因為不斷感受到這種絕望才對地球丟下隕石，想打開動亂根源的「盒子」的嗎？被掠過腦海的想法震撼，找不到反駁的話語而癱在沙發上。背對坐在米妮瓦的斜對面，感情從眼神中消失，看著房間中一點的辛尼曼，巴納吉再次交握起拳頭。

「……總之，我沒有意思協助新吉翁。要說有責任的話，那就是受託『盒子』的我責任所在。」

「但是我們可以說：既然你要這麼講，那麼人質就會沒命。關於這一點，你怎麼說？」

將眉間的舊傷轉向自己，伏朗托立刻回答道。巴納吉低下了頭。

「因為個人的獨善，即將殺死許多的人。以結果來說，你也做了跟夏亞以及你父親一樣的事不是嗎？」

用一貫穩定的聲音，以慢慢絞殺的絹綿般的感觸，束縛了身心。這世界上要是有惡魔的話，也許就是用這種聲音低喃的。被沉靜到恐怖的藍色瞳孔震懾，巴納吉緊咬著無話可回的嘴唇，但是突然插嘴的一聲「作戲就到此為止了，伏朗托上校」，讓他倒抽一口氣。

「你是想問我吧？問『盒子』的位置在什麼地方。」

從單人座的沙發站起身，直視伏朗托臉孔的米妮瓦說道。在那之前一直處於意識之外的臉硬是進入視界，讓巴納吉滿是汗水的拳頭微微痙攣。

「老實地問就好了。居然想利用那名少年讓我自發性地開口，真是苟且的作法。」

就好像不讓對方有反駁餘地般揮動手，讓及膝的斗篷順勢擺動。隨之飄過來的甘甜體味，聞起來彷彿就跟在駕駛艙靠近嘴唇時聞到的一樣。眨眼的巴納吉，聽到米妮瓦說道「我知道『盒子』的最終座標」的聲音，雖然心裡明白，但是心臟還是劇烈地跳了一下。

「因為我也在『獨角獸』的駕駛艙內，所以親眼看到了。」

「這真是……如果您肯說出來，就可以避免無謂的犧牲了吧？」

不管呆呆站著的安傑洛，伏朗托發出感到意外的聲音。看著只轉動眼睛觀察狀況的辛尼曼，再看回伏朗托的米妮瓦，用冷漠的聲音說：「我有一項條件。」

「得到『拉普拉斯之盒』後，上校想拿來做什麼？我想聽聽你的說法。」

「在這裡說……嗎？」

「沒錯，話先說在前，我可不想聽什麼復興吉翁這種陳腐的說法。與共和國政府連繫，在自治權歸還前夕發起行動的男人，應該沒有那麼單純。」

說完，米妮瓦的眼神露出單刀直入的光芒，有著與被稱為奧黛莉的她判若兩人的殘酷。聽著胸部的鳴動聲，巴納吉看向伏朗托。那回看著米妮瓦的臉孔，在不到一秒的時間內掠過一絲像人的猶豫。「好吧。」伏朗托回答，身體轉向米妮瓦，不過……

「慢著。」

馬上阻止他的米妮瓦，通過紅色制服的前面，走向牆面的通訊面板。進行了一些操作，並按下面板的發訊鈕後，「這樣子，這裡的對話就會被轉播到艦內。」她這麼說，並轉向伏朗托。

「請你說明吧，上校你的真正目的。要是有著信念的話，也讓共和國軍的士兵們聽聽吧？」

「這也會傳進聯邦兵的耳中，這會導致他們今後的自由受到大幅限制喔！」

「反正都是當俘虜。如果上校的目的有那種價值的話，說不定會有人自願協助。」

感覺有如看到言語的刀刃交鋒。看著仍然保持著撲克臉的米妮瓦，伏朗托低下了頭。巴納吉看著他在安傑洛與辛尼曼的注目下，將藍色的瞳孔緊盯著虛空不動，朝著不是這裡的某一處開始說話：

「至今的宇宙移民者獨立運動，都著眼在先讓聯邦承認自治權確立上。而不用看一年戰爭的例子，也可以知道聯邦絕對不會承認。那麼，就沒有必要去讓他們承認，無視他們就好了，這是我的想法。」

※

『無視……？』

『不只是我，共和國的摩納罕・巴哈羅國防部長也有同樣想法。聯邦絕不承認宇宙居民獨立是為了什麼？因為宇宙居民是被棄置在宇宙的人民。他們認為那些是對地球來說不需要的人們的後裔，比自己低劣的人們。比自己低劣的人們喊著要主權，要與自己並列，並單方面地作出一直住在地球才是罪惡等主張。由地球居民組成的聯邦政府，生理上就不會接受這些主張，因為他們知道在接受的那一瞬間，將不只是並列而已，還有可能會主從逆轉。』

突然傳來的艦內廣播，讓每個人都反射性地抬起頭看著。「什麼？」「這不是紅色彗星的聲音嗎？」互相低語的乘員們聲音交疊，讓動搖的漣漪在私底下擴散著。自從吉伯尼上士被射殺之後，一直處於停滯的腦袋出現微弱的電流，讓奧特看向周圍的監視員。

有呆呆地仰望MS甲板的空中，同伴間面面相覷的共和國兵，也有開始用無線電進行連絡的葛蘭雪隊成員。看著他們明顯帶著疑惑的神情，與蕾亞姆交換訝異眼神的奧特，聽著應該是伏朗托的說話聲。

『理由很明顯。現在地球圈的生活，沒有宇宙居民的存在無法成立。能源、食糧、經濟活動，都是有七個SIDE以及月球才得以成立的。實際上只靠地球這顆行星單體，已經無法養活二十億的地球居民。相對地，宇宙居民，就算切離地球也足以自給自足。』

會讓人把斷定當成事實，具有魔力的聲音，果然是弗爾．伏朗托沒錯。聽著那宛若夏亞在說話的聲音，奧特心中想著：這是做什麼？「對吉翁的人來說，這場轉播好像也在預料之外。」別的聲音傳來，讓他愣了一下。不知何時便來到的康洛伊，臉就在背後出現。

ＥＣＯＡＳ的隊員們，被集中在離幹部集團有十公尺遠的位置。似乎是趁監視員不注意，連氣息都沒讓人感覺到偷偷摸過來的康洛伊，連把手綁在背後的束縛都沒有解開。想起他們那狩獵人類部隊的別名，奧特把稍微發寒的內心壓下，注意監視員的目光，把頭轉回正面。「真亂來……」他背著對方說。「現在是好機會。」康洛伊也用壓低的聲音回答。

『聯邦會限制宇宙居民的權利，並且抓著各ＳＩＤＥ的首長任命權不放，也是因為害怕著這個事實的關係吧。要是所有的ＳＩＤＥ團結起來，地球就成了沒有任何經濟價值的鄉下了。會成為披著中央政權遺骸的地方都市、被人民投以不信任感的，穿「新衣」的國王。

吉翁．戴昆他，應該拿這個事實作為武器的。只要各ＳＩＤＥ締結經濟協定，排斥地球的話，光這樣就足以讓聯邦政府無法成立。可是他是優秀的思想家，而不是政治家。扭曲了吉翁理念，利用來打獨立戰爭的薩比家也一樣。就是因為沒有離開必須要讓聯邦承認獨立這個前提，所以只能用武力去加以挑戰。』

淡淡地訴說的聲音，不只共和國兵，連葛蘭雪隊的成員也深感動搖。看到監視員拚命地用無線電質問著狀況，無心在監視自己一干人上，奧特悄悄地將身子往康洛伊傾去。看到被鐵絲綁在後方的雙手，判斷要用手去拆很困難。他悄悄地問：「沒有辦法解開嗎？」「沒有道具的話沒辦法。」康洛伊快嘴低聲回道。
『兩度的新吉翁戰爭，也是這樣。只要不捨棄讓別人承認自己存在的這個想法，與聯邦的戰鬥就沒有獲勝的一天。宇宙居民，有支撐著地球圈經濟這個巨大的武器。聯邦會刻意放我們「帶袖的」流竄，繼續轉動著軍需產業的齒輪，也是只靠地球經濟無法成立的證明。』
聽著繼續說話的聲音，「真是偏激。」康洛伊低語著。奧特越過肩膀看向他的臉。
「葛蘭雪隊的那些傢伙，不就是支持薩比家的人嗎？居然被這樣斬釘截鐵地否定掉……他們的表情看起來也是第一次聽到。」
用無線電對話的監視員，記得叫做特姆拉。奧特也看到拿著衝鋒槍，用不知道如何問起才好的表情仰望天頂的亞雷克，「身為聯邦的人，這真是令人聽了心寒的內容。」他誠實地回答。用經濟戰爭掐住聯邦脖子這想法，是之前的吉翁主義鬥爭所沒有的，雖然仍然是說來容易的做法，不過也確實是比用武力拚命來得現實的計畫。
「可是，沒有熱情。」
一直默默地聽著的蕾亞姆，突然開口。奧特與康洛伊一起看向她。
「在述說著自己一行人的未來，可是卻冷漠得像是不關己事。就好像觀察昆蟲巢穴的研究者一樣……這叫做弗爾．伏朗托的男人是什麼來歷？雖然人稱夏亞再世，可是他從何處來、又要往何處走去？」

並不是真的在發問，蕾亞姆用宛如看著亡靈般的目光看向虛空。感覺到冰冷的惡寒傳播開來，奧特將意識專注在的確是過於冷靜的聲音。不顧艦內的動搖，不像是人類說出的冷淡聲音從MS甲板的挑高天花板降下。再世夏亞的聲音。毫不猶豫殺害部下的聲音——

『強化月球與七個SIDE間的聯繫，確立排除中央的甜甜圈型經濟圈。也就是建設SIDE共榮圈。只要不訴求主權獨立，那麼聯邦就不會對宇宙居民們的交流有太多注意。在企業主導之下，各SIDE間累積乍看之下沒有問題的條約或協定。最後創建實現共同外交與安全保障的聯合體……』

※

『當然，這不是一朝一夕可以完成的。就算以並列的聯合體為目標，也不能少了帶頭創設的存在。』

『此時登場的就是吉翁共和國……摩納罕・巴哈羅是嗎？』

對森冷的男人聲音，感覺得到體溫的女性聲音回答著。拓也知道那是米妮瓦的聲音，被

劇烈跳動的心臟壓迫而抬起頭。

『我不清楚摩納罕部長有沒有領導資質。可是，SIDE共榮圈是他的提案，能成為共榮圈基礎的也只有吉翁共和國。也許有不少人對吉翁這個名字反感，不過我與摩納罕部長都不在乎名義。重要的是，讓宇宙居民有足以抗衡聯邦的聯合體。對地球的壓榨體制感到不滿的企業家與資產家們，只要趨勢出現就會自願協助吧。』

半意識著繼續說的聲音，他握住手掌中因汗溼透的紙片。只潦草地寫著簡短句子的紙片，是在剛才的騷動中，塞進米寇特口袋的東西。看著用無法冷靜的樣子看著天花板，與同伴講悄悄話的監視員，「怎麼辦？」拓也低語。旁邊的米寇特將臉靠近，「我覺得可以相信她。」她低聲回答。

「畢竟太不自然了，還特地降落下來。」

「說不定是什麼陷阱呢？」

「對我們做這種事，也得不到什麼好處吧？我懂的。」

奇怪地確信的話語，讓拓也偷看米寇特的側臉。寄宿著吐露出感情之後的冷靜，米寇特目光看向遠處的空中一點。

「女人的謊話，與男人不同，會刺痛皮膚。她是認真的。」

被那認真到恐怖的表情壓倒，讓拓也的目光回到正面。再三確認只有自己與米寇特知道的紙片觸感，反芻寫在上面的話語後，他眼神降在散在地板上的小小污點。

吉伯尼的血。附在地板上那小指頭大小的血痕，是促使自己保持覺悟以及冷靜，抹不去的痕跡。就算要做，也必須慎重地行動。首先要找到協力者。環顧了也許是因為吉伯尼死去的反動，而意志消沉的整備兵們的表情，拓也作出找他們不行的結論，並看向其他團體。同樣坐在地板上，仔細聽著廣播的各部門成員們。這其中看起來可靠的——

有了。看上隔壁團體中的一人，拓也用手肘對米寇特頂了一下。追尋他的視線，看到同一個人的米寇特眼睛微微張大，「要怎麼辦？」她小聲地回問。「不是多長的距離。我去去就回來。現在正容易混過監視者的眼線。」拓也的眼睛看向周圍。與集中了傷病兵的隔壁集團距離，大概五公尺。對忘了監視的監視員再看了一眼後，他在腳上凝聚不至於讓身體浮起來的力量。

沒有注意到拓也盯著他看的眼神，賈爾・張沉默的臉孔看向空中。伸直了腰盤腿坐著的模樣，讓拓也想起坐禪的曾祖父的模樣。

『問題是，共和國的自治權歸還期限迫在眼前，要是共和國回到原本的ＳＩＤＥ３，不允許有超過地方自治權限度的活動的話，那麼迎向ＳＩＤＥ共榮圈的潮流也不會產生了。要怎麼拖延這個解體期限，就成了我們的課題。此時我們接到畢斯特財團要讓渡「拉普拉斯之盒」的邀請……』

※

「我不認為卡帝亞斯．畢斯特知道我們的計畫。在這時機提出讓渡『盒子』，是因為厭惡共和國解體讓聯邦體制僵直下來吧。聯邦期待在共和國解體的同時斷絕吉翁思想，這是眾人皆知的事實。」

就如同新人類神話的破壞裝置，「獨角獸」所展現的。訴說著弦外之音的伏朗托眼神突然往自己看來，讓巴納吉回神，並別開目光。

辛尼曼、以及安傑洛，都失去了言語。連米妮瓦都沒有隱瞞她被壓制的臉色。比起SIDE共榮圈云云的，更恐怖的是他像機械般毫無窒礙說著的聲音，巴納吉將別開的眼神慎重地移回伏朗托身上。他用真面目說話，所以更令人感到不對勁。這股彷彿自己不是置身於人世，超然的氣氛是怎麼回事——

「對我們來說可說是天祐。據說可以顛覆聯邦政府的『拉普拉斯之盒』……要是可以得到它，那麼就能讓聯邦認可共和國的存續。要是要求吉翁復興的話，可能會讓聯邦自暴自棄地引發全面戰爭，但是像讓共和國的解體期限往後延這種程度的要求他們可能就會接受。抱著姑且一試的心情，我要辛尼曼前往交易地點『工業七號』。」

接下來所發生的，就不用再問了。沒有表現出長篇大論後的疲勞，伏朗托從頭到尾以不變的神情講完了話。接待室恢復寧靜沒有多久，「原來如此，我了解了。」米妮瓦開口，瞇起的眼睛再度看著伏朗托。

「上校你用『盒子』想得到的，是時間。延緩共和國的解體，為成立ＳＩＤＥ共榮圈爭取時間。」

「您說的沒錯。」

立刻回答的伏朗托，無言地用目光催促：現在輪到妳了。米妮瓦沒多回應，往坐在沙發上的辛尼曼看去。

「辛尼曼，你知道這些事嗎？」

「不，雖然我知道『帶袖的』的出資者，是共和國的摩納罕．巴哈羅。」

與辛尼曼往伏朗托瞪去的眼光一起，米妮瓦也用逼問的眼光看向他。伏朗托直立的身體一動也不動。

「如同我所說明的，這與舊的吉翁復興活動結構不同。我擔心像辛尼曼上尉這樣一心對公國軍奉獻的軍人會有拒絕反應，所以在時機來臨之前對他們保密。請多見諒。」

「不用道歉，全部聽完，就覺得是無聊的計畫。」

用堅決的口氣回答，米妮瓦將通訊面板上的發訊鈕切到關閉。伏朗托保持沉默承受著她的視線。

「沒錯吧?建構把聯邦排除在外的SIDE共榮圈……與其要求不想改變的人們改變，不如無視他們。這與夢想著人類革新的吉翁．戴昆差太遠了。太過現實，一點都不可愛。」

面無表情的伏朗托背後，安傑洛的眼神滲著憤怒的神色。足以動搖空氣的殺氣在室內奔馳，讓巴納吉駕駛服下的皮膚起雞皮疙瘩。

「跟想把地球變為無法住人的星球，將人類一個不留地全部拉上宇宙的夏亞的瘋狂……連熱情都差太遠了，自詡為再世夏亞的人，這樣子行嗎？」

踏出一步的米妮瓦，抬頭看著伏朗托。翡翠色的瞳孔帶著一絲熱度，讓巴納吉感覺到在兩人之間所作用的未知引力。

「SIDE共榮圈實現的話，地球會被孤立。與宇宙的經濟差距會拉大，如字面一般地主從逆轉。這樣的話，地球就重現了西元年代。為了靠自己就能撐起經濟，地球居民將會加速地球的再開發吧。在貧困之中成長的新世代，也許會有人企圖對宇宙居民報復。就像吉翁引起一年戰爭一樣。」

伏朗托一言不發。面對化為紅色的牆壁站著的高大身軀，米妮瓦用明確地滲著感情的聲音繼續說道：

「沒有調和也沒有革新，只是讓強者與弱者立場對調而持續下去的未來……你真的覺得這樣好嗎？決定要再次站在人們面前的男人，覺得這種事——」

「不是好或壞的問題，而是這就是人世常理。」

出口打斷的聲音，讓米妮瓦的身體看起來稍微晃動了一下。伏朗托把手伸向放在桌上的面具說道：

「我說過，現在的我規定自己只不過是容器。容器不會去思考，只會依照注入的人們總體意識行動。」

放出銀色光澤的面具，再次包覆他的臉。看著那沒有對話也沒有共鳴，變回彼岸般遙遠的面具臉，米妮瓦的臉慢慢地垂下來，眼神帶著些許動搖。「……是嗎。」她的語氣中帶著沉重的絕望，讓巴納吉心中感到隱隱作痛。

「我所知道的夏亞．阿茲那布爾，真的死了。」

流洩出的這句話，讓辛尼曼的眉頭抖動。背對無言的伏朗托，米妮瓦坐上沙發。閉上眼睛，發出不知是否為失望的嘆息聲，披著斗篷的背部深深地埋入沙發中。

「『工業七號』，殖民衛星建造者『墨瓦臘泥加』。」

說出口，張開閉上的眼睛，先前的憂鬱已經從臉上消失。沒有看向緊握拳頭的巴納吉，米妮瓦冷靜地接著說：

「那裡就是拉普拉斯程式所顯示的最終座標。」

與因為驚訝而讓身體動搖的辛尼曼和安傑洛不同，「喔——」伏朗托的視線往自己看了過來。注視著別開臉的巴納吉，防眩護鏡的目光瞬間發出確認的視線，然後伏朗托的面具再次面向米妮瓦。

「非常感謝您。與艦隊會合之後，我們就立刻改變航路前往『工業七號』。」

「隨便你吧。」

低聲說道，米妮瓦從沙發站起身來。沒有回顧低著頭的巴納吉，被皮製的靴子所包覆的腳前往房間門口。感覺那一步一步都踏在胸口上，有如在測試強度一樣的巴納吉，用力握住拳頭保持沉默。

「您要去哪？」

「你聽辛尼曼說過吧，我好幾次被那位少年拯救性命。」

在門口前止步，回顧的米妮瓦視線第一次看向自己。巴納吉稍稍抬起頭來。

「背叛了恩人的感覺實在很差。之後讓我自由行動吧。」

來不及回望翡翠色的瞳孔，轉過頭去的米妮瓦就離開了房間。看著房間的門關上，伏朗托的視線移向安傑洛：「警備切記萬全。」說完之後，他便從風景畫前離開。「是。」端正姿勢，往自己看了一眼的安傑洛碰觸剛關上的門把。含有監視意味的背影離開房間後，伏朗托吐出些許嘆息，坐在巴納吉正對面的沙發上。

「我想確認一下啊，巴納吉小弟。」

雖然聲音與剛才一樣地安穩，但是內容卻有不予妥協的強硬。是因為米妮瓦已經說出來了，那麼就沒有必要玩弄協力什麼的文字遊戲了吧。巴納吉無言地回看著那副面具。

「開始的地點就是終點，要的花樣真是古典。你的父親似乎幽默感十足。」

「不是這樣！」

不自覺地叫出口的聲音迴響著，讓桌上的咖啡起了漣漪。巴納吉猛然從沙發上起身，讓與字面相符的鐵面具離開視線外。

「終點可以是任何地方。在抵達之前看到了什麼、感覺到什麼……那才是最重要的。就算只知道答案抵達終點，『盒子』也不會開啟。如果不是走過同樣的路，共擔同樣的辛勞的人……」

最後的那句話，隨著看向辛尼曼的視線從口中流露。對上的眼神微微動搖，辛尼曼什麼都不說地把臉轉向別的方向。伏朗托的目光沒有從呆站的巴納吉身上移開，「只有知道旅途辛勞之人，才能找出家中的青鳥。」他像在歌唱般地說道。

「這也很古典。」

扭曲的嘴角上方，看起來好像整個面具都在發出嘲諷。巴納吉已經不想多說什麼，別開了臉孔。

※

對每個人來說都在預料之外的艦內廣播結束，MS甲板恢復冷靜又過了一個多小時。靠近右舷的隔牆附近監視的士兵開始騷動，讓季利根嘴巴移開營養果凍的軟管。

「怎麼了?」

「是剛才引起騷動的團體其中一人。說是發生腹痛。軍醫正在看診。」

跑進鄰接甲板的簡報室的士兵，上氣不接下氣地報告著。「腹痛？」回問著，季利根看向映著甲板景象的螢幕。

在一面牆上備有多目的螢幕的簡報室，現在成了共和國軍的休息室兼臨時指揮所。時間是午夜十二點，佔領到現在即將經過四小時。雖然因為剛才的廣播讓大家繃緊了神經，不過監視的人與被監視的人一定都開始累了。目睹一名俘虜被射殺的現場，也給大家帶來超乎想像的壓力。自己也覺得坐著不動的時間很難受的季利根，對部下說「我去看看，接下來就交給你們」，然後前往MS甲板。

在無重力下，不論是站著還是躺著都是一樣的。一邊看著一個個特務隊員的臉，確認有沒有散漫的人在打瞌睡，季利根往鬧出問題的團體接近。在一群穿著連身衣，像是整備兵的人群中，抱著肚子掙扎的乘組員，年輕得還足以稱為少年。

穿著白衣的軍醫長，用聽診器檢查。「怎麼樣？」季利根質問著。軍醫長拿開聽診器：

「我想是心因性的症狀，可是他的痛苦不太尋常。我想使用醫務室。」

「我們也有帶看護兵來。只是腹痛的話，我們可以處理。」

不能排除他們還有什麼企圖。直視著軍醫長那似乎是阿拉伯血統的淺黑色臉孔，季利根以拒絕商量的語氣說道。在少年身旁的女乘組員，用僵硬的語氣插嘴：「他有慢性病。」

「好像是什麼很難講的病名，之前有聽說要是肚子痛起來就要注意……」

「這種人為什麼會當上航宙艦的乘組員？」

「我們不是乘組員，是在『工業七號』被戰爭捲入，沒辦法回家的民眾。」

有這種事？回看著仍然可說是少女的女乘組員，以及她手上抱著的球型吉祥物機器人，季利根目光轉回軍醫長身上。軍醫長要開口的剎那，「別說那麼多了，快帶去醫務室。」別的聲音從背後傳來，讓周圍的空氣再起波瀾。

「只知道訓練的共和國士兵，對超出預想的狀況只能全部回絕嗎？」

在隔壁傷病兵團體穿著睡衣的光頭男子，露出訕笑站了起來。被戳到痛處的胸口發熱，季利根轉向男子的方向，並把手放在腰部的手槍上。「喂，不要隨便站起來！」怒吼的監視員士官長，拿著步槍接近男子。

「你們也考慮一下被外行人監視的俘虜心情。要是自己沒辦法下判斷，就去問問『帶袖的』他們怎麼樣啊？要披著那帥氣的斗篷去問喔。」

「混帳……！」

臉色大變的士官長，用步槍的槍托打向男子的腹部。來不及制止、也沒想制止，季利根看著男子因為反作用力而浮在空中。身體彎曲，男子面容扭曲地壓住被毆打的腹部，他的睡衣胸口露出繃帶。季利根這才想起「傷病兵」這個忘掉的名詞，而心臟猛然跳了一拍。緊接著，大叫「怎麼做這種事……！」的軍醫長往男子的位置趕來。

借周圍的組員之力讓男子躺在地板上，打開睡衣的前襟。「不好，傷口裂開了。」聽到軍醫長的聲音，讓士官長倒退了一步。怎麼辦？他彷彿這麼說著的表情看著自己。「我馬上帶他們去醫務室，沒問題吧？」軍醫長繼續說道，被他銳利的視線盯著看的季利根，吞下差點說出口的「慢著」，環顧了周圍狀況。

在等待指示的士官長腳邊，傷病兵們用不滿的眼神看向自己。查覺騷動的其他團體組員也開始注意這邊，監視他們的士兵們臉色明顯帶著疑惑。要是這時候拒絕，那有可能會發生暴動。指揮官不能讓別人看到自己猶豫，想起這句先人教誨的李利根，對軍醫長點頭表示同意。軍醫長馬上抱起男子，「那孩子也得一起來，你們也幫忙啊！」咆哮的軍醫長踹了地板一腳浮起。沒有空去叫沒值勤的士兵，季利根只好抱起壓著腹部的少年。

「上尉……」

「我與他們同行，你用無線電連絡，叫兩三個沒有值勤的人過來醫務室。」

「是，那麼與『帶袖的』的連絡呢？」

毫無尊嚴地質問的士官長，讓他感覺到胸口的熱度再度燃起。「你也聽到剛才的廣播了吧。」說著，季利根瞪著年長的士官長。

「我們是『風之會』的前衛。在這裡的『帶袖的』士兵，連SIDE共榮圈的構想都不知道。沒有必要一一請教他們的指示。」

跟只是游擊隊出身的葛蘭雪隊不同，「風之會」的同志是受過摩納罕閣下薰陶的精銳。雖然有經驗上的差距，不過我們的立場肯定更接近最高處。在隱隱作痛的尊嚴寫上這句話，季利根踹離地板，朝最接近的氣閘門前去。「好痛……」陪伴呻吟的少年，抱著吉祥物機械人的少女也跟在後面。

追著擔起光頭男肩膀的軍醫長背影，搭上通往重力區域的電梯。將少年的身體抱在身旁，季利根拔起腰間的手槍。開始下降的電梯中發生重力，他把逐漸變重的少年放在地上。

久未感受到的重力，似乎讓他因緊張與興奮而衝腦的血液下降。一個人與他們同行是不是太衝動了？面對連要持續拿著槍都很困難的重力，季利根在內心唸著。總是這樣，自己老是想著不能夠太優柔寡斷，所以會不小心做出淺薄的決定。大概是小時候因為身體病弱，老是跟不上同學而被嘲弄的反動吧。他心想著，將意識差點游離的腦袋輕輕搖了兩下。『哈囉！』聽到這句在現場不該會冒出的話，愣住的季利根轉過頭看去。

看起來像耳朵的圓盤拍打著，少女手中的吉祥物機械人漂在空中。電源沒關掉嗎？季利根心想，同時看到少女的眼神透過自己看向背後，但是當他把手槍往後指去時已經太遲了。

用眼睛看不清的速度動著的手從上方抓住手槍，另一隻手抓住衣領。光頭男的臉孔迫在眼前，「你……！」季利根發出哽住的聲音，但是在兩腿間爆發的衝擊讓他無法呼吸。

嘎！聽到了自己的呻吟聲後，男人的手肘打在後腦上，讓自己膝蓋的力量消失。視野急速變暗，季利根的頭撞在電梯門上。大概是到達目的層了，讓人無力的電子音在遠方響起。

「我是畢斯特財團的賈爾・張。以後給我記著。」

加上男人的聲音，電梯的門開啟。想拿起腰部無線電的手揮空，季利根就倒在走道上。

「哈囉，歡迎回來！」少女叫著。『突擊！』吉祥物機械人回應，並開始往前彈跳，男人們一起跑出去的腳步聲從頭上經過。彈跳的吉祥物機械人撞上自己的後腦，將自己當踏板的一擊，也已經算不上是最後一擊。季利根的意識落入黑沉沉的深淵，在黑暗之中，他聽到叫著膽小鬼季利根的同學們吵雜聲。

※

雖然是比月球的重力來微弱的擬似重力，不過對於習慣無重力的身體來說就好像在肩上放了沉重的啞鈴一樣。才衝進畫著緩緩弧度的通道，就正面撞上地板的拓也，自覺到變為鉛塊的身體，慎重地跑過走道。跟在每次走到十字路口都要停下腳步，確認是否有人之後再開始前進的賈爾身後，他與哈桑、米寇特一起前往醫務室。

有可能的話也帶著哈桑醫生，前往醫務室——在口袋中揉成一團的紙片留言，是支撐行動的一切根據。賈爾用完全不被重力變化影響的動作貼上牆壁，並且雙手拿著從共和國兵奪來的手槍，他催促拓也站在醫務室的門前。要打開門的瞬間，突然產生的痛楚，讓他彎下腰來扶著腹部。

「怎麼了？」

「一直裝痛，現在真的痛起來了……」

本來期待她撫撫自己的背，不過米寇特只給了一句「傻瓜」。為了痛楚之外的理由皺起眉頭，拓也敲敲醫務室的們。確認沒有反應，他與賈爾彼此頷首之後打開了門。環顧漂著些許消毒藥水味的醫務室，踏進室內的瞬間，「是誰!?」的叫聲衝擊著頭部。

站在連接的加護病房門口，男人拿著手槍與自己四目相對。繡著新吉翁徽章的駕駛服，是「帶袖的」的親衛隊員沒錯。拓也當場呆住，果然是陷阱嗎？正當他想著時，「是急診病患，你沒聽說嗎？」哈桑邊說著邊踏進室內，用醫師特有的強烈眼神看著親衛隊員。如果是剛才的共和國兵，早已經被眼神壓抑住，不過親衛隊員絲毫沒有放鬆警戒，朝著自己的槍口也沒有移動。「慢著，我確認一下。」親衛隊員回應道，手伸向腰間的無線電。而拓也與哈桑用斜眼交換目光。

雖然有著不輸軍人的戰技，不過賈爾身上有傷。面對看起來會毫不猶豫開槍的親衛隊員，似乎沒機會進行奇襲。連轉頭看看門口賈爾狀況的空隙都沒有，拓也與眼神毫不鬆懈的親衛隊員對望著。突然，他的背後出現黑影。匡的一聲，沉重的聲音響徹房間。

後腦挨上一記的親衛隊員腿軟，被低重力拉扯著往前倒。賈爾立刻衝出來，騎在趴下去的親衛隊員身上，不過拓也沒去看他的動作。拓也只是看著站在加護病房門口的人影，呆呆地眨著眼睛。哈桑以及跟在賈爾身後進來的米寇特也是一樣的反應。

米妮瓦・薩比。口中低喃著她的名字同時，她手上抱的滅火器掉在地上。米妮瓦斗篷飄揚著往這裡跑來。她的雙手同時抱住拓也與米寇特。從壓在身上的胸口，可以聽到她快速的心跳聲。

「謝謝你們，肯相信我……！」

雙手用力地抱緊之後，她的身體離開。微帶溼氣的翡翠色瞳孔，與那飄著冷酷氣氛的米妮瓦・薩比不同。那看起來是巴納吉稱之為奧黛莉，在「工業七號」見過面的少女瞳孔。與米寇特交換疑惑的眼神，當拓也抓著頭說「啊，不會……」時，賈爾的質問聲插進來：「接下來有什麼打算？」看著拉出鋼絲槍的鋼絲，將親衛隊員雙手綁在後面的賈爾，米妮瓦突然用嚴肅的神情看再次看向自己。

「拓也，你剛才應該與吉伯尼上士有什麼計畫吧?請你實行它。」

腦海中浮現說要手動噴射艦首推進器，吉伯尼那最後的表情，拓也嚥了一口唾液代替回答。米妮瓦視線移向哈桑。「哈桑醫生，你回去MS甲板，為ECOAS的各位鬆綁。」她用冷靜的聲音說著。

「只要將鉗子交給其中一人，之後他們應該就會自己處理。」

「太危險了。共和國的人就算了，可是『帶袖的』馬上就會發現這裡的異狀。要是他們放掉甲板的空氣……」

賈爾說道。放掉空氣讓他們窒息——理解到全員集中在MS甲板的理由，拓也用毫無血色的表情與米寇特相視。「所以，我們動作必須要快。」堅決地回答，米妮瓦用絕不回頭的眼神看著賈爾。

「賈爾先生請你去救出巴納吉。根據我偷聽無線電的結果，他好像被移動到下面的監禁室了。」

「了解了……您自己呢？」

看起來已經習慣對人下達指示的臉孔，第一次有難以啟齒的感覺。「我會與另外一名同伴一起行動。」用略為低沉的聲音說著，米妮瓦突然轉過頭去。追向那被空氣吹脹的斗篷，拓也們也穿越了加護病房的門口。

隔間的簾子拉開，看著低頭看向床上的米妮瓦表情，讓人深刻體會到同伴這句話的重量。「她是……」聽到米寇特低叫出來的聲音，看著米妮瓦那不與其他人對上眼的臉龐，拓也將視線移向躺在床上的新吉翁女駕駛員。

記得她叫瑪莉妲・庫魯斯。美麗的睡臉讓拓也看呆了，令人不敢相信她就是那架四片翅膀ＭＳ的駕駛員。「哈桑醫生。」堅決的聲音，讓拓也抬起頭來。

「請讓她醒來。為了讓她可以戰鬥，止痛劑的量請斟酌。」

只看著瑪莉妲說話的米妮瓦，不只是拓也與米寇特，連賈爾都倒抽一口氣看著她的側臉。「可是……」沒有回頭看向疑惑的哈桑，「我會負起一切的責任。」強硬的米妮瓦，拾起繼續沉睡的瑪莉妲之手，當場半跪了下來。

「瑪莉妲，是我，米妮瓦・薩比。」

將包裹在雙手中的手掌貼在額頭上，她有如祈禱般地低下頭來。從她的肩膀滲出苦悶的氣息，拓也感覺到背後的哈桑回到醫務室。

「我知道這樣很過分。可是，希望妳能醒醒。我們必須與我們自己的怨念所生出的魔物對決。我需要妳的力量。為了不讓辛尼曼犯下更多錯誤，與我一起戰鬥……！」

擠出來的聲音震動了穿著斗篷的背影，讓空氣共振。靜止的瑪莉妲眉毛微微地顫抖，被米妮瓦包覆的指尖動了一下。

※

「知道了。你帶幾名葛蘭雪隊的人過去。不要被共和國的士兵知道……嗯，拜託了。」

紅色制服結束與安傑洛之間的通訊，面對著通訊面板的高大身材往自己看過來。他的態度，以及被面具覆蓋的臉孔，仍然可疑得令人不想直視。「跟著米妮瓦殿下的戒護人員，似乎失去聯絡了。」連這聲音都彷彿在演戲，辛尼曼用懶得驚訝的目光看向伏朗托。

「最後有聯絡的似乎是醫務室，你有線索嗎？」

「沒有。」

雖然瑪莉妲的臉從腦海中閃過，不過現在的他沒有頭腦去推論瑪莉妲與目前狀況的關係。自從巴納吉被帶離這間接待室，與伏朗托兩個人之間的氣氛就奇妙地鬆散，他有自覺被某種倦怠感給囚禁了。就算想著不能過度放鬆，但還是感到一股都無所謂了，會怎麼樣就怎麼樣吧的倦怠感。辛尼曼承認自己累了，不是背叛的不安，或是良心的痛楚所誘發的心境。在這裡做這些事已經讓他累了。從佔領開始後的數小時、追著「盒子」的這一個月、戰後的十六年，一切的一切——

「ＳＩＤＥ共榮圈的事，至今一直瞞著你，我感到很抱歉。」

在正面的沙發坐下的伏朗托，用不知道是否察覺自己心境的聲音說道。辛尼曼抬起疲倦的目光。

「可是，我沒有想要違背以米妮瓦殿下為領導者的約定。雖然我說了不在意吉翁之名，不過能當上ＳＩＤＥ共榮圈盟主國的是吉翁共和國。在我們鋪好軌道之後，就讓米妮瓦殿下當君主。這是我或摩納罕部長都無法擔任的大位。」

寄身於「帶袖的」之時的條件，前提是要把米妮瓦視為公主這也是事實，不過到了現在這種狀況他也開始覺得無所謂了。為了有驅動舊公國軍派人脈的向心力而需要米妮瓦，可是她沒有其他價值。對ＳＩＤＥ共榮圈來說有沒有都一樣，但如果需要的話，有職位讓她可以派上用場。對這麼說著的伏朗托，辛尼曼也沒有力氣去厭惡他了，他從戴面具的臉上移開視線，「沒興趣，是嗎。」這句話趁虛而入。

「這樣也好。就是因為船長你是這樣，我才放葛蘭雪隊自由行動。」

「……什麼意思？」

「既然接受託孤，自然想保護米妮瓦殿下，也有對部下的責任感。可是那些也只不過是責任感，心裡其實對吉翁復興沒有興趣。對聯邦雖然有怨恨，但是自己也知道這不是報了仇就可以洗刷的怨恨。」

被防眩護鏡罩住的眼睛發出不像反射的光芒，伏朗托將身體靠在沙發椅背上。

「所以，雖然只是一時，你寄身於聯邦的船艦。但是隨著時間經過……不，從踏上這條船的瞬間，你就發覺恨意無法消去。所以，你做了該做的事。」

伸去拿桌上咖啡的手，正顫抖著。不讓喝著冷咖啡的辛尼曼視線逃脫，伏朗托用帶著微笑的嘴角繼續說著。

「信奉主義者很容易屈服。因為他們總是習慣將自己正當化。可是，對於人類以及世界沒有抱持多大期待，像船長你這樣的人種，正因為不定形所以更不容易屈服。只要對內心深層互相理解之後，將是最可靠的同伴。」

戴著白色手套的手在膝蓋上握住，伏朗托從頭到尾用不變的冷淡語氣說完了話。沒有插入異議的餘地，聽到這段連自己都無法說明的自我剖析，最先浮出的是笑意。可是他沒有膽量一笑置之，辛尼曼像是不關己事般地眺望著荒蕪的內心，「好像在說……你自己也是同類一樣。」他用空虛的聲音回答。仍然露著淡淡的微笑，伏朗托回以無言。

「那麼上校你的內心深處又是如何？」

「你覺得呢？」

「這個……我對這種文字遊戲不太擅長。只是，之前我有聽過這種傳聞。第二次新吉翁戰爭之際，夏亞總帥要實行地球寒冷化作戰，其實只是順便的。他的真意，是要與一年戰爭以來的宿敵，阿姆羅・雷一決高下。」

已經沒有必要陪他裝模作樣了。心裡清楚一說出口，關係就沒辦法再復原，辛尼曼慎選用語。「喔？」只做簡短回應，伏朗托仍然維持不動的表情。

「我了解他的心情。有想打倒的敵人，可以發洩恨意的對手，才會有充實感。在追著對方不放的那段期間，才可以忘記絕望。可是，阿姆羅死了。夏亞總帥的起義也化為烏有，地球圈仍然沒變。就算夏亞總帥還活著，這次他要追逐什麼呢？已經沒有和他競爭的對象了。吉翁・戴昆的理想也變得不值得相信。對人對世界都絕望的悲哀男人，寄宿在他心底深處的是——」

「這跟船長你不是一樣嗎？」

馬上打斷辛尼曼，伏朗托站起身來。面具下的嘴角稍微僵直著，雖然覺得也許看得到那一絲絲情感，不過他並不想去確認。從轉過身去，看著牆上風景畫的高大身軀移開視線，辛尼曼吐了口氣。結果，他感受到說出來的話回到自己身上的重量感，「怨恨不會消失……」他低喃著。

對聯邦的怨恨，對不願改變的全世界的怨恨。對什麼都做不到的自己的怨恨——當妻兒在恐怖與絕望的深淵承受痛苦時，沒能在現場的怨恨。想要壓潰湧出的情感，卻又做不到，「的確，怨恨沒那麼簡單消去。」辛尼曼說著，他無意識地看著無力的手掌。

「可是……有時候，我還是會累。不是感到空虛。單純只是感到疲倦。對放棄了一切，只是蜷曲黑暗之中的自己……」

所以，自己不小心伸出了手。雖然知道就算到手了自己也應付不了，但還是被那無可取代的光芒所吸引。瑪莉妲、米妮瓦、巴納吉，在眼皮裡看著這些名字的光芒殘渣，辛尼曼無法徹底自嘲的臉頰扭曲著。「身為人的話，那是當然的。」伏朗托的背影說著。

「如果，夏亞·阿茲那布爾現在還活著的話……那他或許已經不是是人類了吧？」

丟出的一句話插在胸口，讓冰冷的空氣散布開來，辛尼曼不自覺地抬起頭。

漂著非人氣息的紅色背影，看起來就像是浮在裝飾著風景畫的牆壁前面。已經不是人類——這不是譬喻。這男人是「什麼東西」？身在眼前卻不在此處，讓人不覺得他呼吸著同樣的空氣，這背影的主人，到底是從這個世界的什麼地方誕生的？幾乎被恐怖所駕馭般地自問著，卻得到不一定是這個世界，這樣的自答，辛尼曼感覺到全身起雞皮疙瘩。不可能，這沒有可能。他想笑，可是僵化的臉頰動彈不得，緊握快要發抖的拳頭那一瞬間，就好像吸收了拳頭的震動般，桌上的咖啡杯開始抖動作響。

聽到答答答的陶器共振聲，讓伏朗托訝異地轉頭。之後，劇列的衝擊音從地板砰的一聲傳來，所有咖啡杯一起飛在空中。彈起來的桌子擋住伏朗托的身影，連沙發都飄在空中。辛尼曼來不及採取護身姿勢就摔到了地上。

※

這不是做好覺悟，就能夠撐過去的衝擊。點火的巨響震耳欲聾，對成為慣性的俘虜的身體施加負擔，拓也摔在輪機室的地板上。同樣摔在地板上的米寇特發出慘叫，從她手上掉下來的哈囉在狹窄的室內四處反彈。現在不是可以扶起米寇特的時候，拓也想辦法轉動貼在地板上的頭，往亮著無數動作燈的控制板看去。

艦首推進器的控制板填滿整面牆，動作監視螢幕上閃爍著噴射中的信號。設置在艦首附近的艦首推進器，是在艦艇轉向或是減速時使用的噴射裝置。原本是由艦橋操舵進行自動控制的，不過也可以像這樣從整備用輪機室手動控制。

超越安全範圍的全速噴射持續十秒後，改變噴嘴的角度再噴射一次。以超過1G的加速度抬起艦首的「擬・阿卡馬」，接下來被改變噴射角度的艦首推進器推出去，由於不均等的慣性而陷入旋轉狀態。艦內變得有如回轉的洗衣槽，ECOAS是否能乘著混亂得到反擊的機會——之後的事情無法預料，拓也想把手伸向貼在地板上的米寇特，但是被突然響起的警報給嚇呆了。

是撞擊警報的聲音。全航宙船共通的尖銳音效壓過振動音迴響著，「不妙……！」拓也不自覺地說出口。「怎麼了!?」米寇特問著，但是沒有時間回答，拓也爬向控制板，將臉靠近動作監視螢幕的操作面板。確認艦首推進器照設定開始改變噴嘴的角度後，將螢幕切換到外圍影像。在銀色的星光縱向流動的畫面中，浮在虛空的墨綠色船體映在螢幕上，看到它太過接近，讓拓也張大了嘴巴。

「是吉翁的船，要撞上了！」

讓人聯想到高跟鞋的獨特形狀，是共和國軍的姆賽改級巡洋艦沒有錯。雖然知道它在附近，但沒想到居然就在幾乎接舷的近距離。「停不下來嗎!?」米寇特大叫，拓也忘我地看向控制板的瞬間。艦首推進器開始第二度噴射，拓也被拋向天花板。

背部被強烈撞擊之後，被反作用力撞飛彈向地板。『危險！危險！』大叫的哈囉從後腦掠過，被彈飛到空中的米寇特往控制板的方向流去。拓也彎身抓住她肩膀的衣服，用全身的力量拉回米寇特，接著用雙手抱住她的頭，準備迎接下一次衝擊，閉緊雙眼。

地板、天花板與牆壁在無計可施地漂在空中的兩人周圍，令人眼花撩亂地旋轉著。說不定接下來船就會從頭撞上吉翁艦，連這個輪機室一起被拋入宇宙。但就算這樣我也不放手，絕對不能放。這麼告訴自己，拓也用全身抱住手臂中的體溫。米寇特的手繞到拓也背後，將縮起的頭壓在他的胸口。傳遞而來的熱度與體內的熱度共鳴的剎那，強到與剛才無法比較的振動與巨響壓迫了五感，幾乎讓骨頭散掉的衝擊穿透輪機室。

※

「擬．阿卡馬」的右舷側，與位在旁邊的姆賽改級巡洋艦「德洛密」撞上了。突然抬起艦首，並大幅縱向迴轉接近「德洛密」的「擬．阿卡馬」被改變噴射角的艦首推進器推出，在船體斜傾的狀態下接觸了「德洛密」。

對用小艇移動兵員之後，就與「擬．阿卡馬」保持接舷距離的「德洛密」來說，事態可說是青天霹靂。艦長連下令回避運動都來不及，逼近眼前的白皚船體就掩蓋了艦橋的窗戶，衝突的巨響與震動撼動了「德洛密」的船體。「擬．阿卡馬」右舷側的結構體撞上「德洛密」的上甲板，壓潰它的主砲之後停止了動作。

對雙方來說算幸運的是，由於兩邊都配合著「Ｌ１匯合點」的相對速度，所以相對來說是靜止的。結果沒有讓雙方一起粉碎，遠遠看來就只是海上船隻擦撞時的景象，不過在裡面的人們感受到的衝擊可不是開玩笑的。被足足一倍以上質量的突擊登陸艦撞擊，「德洛密」如同字面意義地受到被撞飛的衝擊。

三座主砲之一被碾潰，爆出誘爆與短路的火花，承受了狠撞的能量讓船體大幅傾斜，往「Ｌ１匯合點」的方向流去。支撐船體的龍骨發生龜裂，「德洛密」陷入漂流狀態。而在它上方，運動能量被抵銷的「擬．阿卡馬」外表看起來是靜止的，然而艦內陷入的混亂不亞於「德洛密」。

沒有固定住的一切物體全部彈飛。從艦首直達艦尾的衝擊讓所有設備軋軋作響。重力區的圓筒機構一時之間停止，原本以離心力牽住的物品在空中舞動。而無重力區域的隔牆與通路發出可怕的聲音，沒有碎掉的螢光板在艦內全域閃動著。被衝擊警報的聲音喚回意識，又被隨後而來的衝擊捲入的季利根，來不及理解狀況就彈在通路之間。正前往醫務室的安傑洛背部也撞在天花板上，人在艦橋的布拉特等人從椅子上摔下來。MS甲板也不例外，四百多個人被拋在空中的空間，化為充滿慘叫與怒吼的混亂燒杯。

由於腳底的勾子與甲板凹槽接合著，所以沒有連MS都飛出去，不過對於鞋底只有磁力的人類就不一樣了。受命坐在地板上的俘虜無一例外被拋到空中，四肢拍動著尋找支撐物，監視的共和國軍也無計可施地在廣大的甲板內浮游著。就算下令不要動，但是在這狀況下沒有人有辦法靜止。在這監視者與俘虜的關係崩潰，每個人都只能拚命確保自己安全的狀況下，最早開始行動的是ECOAS的隊員們。

自從哈桑從醫務室回來之後，他交過來的鉗子傳到每一個隊員手上，而且正切斷了最後一個人的束縛。與其他人一起被拋往空中的瞬間，康洛伊看著亂舞的無數人影，蹬了附近的人背部游在空中。踢著許多漂在空中的乘組員肩膀或背部，利用反作用力讓身體前進，並朝向拿著衝鋒槍的亞雷克突進。比起只是動搖的共和國軍，葛蘭雪隊的兵還有警戒周圍的理性，卻不是精通無重力狀態下體術的康洛伊對手。

他繞到亞雷克的背後，利用粗壯的手臂扣著亞雷克的頸部。由於頸動脈的血液被阻斷，讓亞雷克的身體一下子就癱瘓了。康洛伊從他腰間奪取了鋼絲槍，朝著發現異狀的共和國兵射擊。

射出的鋼絲捲住士兵的身體與他正想舉起的自動步槍，並奪去雙手的自由。讓昏迷的亞雷克與自己的身體貼在一起，康洛伊靠著兩人份的質量，拉扯鋼絲將那名士兵的身體拉過來。被牽引的士兵滑過空中，接近眼前的同時，手肘以反擊的要訣打向他的後頸。監視的士兵有九十人左右，而ＥＣＯＡＳ的隊員有二十九人。在離達成分配量只剩一人的康洛伊腳邊，加瑞帝等其他隊員也踢著隔牆以及乘組員的背部，各自襲向獵物。

「得到武器的人，掩護艦長他們前往艦橋！輪機長往輪機室去！」

隨著粗獷的咆哮聲，拋出的衝鋒槍飛在空中。順著接下槍的動力流動身體，腳在地板上著地的奧特，大叫一聲「跟我來！」並前往氣閘。數人一起襲擊監視員，並搶下武器的蕾亞姆等人跟在後頭。利用艦首推進器點火所造成的船體動搖，好讓ＥＣＯＡＳ進行反擊。哈桑告知的艦艇奪還計畫，接下來才是成敗關鍵。開始零星響起的槍聲讓他內心發寒的同時，奧特穿過氣閘離開了ＭＳ甲板。當他想就這樣抓住牆上的移動握把時，喊道「慢著！」的聲音讓他僵住了。

站在走道那頭的共和國兵，慌慌張張地舉起自動步槍。因為看到他年輕的臉孔，讓奧特的槍擊一瞬間猶豫了。可以不用殺他吧？感覺到對手也是人的身體沒有根據地叫著，就在沒有扣下扳機那致命的一瞬間，開槍的閃光與巨響在走道上響起。

奧特反射性地閉起，又馬上睜開的眼睛，所看到的是眉間被射穿，流出血液的共和國兵。將從奧特肩上突出的步槍槍管放下，蕾亞姆叫著「快點！」並且先一步蹬了地板。看到撞上牆壁回轉的共和國兵屍體，以及發出硝煙的蕾亞姆槍口，奧特帶著慚愧的心情，抓住移動握把。

「後面交給我！你們快去！」被大叫的加瑞帝驅趕，他以最大速度讓移動握把移動。承擔著部下生命的艦長，居然這麼地沒有覺悟。看著先行一步的蕾亞姆背影，奧特簡短地說：「抱歉。」蕾亞姆的臉稍微轉動，像是在生氣般回答：「這樣就好。」

「你這樣子就好。」

她好像說了什麼重要的話，但是蕾亞姆將短暫交會的目光轉回正面，不給自己回問的時間。用掌心確認握住的衝鋒槍觸感，奧特的眼神也回到前進的通路上。槍擊的聲音還在持續著，為了不要再有犧牲，現在最重要的是奪回艦橋。犧牲這個詞指的是什麼依然不明，只有這思維控制著未整理的頭腦。

※

船體的動搖停下來後不久，遠處傳來的像是槍響的破裂音，現在已經與空調音一起成了震動鼓膜的背景音效。在沒有通訊面板的拘留室也無法確認狀況，巴納吉把臉貼在門板的監視窗上頭。透過鐵窗環顧走道的狀況時，從視線外連續傳來兩三次悶哼的聲音，之後，熟悉的光頭在鐵窗的另一端出現。

還來不及退後，鎖定解除的聲音就響起，貼著防止自殘用墊子的門猛然打開。仰望那被逆光照著的高大身軀，「幸好您沒事，巴納吉少爺。」被這麼說著的賈爾抓住手臂，巴納吉被一口氣拉出了拘留室。

「我來開路，請快點前去『獨角獸』。」

賈爾拉起摔昏的監視兵，丟進拘留室中，用兩手重新拿起手槍。「有話之後再說，快點。」沒有時間詢問這樣說著的賈爾，巴納吉憋著氣跑過走道。在「獨角獸」的駕駛艙叫出座標資料後，就好像沒有利用價值地被丟到位於重力區的拘留室。騷亂似乎是在無重力區發生的，通往電梯的通路沒有其他人影。

「請先將艦內的敵機無力化。要是MS在內部亂來就麻煩了。」

搭上的電梯開始動作後，賈爾終於開口。發生什麼事，又開始了什麼事——這些一定不需多問。壓著跳動的心臟，「人質呢？」巴納吉只問這個。「ECOAS應該在營救中。」賈爾回答的聲音，被漸漸開始變得鮮明的槍聲消去，隨後告知抵達無重力區的電子音響起。

門打開，賈爾左右揮動著與視線一體化的槍口，並先一步漂出通路。「走吧，不要離開我的身邊。」追著他低聲說著的背影，巴納吉握住牆上的移動握把。槍聲隨著前進變大，飄散的硝煙味刺激著鼻子。放開抵達終點的移動握把，正想踢離牆壁漂向通到MS甲板的氣閘的巴納吉，被賈爾推倒撞在地板上。同時飛來的子彈從頭上掠過，著彈的火花在牆上閃動。

扣下還擊的扳機，馬上翻身的賈爾退到十字路口的背後。不知何處飛來的子彈打在牆上，飛散的粉塵落在他的光頭上。「賈爾先生！」大叫著，巴納吉抬起趴下的頭，刺眼的的槍火讓他瞇起眼睛。「請快走！」大叫的賈爾從牆壁後方伸出手槍，張開打到就算幸運的牽制彈幕。

「『盒子』，令尊的意志，不能讓伏朗托那樣的男人給利用！」

拚命的眼神交錯著，身體在思考之前行動了。巴納吉踹離地板，向彎過十字路口後的氣閘飛去。子彈擦過化為箭矢在通道上流動的身體，噹！地一聲，鋼鐵的碰撞音從氣閘門上彈出。咬緊牙關穿過門口，用幾乎撞上的流勢抓住維修窄道的扶手，MS甲板的空間出現在一口氣變寬的視線中。

在聯邦與吉翁的MS混合並排的空間中，相對的隔牆上的維修窄道閃著槍火，應戰的槍聲響徹，讓挑高的空間化為戰場。殘留在半空中的乘組員揮舞著手腳，先碰到維修窄道的人射出鋼絲槍，ECOAS的隊員為了援護拉回來的乘組員而張開彈幕。而共和國與葛蘭雪隊的吉翁那一方，在妨礙乘組員救出的同時，也想辦法要搭上自己的MS，數人接近「高性能薩克」又被擊退，就這麼一進一退地重複著。

葛蘭雪隊的「吉拉·祖魯」也有人逐漸接近，駕駛艙周圍散著牽制的子彈，不用想也知道，在狹窄的艦內讓MS亂來會有什麼樣的結果。巴納吉從扶手的後方環顧甲板，看著站在靠近艦首側隔牆的「獨角獸」。距離約三十公尺多，自己沒有自信可以在槍彈交錯之下平安穿越。只能沿著維修窄道前去搭乘嗎？在他心裡這麼想的同時，眼前的扶手噴出著彈的火花，接著震耳欲聾的槍聲從下方湧出。護著立刻趴下的巴納吉，用衝鋒槍掃射的康洛伊從旁邊衝了過來。

「我援護你！快去，巴納吉！」

沒等回應就從扶手探出身子，交換彈莢的衝鋒槍發出咆哮。劃過空中的槍彈群吸進對面的維修窄道上，讓往這裡狙擊的火線一時停止。不是能不能辦到的問題，我必須要辦到。巴納吉吸了一口氣留在肺部，從維修窄道衝了出來。

堅硬的觸感咻地從頭上劃過。在啟動之前破壞所有MS的駕駛艙，並準備對抗外面敵軍的侵入。將除此之外的思考全部趕出腦海，巴納吉伸長的身體衝向「獨角獸」。白色的機體逐漸變大，開著的駕駛艙門充滿視野，就在他伸長的手碰到艙門蓋，承受慣性的身體貼在裝甲上的那一刻，極大的電力通過的振動音響起，傳來的熱波襲在巴納吉的背上。

『到此為止了，巴納吉小弟。』

燒灼著皮膚的熱波，混著冷漠的聲音。爬在駕駛艙門上，巴納吉看向背後。透過震動著空氣的光劍光刃，他看到「新安州」看著自己的單眼。

『你最好不要亂來。既然知道了「盒子」的所在地，我們還有將你連「獨角獸」一起燒毀的選項。』

從袖口的蓋子產生的光劍，配合紅色巨人身體的震動微微抖動。光是這樣就讓熱波鳴動，被輻射熱燒灼的空氣化為風在甲板中吹襲著。什麼時候……巴納吉沒有餘裕去多想這些。可以溶斷鋼達琉姆合金的粒子束，就像是被封成劍形的熔礦爐一樣。被四五公尺距離外閃閃發光的灼熱源烤著臉頰，巴納吉回瞪著「新安州」的單眼。吸著燒灼肺部的熱波，緊握住拳頭，他背對光劍俯看著艙門蓋下的駕駛艙。

也許下一瞬間就會連骨頭都不剩地消失，但是沒關係。只有這個人我絕對不想屈服。被不明來由的固執驅使，巴納吉想移動到駕駛艙去。『你想做什麼？』伏朗托的聲音從背後傳來，更加接近的光劍熱波吹動著頭髮。

『否定了我們，你又想怎麼使用「拉普拉斯之盒」呢？是要相信人的善意，交給聯邦嗎？』

被問到保留至今的問題，心臟強烈地跳動讓身體動彈不得。轉動僵硬的頸部，巴納吉再次看向背後，透過光劍熱量所造成的空氣曲射，紅色巨人的單眼看起來就好像在晃動著。

『人心是脆弱的。這艦艇的乘組員，只要回到各自的場所就會忘了「盒子」的事。要是聯邦得到「盒子」的話，只是讓至今的扭曲世界繼續下去。這不是違反希望改變的你父親意志嗎？』

指出的光劍一動也不動，在「新安州」的背後，紫色的ＭＳ，安傑洛的「羅森·祖魯」粗大的身驅蠢蠢欲動。也許是被開始行動的「新安州」壓倒，讓康洛伊他們的抵抗變弱了。看到各自閃著單眼，葛蘭雪隊的「吉拉·祖魯」也從懸架上踏出一步的巴納吉，將動彈不得的身體貼在「獨角獸」的裝甲上。

『能夠使用「盒子」，達成宛如棄民的宇宙居民宿願的，只有我們而已。就是因為知道這一點，你的父親也想將「盒子」託付給我們。你又能做什麼？你要怎麼使用「盒子」的力量？』

在扭動的熱空氣中搖晃的「新安州」單眼，像是在嘲諷般地扭曲著。巴納吉看到它身後閃現的槍火，幻視到捲入戰鬥中那些認識的人身影。

被開始動的「吉拉・祖魯」壓制，卻還沒有放棄拯救留在空中那些乘組員的康洛伊。賈爾跑過槍彈交錯的走道，奧特與蕾亞姆他們在艦橋附近展開槍戰。還有拓也與米寇特，當然還有「她」——認識到他們在各自的場所戰鬥、奔走的身影，他們在對什麼抵抗？巴納吉想著。不是為了聯邦，這艘船早就在聯邦的軍令範圍外了。

奪回母艦，取回主導權，要活下去只能這麼做——可是，不只是這樣。人是會變的，也可以改變。可以在變化之中取得協調與進化，一點一點地前進。這艘船上的人們，每一個都碰觸了這可能性，站在世界一隅的分界線上，用各自的做法面對變化的可能性。對否定那可能性，並且給與絕望的事物，他們感到憤怒。受到人類本能驅使去抵抗不合理的事物，大家都在與同樣的敵人戰鬥著。

這是關鍵。從決定不管發生什麼事都要相信「她」的那一刻開始，就存在於心中的話語。巴納吉再次擁抱著這句話語，抬頭看向「新安州」的單眼。也許會被背叛，也許是自己的誤會。但是，人類心中那名為可能性的神，是只能靠相信，不斷地相信而生的。被絕望所囚禁，將放棄當成領悟般地訴說的那一刻起，人類就只能頭痛醫頭、腳痛醫腳地面對著世界。父親就是知道這一點吧。所以他想解開「拉普拉斯之盒」的封印，對名為安定的僵局投下一絲波瀾。在革新的熱潮冷卻，宇宙世紀徹底沉入放棄的念頭之前。他相信，這世界還有改善的餘地。

所謂的向宇宙展示人類的溫柔與力量——一定就只是這種程度的小事。不去相信的話，什麼都不會開始。相信「她」、相信這艘艦差點得手的可能性，還有相信那想把「盒子」託付給真正的新人類，實行這壯大而愚蠢的計畫，那男人的善意——

「……為了，大家。」

不自覺地開口，巴納吉透過「新安州」直視著戴面具的臉孔。

「我會為了大家而使用。不分聯邦與吉翁，也不分宇宙及地球。為了大家，使用『拉普拉斯之盒』——」

靠近的光劍讓熱波之壁壓上來，使得接下來的話語蒸散。『你說的「大家」是指什麼？』發出的疑問穿透內心，巴納吉感到這個問題比熱波還要強烈地燒灼著皮膚。

『單一的人類，是無法成為一切意志的代言者，除非成為容器。』

透過單眼俯視的面具眼神，壓迫著貼在「獨角獸」機體上的身體。巴納吉拚著一口氣也不移開自己的視線。

『這可不是能夠輕易做到的。要成為容器，就是放空自己。唯有被宇宙的深淵所吞噬，穿越瘋狂邁向下一個境界之人，才能達到這個境地。』

從紅色裝甲滲出來的聲音，鑽入毛孔之中。感覺他說的「容器」簡直就是在指「神」，讓巴納吉嚥下口水。

『你的確有才能。可是還太年輕。如果你真的想成為容器的話，那就跟我來吧。』

光劍放下，勸誘的目光在「新安州」的單眼閃動。熱波遠去，讓巴納吉感覺到冷冽的空氣包圍他的身體。

『你現在所相信的希望、可能性，總有一天會背叛的。被絕望纏身的新人類，只會自滅或是閉塞。我已經看過好多例子了。

現在還來得及，跟我來吧。你應該也懂。你已無法回到你所說的「大家」之中了。』

胸口突然一陣刺痛。那是收在心底的恐懼，心底的話被說中的痛楚。被冰冷的空氣奪去體溫，巴納吉抬頭看著「新安州」。這也是事實——這個人第一次訴說了自己。也許是在我這個別人之中，投影了他自己吧。

只有以絕望為血肉之人，才能體認人世間常理，得到革新世界的力量。現在這一瞬間的高昂只是一時的，毫無防備地相信可能性所得到的只有自滅或閉塞……被絕望逼死，或是什麼都作不到，將自己封印在內心之中？這些話語膨脹著，找不到論調否定這些話的巴納吉身體顫抖著。只是抬頭看著紅色的巨人目光，感到被那光芒吸走的錯覺之時，第三者的聲音響徹腦海。

——巴納吉。繼續說著「就算這樣」吧。

化為鮮烈的風吹拂的「聲音」貫穿腦髓，穿透腳底的地板。它化為物理的熱量燒灼ＭＳ甲板的地板，灼熱的鐵板顏色在「新安州」的腳邊擴散。赤熱的光芒在下一瞬間從內側彈飛，熱風與爆炸聲的奔流屹立在甲板的一隅。

『感應砲……!?』

在受到衝擊的「新安州」裡面，伏朗托有如呻吟般叫著。有如火山噴出來的火柱直達天花板，巴納吉看到灼熱的奔流中跳出圓筒狀的小型物體，用自己的推力滑在空中。躲開「新安州」橫掃的光劍，閃著噴射光控制動作，全長不到三公尺的物體滑入紅色巨人的懷中。裝備在筒尖的砲口對準「新安州」的駕駛艙，讓紅色機體揮起光劍的動作停住了。

通過飄著爆炸煙的地板破洞，同樣形狀的物體——感應砲陸續地從地板下冒出來。用精神感應裝置遠隔操作的自動砲台群，從留在空中的乘組員間穿過，自由自在地穿越甲板的空間，一瞬間就包圍了兩架「吉拉．祖魯」。在被封住行動的「吉拉．祖魯」背後，看似動搖的「羅森．祖魯」慌亂地左右移動單眼。沒有等感應砲躲開那像是趕蒼蠅般揮舞的勾爪，瞄準它的駕駛艙，巴納吉踢離了「獨角獸」的裝甲前往駕駛艙。

通過艙門，坐在線性座椅上的身體，感受到振動甲板地面的機械驅動音。要來了，預感到的巴納吉，透過艙門口看向艦尾側的隔牆。隔牆前的地板滑開，連往地板下艦內工廠的升降梯浮上來。在附近的「羅森．祖魯」往後退的時候，被升降梯載著的巨人現身，它壓倒性的質量動搖了ＭＳ甲板的空氣。

讓裝備在兩肩的四枚巨大莢艙，毫無縫隙地蓋在中間的巨人抖動著，跪下的粗壯腿部慢慢地站起。同時四片莢艙有如花朵般打開，末端粗壯的四肢，與胸口刻著新吉翁徽章的厚重機體顯露出來。隱藏住的雞冠狀頭部也暴露在照明燈光下，巴納吉用全身去呼喚「聲音」的主人。

「瑪莉妲小姐……！」

單眼像是在回應似閃爍著，「剎帝利」的巨體從上升完畢的升降梯踏出一步。

自從在「帛琉」被回收以來，就保管在艦內工廠，有四片翅膀的巨人，雖然機體各處留有戰鬥的傷痕，不過它的動作沒有負傷的遲鈍。光是出現就讓ＭＳ甲板變窄的威壓感也沒有改變，只有一般機體大小的「吉拉．祖魯」就不用提，連有同等質量的「羅森．祖魯」都宛如被壓制般地搖晃，對前進的「剎帝利」做出讓路的舉動。

浮在空中的感應砲敏捷地移動，將砲口再次對準想動的ＭＳ們。用巨體劃破飄搖的煙霧，走到甲板中央的「剎帝利」，在那裡突然停下腳步。在所有人注目之下，深綠色的機體流出「她」的聲音，讓巴納吉感覺到吞下去的氣堵在喉嚨裡。

『敬告新吉翁，以及吉翁共和國的所有將士，我是米妮瓦．拉歐．薩比。』

※

『立刻解除武裝，從這艘船上退去。弗爾．伏朗托所述說的展望，並沒有良善的未來，與吉翁的理想相差過遠。身為繼承薩比家血脈的一員，我不允許以怨報怨。我們已經活在一年戰爭，以及過去的新吉翁戰爭所造就的空虛結果之中。』

穿過氣閘，走到維修窄道上的同時，那架ＭＳ的巨體，就算不想看到也會映入眼中。季利根呆呆地站著，鞋底沒有貼上地板，使他身體呆滯地漂動著。

四片翅膀的巨大MS，機體四處都有龜裂，右手連施有裝飾的袖口整個熔潰了。莢艙也有一片前端被燒掉，不過全身漂出來的威壓感非同小可，與空中展開的十多座感應砲在一起，感覺它完全壓住了甲板的氣氛。「米妮瓦．薩比她……為什麼？」呻吟著，季利根凝視著四片翅膀，那看起來與視線同高的頭部。這架機械中有米妮瓦在。沐浴了吉翁萬歲的歡呼聲，應該毅然地現身的薩比家公主，搭乘著新吉翁的機體徹底否定了我方的行動——

站在旁邊的特務隊下士，放下手上的自動步槍搖搖晃晃地倒退。其他還有數名士兵放下武器，露出動搖的神色嚇得呆立不動。季利根看到他們這樣，「喂，你這傢伙！在搞什麼啊!?」他抓起下士的衣領。「米妮瓦殿下她……」下士只是這樣說著，沒有看向自己。「那又怎麼樣！」咆哮著，季利根用力地搖動著下士。

「那樣的米妮瓦是假貨，不然就是被聯邦威脅才說那種話的。都做到這一步了還能收手嗎？我們，『風之會』是為了解救祖國……！」

吼著顫抖的聲音，他對自己說著。現在也沒辦法回共和國軍了。我還沒有足以在軍法會議上自豪的英勇事蹟。難道我要作證說：本來以為佔領了聯邦的船艦，結果被偷襲昏倒，這段期間中狀況逆轉，所以我悄悄地逃回來了嗎？

不管伏朗托的展望是什麼，這些都不是問題。重要的是拯救祖國。對想要把吉翁之名從這世上根絕的聯邦，國民應該齊心說不，而我們就是前衛。他在心中再三地重複著，季利根瞪著四片翅膀的MS不放。它的單眼彷彿察覺到自己的視線般地回望，『共和國軍的士兵們，我能理解你們的憤慨。』米妮瓦的聲音響起。

『身為一個不誠國家前衛的難處，以及被貶低得見不得人的悔恨，對吃過逃亡生活刻苦的我非常能夠理解。可是，這就是過去吉翁的行為所造成的結果。就算將過去正當化，也不會得到自尊。如果你們無法原諒那號稱和平國家的虛偽，那麼就想想如何讓虛妄成為事實。承受了戰爭痛苦的吉翁共和國，是做得到的。就算失去國家之名，仍然留著的對和平的思念才是吉翁真正的遺產。而你們，從守護這筆遺產的困難戰鬥中逃避。身為吉翁的武人，你們應該為此感到羞恥。』

「米妮瓦殿下……那是米妮瓦殿下……」

下士發出有如發燒時的呻吟，撥開季利根的手逐漸離去。「喂……！」對他發出叫聲也沒有反應，目送著下士頭也不回地穿過氣閘的季利根，連要追逐他的氣力都沒有，呆站在現場。讓和平國家的虛妄成為事實？從困難的戰鬥中逃避？她到底在講什麼？想當這是亡國主義者的戲言棄之不顧，卻又無法捨棄。到底是什麼地方錯了？正在他無意識地思考的瞬間，眼前的照明突然暗了下來。『季利根隊長，現在先撤退吧。』透過擴音器傳來的聲音，讓季利根遲鈍地抬起頭來。

『我們的戰力減到剩三分之一了。剩下來的人也擅自跑回小艇上。我們也該離開了。』

開曼中尉所駕駛的「高性能薩克」，伸出左邊的機械臂。看著貼在它身後的感應砲，視線移向對甲板內的一舉一動監視的四片翅膀，季利根領悟到沒有勝算而低下頭：「可是，我們就這樣……」與握著使不上力的拳頭，哽咽的季利根相反，『我們回到母艦，重整態勢吧。』開曼的聲音繼續說著。

『「古爾托普」與「德洛密」仍然健在。只要趁機能恢復前，從外側打擊「擬造木馬」就好了。之後再與接近中的「帶袖的」艦隊會合。』

這句話，就有如在黑暗之中垂下的一根蜘蛛絲。「是……是啊。沒錯。」反射性地回應的季利根，有如依附般地跳進開曼機的機械手之中。這傢伙，聽到米妮瓦的話什麼感覺都沒有嗎？腦海掠過這個念頭，不過認為當場決定好的事不應該反悔的念頭比較強，他被開曼機帶著前往自機「高性能薩克特裝型」。也許是對要離開的人沒有興趣，貼著開曼機的感應砲沒有任何反應，漏斗型的機體只是浮在空中。

『葛蘭雪隊的人也快收起槍枝。我們一度與聯邦的人攜手合作。我不認為你們一開始就是想這麼做；如果沒有一絲企圖相信可能性的心情，應該是不會搭上這艘艦的。』

※

「無法徹底相信這可能性，這點我也一樣。就算知道會變成這種局面，我卻沒有話語可以阻止你們。可是，有人仍然相信，想要相信這樣的我們。我希望大家知道，回應他們的誠意，才是給予我的最後的『光明』。」

「光」這個詞刺著緊繃的皮膚，讓瑪莉妲沒入精神感應裝置的神經稍微往外界注意著。已經習慣的「剎帝利」駕駛艙，以及在輔助席訴說著的米妮瓦・薩比。雖然沒有比這還奇怪的組合，不過她的話語舒緩了彷彿睡姿不良而痠痛的內心。感覺到溫暖的活力注入了隱隱作痛的身體，傳遍全身。跟以前的公主好像有點不一樣了，瑪莉妲想著，並且在意識的一角想著自己做了什麼。

感覺到在被米妮瓦引導，回到這「剎帝利」的駕駛艙之前，好像做了很長的夢。被持續爆發的憎恨所驅使，與巴納吉的「獨角獸鋼彈」無盡地互砍的惡夢——可是，那結局卻很溫暖。從「光芒」之中，伸出的一對雙手將自己拉離黑暗。那是夢？還是真正的記憶？又或者，現在也是夢境的延續……？

「我想，對聯邦的怨恨與不信任，沒有那麼簡單消除。可是，真正該憎恨的，是利用這恨意的某些人。高唱吉翁的復興、宇宙居民的解放，自己卻不相信一切、也沒有愛。是嘲諷人類的可能性，否定進化與調和的某些存在。」

單眼亮起，顯示著啟動的高性能薩克型ＭＳ，與僚機一起穿過艦尾方向的閘門，並沒有敵意。查覺到他們是要從著艦甲板離開的瑪莉妲，將瞄準著他們的感應砲叫回來，在自機的周圍展開。透過螢幕看著眼前的「新安州」，還有透過裝甲放出銳利殺氣的紫色ＭＳ，她再次確認瞄準它們駕駛艙的感應砲控制。只要控制出力射擊，就不會給艦帶來太大傷害。就算艾邦與庫瓦尼的「吉拉．祖魯」想抵抗，也可以在那之前解決掉「新安州」與紫色的機體。

各自的緊張與疑慮化為波動，讓感知野騷動的戰場感覺。不是夢，這是現實。在逐漸清晰的腦中再次確認的同時，瑪莉妲傾聽著米妮瓦的話。果然與以前的公主發聲法不同。就算意志同樣地強韌，不過自己知道的米妮瓦聲音沒有那麼溫柔……

「對現在絕望的人，沒有資格談論未來。因為未來不過是今天的結果。只要停留在黑暗之中，那麼期望的未來就不會來臨。如果不自己走向『光芒』的話，我們——」

『瑪莉妲．庫魯斯。』

熟悉的聲音在駕駛艙內響起，感覺到拿著攜帶無線電的米妮瓦震動了一下。這一瞬間腦中的開關被切換，感覺到一秒前的思考散掉的瑪莉妲，睜開的雙眼像人偶一樣靜止著。

『打開駕駛艙，解開感應砲的控制。』

這聲音，並不是從惡夢中拉出自己的那雙手的主人——就算是同一個肉體發出來的聲音，但這是MASTER的聲音。理解到這是MASTER命令的身體自動動作，瑪莉妲的雙手離開了球型操縱器。「瑪莉妲，不可以！」米妮瓦從輔助席上站起來大叫著，透過駕駛服抓住自己的手腕。彷彿會令人灼傷的熱意從那裡傳來，讓內心充滿與肉體痛苦不一樣的痛楚，可是對已經進入待機狀態的身心只是無關的事項。瑪莉妲撥開米妮瓦的手臂，拉下了駕駛艙門的開啟拉桿。

正面的螢幕面板滑動開啟，突然吹進來的外頭空氣化為風打在臉上。「辛尼曼！你還在……！」不管握住無線電的米妮瓦，瑪莉妲還在等待下一個指示。自己很清楚，MASTER就在這個MS甲板上。雖然保持沉默，不過那快要扭碎的心傳達而來。既然這麼痛苦，為什麼……這不是自己能問的。自己沒有權限踏入MASTER的內心。期望MASTER所期望的，若面對MASTER的敵人便與其戰鬥。如果這就是給予自己的一切，那麼現在只能分享他的痛苦——

「瑪莉妲，振作點。這不是辛尼曼的真心話。」

從輔助席站起，繞到她正面的米妮瓦說著。從艙門射進來的照明被遮住，瑪莉妲微微轉動瞳孔。

「妳應該明白吧？辛尼曼在痛苦著。這次輪到妳去幫他了。能夠拯救他的，就只有妳而已了。」

將手放在瑪莉妲肩上，米妮瓦跨過操控台探出半個身子。照明的逆光幫她加了邊。陰暗的地下室照進的光，背負著那道光芒出現的辛尼曼（MASTER）身影與她重疊，「光芒……」瑪莉妲不自覺地低語。拯救我的「光芒」，從惡夢中將我拉出的那對手臂——父親的手。米妮瓦的表情變得明亮，「沒錯，你要成為辛尼曼的『光芒』——」就在她的嘴唇蠕動的剎那，照亮駕駛艙的光芒突然暗下，巨大的壓迫感撞擊「剎帝利」。

鋼鐵發出震耳欲聾的撞擊音，被彈飛的米妮瓦身體飛出艙門外。一下子想伸出手抓卻沒抓住，再次握起球型操縱桿的瑪莉妲，重整撞擊隔牆的機體姿勢，意識凝向壓迫感的來源。

匹敵「剎帝利」的巨體傲然聳立著，紫色的ＭＳ閃動單眼瞪著自己。是因為知道感應砲解除了，所以才撞過來的吧。瑪莉妲看到那裝備了銳利爪子的手腕蠢動，追向被拋出機外的米妮瓦，連忙對待機狀態的感應砲送出攻擊命令。任風漂動的感應砲一起動作，包圍紫色機體。要在那爪子挾住米妮瓦之前，就只射穿駕駛艙也沒什麼困難，但是……

『慢著。』

無線電突然發出的聲音，讓感應砲群的動作停止。『住手，這是命令。』發出的聲音，也許已經連自己在阻止什麼都無法理解了。只能服從命令的同時，瑪莉妲感覺到共有的激痛之源終於達到臨界點，在現實的視線中找尋MASTER的身影。

抱著即將被扭碎的心，坐視米妮瓦被虐待的MASTER——辛尼曼。這次輪到我來幫你、輪到我成為「光芒」。在心中反覆說著，瑪莉妲試圖將力道傳進握著球型操縱桿的手。進行抵抗的身體軋軋作響，動彈不得的指尖像是得了瘧疾一樣抖動，無法成聲的慘叫充滿在「剎帝利」的駕駛艙內。

※

抓住被拋在空中的米妮瓦，挾住她的三根勾爪，簡直有如捕獲獵物的猛禽之爪。不自覺地讓機體向前跨出一步，卻被一旁刺出來的光劍給擋住去路，讓巴納吉緊握住操縱桿的拳頭用力到發白。

拿起光劍制住「獨角獸」的動作，「新安州」默默地看著部下的行動。巴納吉看到砲口轉向別的方向，只是漂流在空中的感應砲，他對「剎帝利」大叫：「瑪莉妲小姐，讓他住手啊！」但是卻沒有反應。在跪在甲板上，蜷曲著身子的四片翅膀面前，抓到米妮瓦的「羅森·祖魯」代替它看向自己。被勾爪挾住的米妮瓦，就如同用一根手指就可以壓潰的小蟲。銳利的勾爪尖端刺著腹部與背部，壓著那連太空衣都沒穿上的軀體。

『你說為了大家是吧？巴納吉·林克斯。』

陰險的聲音，從紫色機體上傳來。安傑洛上尉，想叫出來的聲音凍結，巴納吉握住操縱桿的手僵住了。

『你這連被奪取的痛苦都不懂的傢伙，是在開什麼玩笑。你的大家，是不是也包括我啊？』

將抓住的米妮瓦拉到前方，「羅森·祖魯」的巨體往這裡走近一步。它腳跟下的倒勾卡進地板的凹槽，讓鋼鐵的腳步聲搖動著空氣，讓曝露在震動下的米妮瓦身體後仰。小小的慘叫聲透過她手上握住的無線電機傳來，讓巴納吉全身汗毛倒豎。

就算看起來只是細微的上下振動，對被勾爪挾著的米妮瓦都是十足的拷問。刺進身體的爪子刺破了斗篷與衣服，可能還壓碎了肋骨。兩架「吉拉·祖魯」也產生動搖而踏出一步，

『住手，安傑洛上尉！』『這樣太過分了！』庫瓦尼與艾邦的聲音響起，『住口！』安傑洛大喝一聲，瞪著「獨角獸」看的單眼一動也不動。「羅森·祖魯」再往前踏一步，米妮瓦痛苦的呻吟刺激著巴納吉的耳朵。

『回答我，巴納吉·林克斯。在這狀況下，你還敢說要為了大家這種夢話嗎？最重要的事物在眼前被糟蹋，你還能夠講那種場面話嗎？』

米妮瓦的痛苦傳遞而來。感覺到遠超過自己的身體被撕開的痛苦，巴納吉用求助的眼神看向「新安州」。他期待那冷靜的聲音可以制止安傑洛，讓這種痛苦終止，不過「新安州」只是用光劍指著自己，並保持沉默。一切都由你來決定，回答吧，巴納吉小弟。沒有弄髒自己的手，面具底下的聲音在沉默之中傳達而來，刺進腦海，讓面臨恐慌的頭腦產生冰冷的某種東西。

雖然冷到凍結身心，卻又是可以燒盡自己與周圍的猛烈火球——這就是憎惡嗎。讓馬哈地·賈維發狂、纏著辛尼曼不放，那感情的固體嗎？心臟噗通噗通地跳動，嘎嚕嚕……「獨角獸」低沉地吼著。精神感應框體滲出光芒，感覺到染滿攻擊色彩的光芒滲入駕駛艙，巴納吉放棄了思考。

怎麼樣都無所謂了。跟這些傢伙講也沒有用。如果這股惡意與敵意能夠撕裂敵人，那麼就算身體被燒盡——

『住……手……巴納吉。』

從痛苦的深淵搾出的聲音，化為箭矢貫穿了胸口的爐心。無意識踩住腳踏板的腳顫抖著，巴納吉抬起回神的臉孔。

『這是，從我們之中，所產生的……必須戰鬥的，並不是……你。』

被奪去自由的身體微微撐起，她用兩手壓住刺著胸口的勾爪。精神感應框體的光變弱，巴納吉感覺到「獨角獸」的吼聲遠去，並凝視著那展現意志，隨風飄揚的斗篷。『辛尼曼……』米妮瓦痛苦地吐出氣息，並發出斷斷續續的聲音。

『這就是……我們……造成的結果……在這裡的紅色彗星……不是夏亞。只是從我們的怨念所生的……幻覺。』

橫在眼前的光劍微微晃動，告訴自己「新安州」動搖著。『米妮瓦公主！如果您以為我只是威脅——』打斷安傑洛的咆哮，『給我…醒醒……！』硬擠出來的聲音穿透了無線電。

『瑪莉妲就在這裡，你卻……還無法擺脫亡靈嗎。負起……責任。辛尼曼……！』

痛苦的聲音在甲板內膨脹，給密閉的空間帶來壓力。有如被這股壓力所擠壓出來一般，巴納吉看到維修窄道的一角，有人影晃動著站起身來。

抬頭望著處於膠著狀態的巨人們，無防備地站立的人影。雖然看起來只有豆粒般大小，不過很明顯正在迷惑的身軀染在全景式螢幕上，巴納吉沒有搭聲地看著辛尼曼形狀的影子。

※

抓著米妮瓦不動的「羅森・祖魯」，用帶著膽怯神色的單眼左右環顧著。是在找尋自己的身影吧，不過腦充血的狀態下能找到的也變得找不到。相對地，米妮瓦就很冷靜，恐怕也確實掌握了自己的所在地。就算沒有映入眼廉，她一定也能在意識之中找出這躲在維修窄道死角，旁觀事情經過的卑鄙男人，並投以斥責的眼神。

怨念所生的幻覺。反芻著留在耳邊的話語，辛尼曼透過維修窄道的扶手看向「新安州」。的確就像她說的，不管弗爾・伏朗托的真面目是什麼，那裡都已經沒有夏亞・阿茲那布爾的靈魂了。就像當事人所說的，那裡只有注入宇宙居民的意志——注入怨念的容器。這是一開始就知道的事。雖然知道，仍然幫助他、加入了「帶袖的」。自己不得不這麼做。不管他是夏亞還是魔物，只要軍隊組織能夠再次編成，是什麼都不要緊。

不是夢想著吉翁復興。也不是為了讓部下有飯吃。只是想要藉其他事物來減輕痛苦。活下去的痛苦、不斷被怨嘆纏身的痛苦。每天想起比自己生命還要重要的事物被活生生地當成便器，掙扎死去的痛苦。為了忘記那毀滅世界都無法抵銷的痛苦，就只能繼續走下去。只是這麼走著走著，就走到了現在這一步。

這有什麼不對？其他我還能夠做什麼？辛尼曼手伸進懷中，從沒伸手探過的內側口袋取出一張照片。皮膚還有光澤的自己、在一旁微笑的菲依、剛滿五歲的瑪莉。這是出征前拍的照片，看著這已經收起無數年的照片，他用手指撫摸著滿是笑容的女兒面容。

瑪莉那小小的手。每次回家，她就帶著滿面笑容跑過來，每次歸隊她就大哭困擾著菲依。現在卻要我去跟粉碎了繼承自己血脈那獨一無二的溫暖，粉碎了這世上唯一的寶石的那些傢伙聯手？少開玩笑了。過去不能改變的話，現在也不會改變。協調的可能性、新人類，全部都是鬼扯。我沒有聽到她們兩個的慘叫聲。那一天我也是一樣地吃飯、上廁所、過著俘虜收容所中的生活。她們最需要我的時候我卻不在、我什麼都做不到。

這不能夠原諒，不能夠講道理。就算要跟亡靈同歸於盡，只有這份怨恨與後悔——

『……爸爸。』

呢喃的聲音透過無線傳入耳中，讓辛尼曼摸著瑪莉臉孔的手指痙攣。

『可以原諒我的任性嗎……？』

聲音安穩，可是卻含有絕不退縮的熱意，讓他的視野一陣昏暗。接下來他內心的某樣事物扭斷，讓壓抑著的事物不斷崩落，聲音在心中迴響著，辛尼曼一失足，浮起的身軀漂在無重力之中。

妳在說什麼？妳怎麼用這聲音說話？在「迦樓羅」說的那些，全部都是一時錯亂。那是不想再體驗到失去，所以決定不要一切事物的男人，卻在一時衝動下脫口而出的妄言——停在口中想說出的話說沒有成聲，只有沸騰的體液從眼角流出。辛尼曼不知該如何是好地看著照片中的女兒。

哪有什麼原不原諒的，要乞求原諒的應該是我。我什麼都沒有做，也未曾想過要做什麼。只是把十六年間的謊言怪罪給女兒們，自己一直躲在陰暗的地方。對這樣的男人、這樣的爸爸，妳還肯叫我一聲嗎……

「……我允許。」

如果，我還有這個資格的話。緊握照片，辛尼曼用泛著淚光的眼睛看向「剎帝利」，嘴巴靠近無線電說出剩下的話。

「順從妳的心靈。這是我給妳的最後命令。」

『了解，MASTER。』

瑪莉妲帶有淺淺笑意的聲音回應著，「剎帝利」的莢艙往上拉起，前端伸出輔助臂，噴出的光劍一閃而現，爆炸性的光與熱波在甲板中膨脹。

鮮明而激烈的光芒，有如要燒盡佔據在體內的黑暗。神經還未能對事態發展產生反應，眩目的「光芒」籠罩辛尼曼的全身上下。

※

一閃而過的光劍捕捉到「羅森・祖魯」右腕，從下往上撈地切斷了它。『什麼……!?』安傑洛呻吟的同時，抓住米妮瓦的手掌勾爪飛出，巴納吉的身體反射性地往前探去。

「奧黛莉！」

勾爪的拘束放鬆，被拋在空中的米妮瓦——奧黛莉背後，感應砲放出牽制的MEGA粒子彈。雖然出力壓低，但是啪滋啪滋的放電音敲擊著機體，在「新安州」的腳底噴出著彈的爆炎。從失去平衡的紅色巨人身旁穿過，巴納吉讓「獨角獸」前進。打開駕駛艙門，在吹襲的熱風中定眼看著奧黛莉的身影。

「巴納吉！」

回看的那張臉孔叫著，被爆風吹襲斗篷的身體伸出手來。「拜託了，『獨角獸』！」巴納吉丟下這句話，踢了一腳線性座椅從駕駛艙飛出來。他張開雙手奔馳在空中，接住了逐漸接近的奧黛莉身軀。擁有確實質量的肉體收在雙手中，互相擁抱的兩人身體被熱波所吹開後，「獨角獸」跳躍的巨體從背後接近。

抱住奧黛莉的頭部，盡可能地縮小身體。白色的巨體猛烈地蓋過來，似乎會被壓潰的壓迫感讓全身起雞皮疙瘩。下一瞬間，兩個人的身體被駕駛艙的四角型門口吸進去，像是落下一樣掉在線性座椅上。用胸口承受著奧黛莉受到慣性相乘的質量，巴納吉關上艙門再次握起操縱桿。

熱波被遮斷，數小時前才聞到的甘甜香味驅散了光劍的臭氧味。確認著奧黛莉．伯恩的味道與胸口，忍住想要埋在眼前頭髮之中的衝動，巴納吉問道：「有受傷嗎？」並將意識放在周邊警戒上。看到被交錯的感應砲翻弄，「羅森．祖魯」揮舞著剩下的單手的同時，奧黛莉搖搖頭，視線在近距離發出強烈的光輝。

「巴納吉。真虧你能相信我……」

「那當然。」

看著那有些許溼潤的翡翠色瞳孔，巴納吉正用好像在生氣的聲音回話時，「後面……！」

奧黛莉大叫，巴納吉脊椎反射地操作機體迴轉半圈。

自動啟動的光劍從袖口噴出，擋住了「新安州」揮下來的光劍。粒子束相互干涉，閃光與爆音震動著駕駛艙，『計畫意外地全亂了。』伏朗托發出的聲音傳進巴納吉的耳中。帶著笑意的聲音，讓奧黛莉身體繃緊的氣息傳來。

『這裡太窄了。我們就在「拉普拉斯之盒」前決一勝負吧。』

「什麼……!?」

『接下來可是競爭了，巴納吉小弟。』

交錯的光劍突然消失，失去抗衡力量的「獨角獸」光劍砍了個空。「新安州」在那一瞬間用身體撞擊，彈飛「獨角獸」，並噴射背部的推進器往艦尾方向飛去。它用噴射壓彈飛艾邦與庫瓦尼的「吉拉・祖魯」，一口氣穿越隔間的閘門。

「你這個人是在玩嗎！」

要是用上光束麥格農，會在「擬・阿卡馬」上開出一個縱貫的大洞。放下正想舉起的光束步槍，踏下腳踏板的巴納吉，從無線電聽到別的聲音，『怎麼會是在玩！』同時著彈的閃光在腳邊噴出，埋在地板下的纜線噴出火花。只剩一隻的手臂前端噴出牽制的光束，隨著「新安州」穿越閘門的「羅森・祖魯」，就好像留下臨別禮物一般狙擊門口旁的緊急用空氣槽。火燄與爆風在MS甲板的空間裡搖晃著，讓想追擊的「剎帝利」被煙霧包圍。

『下次我會殺了你。巴納吉．林克斯。』

透過噴煙閃動的單眼，滲著刺骨的惡意。隨後被急速封鎖的隔間閘門遮斷，「新安州」與「羅森．祖魯」一起從甲板上消失。換氣裝置的氣流讓火燄與煙霧有如在重力下一樣滯留，緊閉的鐵門被漆黑的煙霧所籠罩。

伏朗托的目的很清楚。他打算這樣從著艦甲板離開，與在外頭待機的其他親衛隊機合流，並且與接近中的艦隊接觸後前往「工業七號」。然而載著奧黛莉也無法馬上追擊，在這樣的火勢與煙霧中也無法馬上找到讓她下機的地點，巴納吉駕駛「獨角獸」在著火的甲板不知如何是好。膝上的奧黛莉抓著駕駛服的胸口，「巴納吉，不能把『盒子』交給伏朗托。」她用急迫的眼神看著自己。

「SIDE共榮圈只是虛幻。要是得到強大的力量，那個男人可能真的會破壞世界。」

「我知道，不會讓他得逞的。」

那脫了面具還是像面具的臉孔，將放棄的念頭硬塞給人的冷酷眼神，既不是思索著人類未來的思念，也沒有對他人或自己的憐憫。是從這個世界之外俯瞰這個世界，毫無一片熱情的魔性之眼。瑪莉妲、辛尼曼，還有奧黛莉，與他們共振的熱度喚醒冷靜的思考，受到他們的支撐，巴納吉戴上放在駕駛艙內的頭盔。在心中想著已經沒有時間猶豫。「奧特艦長！」他發出不輸空中交錯著的所有無線電呼叫的聲音。

「請將航道轉向『工業七號』。『拉普拉斯之盒』就在那裡！」

※

『已經被伏朗托知道了。請盡快。要是被搶先，事情就嚴重了！』

巴納吉從開放迴路插進來的聲音，不只蕾亞姆，連被她用槍指著的布拉特也用嚇到的臉色看過來。單手拿著衝鋒槍，奧特對無線電回叫：「真的嗎!?」『沒有錯。』回答的是米妮瓦的聲音。

『是我說出來的。他為了要逼巴納吉開口，威脅要把大家所在的甲板空氣放掉。這種男人得到「盒子」不知道會做出什麼事。請快點出發。』

倒抽一口氣後，他看向偵測長。那背影坐上剛奪回的操控台，「『帶袖的』四架機體，以ＳＦＳ脫離中。航道是暗礁宙域。」他回報狀況，「想跟增援的艦隊接觸嗎……！」蕾亞姆用焦慮的聲音插話。奧特看著放棄抵抗的布拉特表情。目光交會，布拉特的眼神也默認伏朗托就是這種男人。「艦體的壓制狀況呢!?」奧特大叫並看向通訊操控台前的美尋。

「各部門奪回主導權。ＭＳ甲板也開始進行救火作業與搬離傷者。葛蘭雪隊大多投降。共和國軍若干名敗退中。」

傾聽著各部門響個不停的無線電，美尋頭也不回地答著。大概是因為米妮瓦的廣播而喪失戰意，雖然無血奪回艦橋，不過主要成員每個都全副武裝的樣子實在不算正常。正面的操控台前，還有布拉特的手下被操舵長拿槍指著的場面。

「逃跑的人就別管了。優先進行各部門的復舊作業。」奧特下令，坐在還不覺得已經奪回來的艦長席上，伸手碰觸向全艦廣播的麥克風。

「準備完成的同時立刻出發。航道指向『工業七號』。設定最短的航路——」

窗外突發的閃光打斷他的話，鈍重的衝擊穿透艦橋。與布拉特一起浮起，「怎麼回事!?」蕾亞姆大叫，爆炸聲打斷她的話撞在艦橋外牆上。往窗外看去的奧特，聽到偵測長大叫「是共和國軍！」而繃緊了臉色。

「『古爾托普』與『德洛密』，繞到正面，米諾夫斯基粒子，戰鬥濃度。出擊的敵機數有八架。」

那從艦首掠過，純白的「高性能薩克」，的確是共和國軍的機體沒有錯。在它背著「Ｌ

1匯合點」飛行的空間後面，姆賽改那充滿特色的艦影正繞過來。居然在這種短距離下散布米諾夫斯基粒子。還有那與先前一模一樣的打帶跑戰術，過度遵從教科書的戰術讓奧特也傻眼了。「那些笨蛋，他們還沒回收完同伴啊……！」布拉特罵道，蕾亞姆接著大吼：「對空戰鬥！MS隊能出動的就出動！」看著那忘記拿槍指著布拉特的背影，奧特打算肯定她的指示之際，天外飛來的想法讓他握緊了艦長席的扶手。

看著顯示在偵測畫面上的敵方配置狀況，他自問著：能成功嗎？這樣做真的好嗎？包含這一層意義的自問，得到的是只能做下去的自答，奧特用混身的力量大叫道：「不用管他們！」

「對空戰鬥限定使用機槍座。超級MEGA粒子砲，準備發射。」

將視線固定在正面，盯著射線上的「L1匯合點」。無視所有人看過來的目光，「復誦！」奧特大喝，他聽到美尋走音的聲音：「是…是的。」往各部門開始下達指令的聲音響起時，「艦長……」蕾亞姆對他投以目光。

這樣好嗎？她的眼神問著。就跟自己猶豫著沒有射殺共和國兵時，她說「你這樣就好」時的眼神一樣。回看著那眼神，奧特壓下刺痛的內心，「不能在這裡被削弱戰力。」他撇開視線說道。

「還有時間也是。一擊就要分勝負。」

跟只能去做不一樣。只是因為看不到對方的臉，所以可以痛下殺手。自覺著這就是舊人類的遲鈍之處，同時也回顧艦體滿目瘡痍的現況。奧特用艦長的眼神回看蕾亞姆。「是！」蕾亞姆也用副艦長該有的聲音答覆，兩人一同看向正面。

這也是試練之一——自己不會說這種為自己辯解的話。身為無知的舊人類，至少對自己所做的事要承擔起責任。雖然他十分清楚，這行為不是自己承擔得起的，但是奧特還是目不轉睛地看著前方逐漸定位的共和國艦隊。直擊的爆炸，混著超級MEGA粒子砲開始填充的律動，艦橋的照明也換成了陰鬱的紅色燈。

※

『回避運動停止，全動力導向超級MEGA粒子砲。』

『座標固定，指向艦橋指示的目標。』

『全艦，切換預備電源。』

殺氣騰騰的聲音連續說著，天花板與牆上的照明亮度下降，MS甲板的空間突然變暗。

四處引發的火燄顏色更添明亮，「誰都可以，有空的人來幫忙救火！」康洛伊的聲音響著。

裝著氧氣面罩（OBA）的乘組員一個、兩個地飛離維修窄道，已經有五十多人四處行動加入救火行列。其實只要關上氣閘抽掉空氣，火就會滅了，但是在還有傷者漂流的狀況下，不能用這招。換氣裝備給無重力下的火燄送來氧氣的同時，拿著救火器管線的康洛伊飛在空中，葛蘭雪隊的特姆拉將負傷的共和國兵誘導到氣閘去。其中，拋下光束機槍，前去撤下著火的鐵架的正是艾邦的「吉拉·祖魯」。

在雙手捧著傷者的「獨角獸」另一頭，庫瓦尼失去單手的「吉拉·祖魯」也在幫忙滅火作業，『推進劑被誘爆就死定了！讓ＭＳ去撤掉彈莢！』某人的聲音在無線電中響著。『共和國軍的人！誰都可以，對自己的隊伍報數。我們不清楚留在甲板上的人數！』流過的女性聲音，是名為米寇特的民間少女吧。

沒有什麼了不起的。前一刻還在拿槍互相攻擊的人們，現在合作了。沒空去討論調和的可能性是否可行，只是遵守本能動著身體。看著這不分吉翁與聯邦的火場，辛尼曼深深嘆息。累積了十幾年份疲勞的這口氣，飄在甲板上，被不斷爆炸的聲響埋沒，與煙霧和蒸汽混在一起被吸入換氣裝置。

吉翁共和國軍的攻擊持續著。爆炸音混著火災現場的喧囂聲震動維修窄道，聽著在回歸虛無的心底回響的聲音，辛尼曼的視線移向背後。從前一刻開始，他就知道那裡有人的氣息，一如預料的臉孔面對面，先拔出腰間手槍的辛尼曼，將槍拋向對手。

「……可以拜託你嗎？」

接過漂在空中的手槍，賈爾‧張無言的眼神看向自己。對這個男人，應該不需要更多話語。同樣是被無法消去的感情所依附，失去人生選項之人，他可以想像連唯一的目標都喪失的自己，有多麼悽慘。覺得這是適合讓他下決心的人選，辛尼曼緊握著扶手。無意識地看著煙霧滯留的甲板，等著下達決斷的槍聲響起。然而賈爾所給他的只是一句「我拒絕」。

將接過的手槍丟在甲板上，高大身軀踢著地板接近。不知感恩的傢伙，他以為一瓶便宜酒就可以付起船費了嗎？在內心咒罵著，辛尼曼瞪著那毫不動搖的光頭。賈爾完全不在意地接近，在旁邊落地後，將視線移向甲板的一隅。

開始散去的煙霧對面，看到的是「剎帝利」的巨體。看到日光刻意避開的墨綠色機體，辛尼曼倒抽一口氣，被它單眼回看的身體無可避免地僵住了。

慢慢晃動激烈損傷的四片莢艙，機體面向這裡的「剎帝利」駕駛艙口開啟。從艙口中現身的駕駛，身體狀況似乎還不是十分良好。被滯留在甲板的熱氣吹襲，使她腳步有些不穩，不過綁在後頭的長髮隨風飛舞著。藍色的瞳孔也恢復生氣，明確地看著自己的眼神透過煙霧閃動，在三十公尺外放出疑似星光的微光。

「瑪莉……」

不自覺地流露出的話語落在胸中，讓有如空殼的身體點起一抹熱意。眼睛沒記取教訓，又開始溼透，辛尼曼垂下視線低頭。「米妮瓦公主也說了。」沒有回看他，賈爾開口。

「負起責任，船長。她，還有巴納吉，都還需要你。」

丟下這句話，賈爾背對他離開了。我沒有這種資格，直擊的振動打消內心這句話，並撼動著船體，讓整條維修窄道軋軋作響。將差點浮起來的身體壓回地板，辛尼曼受到無可收拾的感情波瀾衝擊，而抖動著肩膀。因為震動而散出來的水滴漂在眼前，像螢光一樣點綴著身於「剎帝利」懷中的瑪莉妲。

※

直擊的光輪膨脹，一瞬間包圍了「擬造木馬」的一半船體。此時從白色船體上方飛過，利用AMBAC機動讓機體高速轉身的季利根，看著連他的身體都碰不到的對空機槍火線，嘴角露出微笑。

「果然沒錯，『擬造木馬』不能用主砲。『古爾托普』與『德洛密』用砲擊給『擬造木馬』致命的一擊！現在的它不過是連回避運動都做不出來的木偶！」

對無線電說著，「高性能薩克特裝型」架起光束砲。不知是否是輪機部有問題，剛才到現在一動也不動的「擬造木馬」雖然是絕佳的靶子，不過自己也因為剛才與「鋼彈」的戰鬥，使得發電機狀況不佳。季利根判斷使用「古爾托普」及「德洛密」的對艦砲擊才能夠確實轟沉它，因此對僚機下達後退訊號，然而，『還沒有完成我方的回收工作！』這回答讓季利根嘖了一聲。

「古爾托普」的赫奇艦長。他最應該在「擬造木馬」的艦內接受實戰的洗禮。如果兩三發子彈掠過他身邊，他那鬆軟的腦漿也會稍微緊繃一點吧。「不用管了！」咆哮回去，季利根正面看著「古爾托普」的艦影。

「這是有必要的最低限度犧牲，是『風之會』的同志就會懂。開始砲擊！」

這是戰爭。在白熱化的心底說著，視線回到船身各處充滿焦痕的「擬造木馬」船體。要是「鋼彈」與那架操作感應砲的ＭＳ出來的話，我們完全沒勝算。紅色彗星那一隊，已經脫離戰線了。「牽連到同伴並非我的本意，不過這也沒辦法。」口中說著，將視線從還有許多認識的人留在上面的白色船體移開，季利根用憤慨的眼神看向一動也不動的「古爾托普」。

「至少要擊沉『擬造木馬』。如果不造就一些援護了紅色彗星的戰果，『帶袖的』也不會接納我們。」

他們不會白死。只要我們還活著，只要我們不失去自願身為新世界的前衛之志，他們就不是白死。他在口中不斷重複著。那如果立場相反的話呢？被自己壞心眼的聲音質問的季利根，聽到赫奇艦長說出的「沒有那種必要」，使他的臉部痙攣。

『回去吧，季利根上尉。「帶袖的」艦隊完全不回應我們的呼叫。作戰失敗了。』

「我們要回去哪裡!?你捲著尾巴逃回國試試。不但會被當笑柄，最後的下場大概是終身監禁！」

膽小鬼季利根，他似乎聽到壞小孩們的嘻鬧聲。那些傢伙——懶惰的共和國國民們，不會理解我們為了義而採取的行動。連米妮瓦・薩比都不想理解。對不想理解的人，只能展示結果，只能用力量讓他們認可不是嗎？用幾乎折斷操縱桿的力氣握著，季利根想把壞小孩們的聲音從腦海裡趕走。『放棄吧。是軍人的話，就要乾脆地接受結果。』赫奇艦長回應的這句話，讓季利根聽到最後一絲理性斷裂的聲音。

不對。這種結果不是結果。ＳＩＤＥ共榮圈實現，「風之會」與過去的英靈一起被認可為國家的英雄，這樣的未來才是正確的結果。行得正的人，不可以對背負一時的惡名感到恐懼——空白的腦海浮現摩納罕・巴哈羅的言語，季利根踏下腳踏板。「高性能薩克特裝型」的機體急速加速，背對著「L1匯合點」的「古爾托普」艦影漸漸變大。掠過沉默的主砲上方，沿著船體的傾斜前往艦橋結構體正面的季利根，在這裡進行煞停讓機體與艦的相對速度歸零。同時舉起長砲身的光束砲，將砲口對準艦橋。

「艦長，這是最後警告。砲擊『擬造木馬』。不從的話，我就射擊艦橋。」

透過窗子看到此景的操舵員嚇得倒退幾步，相對地臉色大變的赫奇往前跑。沒辦法，你們也跟愚昧的國民一樣。感受到隸從的神經早已死光，只會嘲笑拯救祖國的熱情。「上尉……！不要做傻事——」打斷大叫的赫奇，「笨的是你們！」季利根吼出滿腔怒火。

「為什麼沒有人看看現實！為什麼即將失去國家時你們還能夠冷靜!?小學時要我們背誦吉翁建國之志。戰爭時的大人每個看起來都意氣風發！就連父親他，跟從軍的我斷絕關係的父親，以前也——」

轟，有如風壓的壓迫感從背後吹過駕駛艙，抹去了接下來的話語。

一切的聲音都被抹去，白色的閃光燒灼視網膜。下一瞬間，那化為燒燙的鐵塊顏色，將駕駛艙以灼熱的旋渦包圍往。季利根看到全景式螢幕染成一片紅色，所有機器燃燒起來。那一瞬間就延燒到駕駛服上，握住操縱桿的手有如火把般燃燒起來。

「嗚哇!?」

不知是慘叫，還是曝露在高熱下肉體燒盡的聲音。但不論如何，那都成了他有意識時最後感覺到的聲音。對這與英雄的末路不符，有如小孩子的慘叫感到絕望，季利根的意識被灼熱的奔流所吞沒。

※

「擬・阿卡馬」的超級MEGA粒子砲發射而出。全長五十公尺，口徑超過十八公尺，有如怪物般的砲擊兵器，將射線上的「高性能薩克特裝型」瞬間熔解，接下來「古爾托普」與「德洛密」也在光軸之中被吞沒。

艦橋窗戶有如肥皂泡泡般蒸散，在裡面的赫奇艦長等人的肉體連骨頭都不剩地被燒盡。主砲的電容被誘爆的「古爾托普」從船體中央折成兩半，在MEGA粒子的爆風下四散而去。「德洛密」也立刻熔化，如同樹葉般搖動的船體大幅傾斜，所有裝甲被掀起露出鐵骨架。葬送了兩艘姆賽改的超級MEGA粒子砲，沒有就這樣抵銷掉強大的能量。灼熱的奔流繼續前進，狂野的光嵐打在「L1匯合點」上。

雖然是最大直徑超過兩公里的巨大構造物，可是多半不過是薄弱的太陽能發電板與鐵架的組合。受到超級ＭＥＧＡ粒子砲直擊的「Ｌ１匯合點」，就有如被瓦斯噴燈燒燬的塑膠風箏。著彈的光束立刻蒸發五區份的太陽發電板，如同雪花結晶的盤面被打出巨大的破洞。雖然中央的核心區域免於被直擊，不過淋浴在大量飛散粒子下的構造物不可能會沒事。千瘡百孔地崩潰的核心區域噴出誘爆的火燄，傾軋著鐵骨的框架，瓦解的太陽能發電板分解為無數片。在Ｌ１宙域停留百年以上，擔任燈塔工作的「Ｌ１匯合點」，失去他有如裝飾品的形象，急速地邁向崩壞。

接合太陽能發電板接合的框體連鎖扭斷，在形狀崩潰的雪花結晶周圍散著無數的反射光。核心區域也連鎖爆炸，縱貫中央的穩定用纜繩一點一點地動了起來。一邊被地球、一邊被月球的重力拖引，開始在虛空中滑動的纜繩，七·二公里的粗大線條拉直，成為宣告「Ｌ１匯合點」末期的弓矢，從重力均衡點偏離了。

在其他有大量的碎片飛散、亂舞的宙域裡，失去容身之處的「高性能薩克」部隊飛散著。沒有去在意隊形已經崩潰，光是躲避碎片就用盡全力的他們，結束了砲擊的「擬·阿卡馬」開始移動。

分給超級ＭＥＧＡ粒子砲的輪機出力恢復，共計十座的主推進器一齊噴出火光。將艦底面向已經崩潰的「L1匯合點」，「擬・阿卡馬」邁上前往「工業七號」的路途。推進器的噴射壓才剛吹散了碎片群，全長接近四百公尺的船體一下子就遠離而去。只剩下失去容身之處的七架「高性能薩克」，無線電的聲音在虛空中交錯著。

『母艦被擊沉了！現在該怎麼辦!?』

『所以我才不想這樣的……！』

『不要多說話！在有人發現我們之前，我們只能靠機內的氧氣撐下去。』

『我不要在這種地方窒息而死！媽媽！』

『冷……冷靜！這是月球與地球的往返航路上。馬上就會有哪裡的船來救我們。「風之會」的教誨說……』

※

一瞬間，放出有如太陽般強烈光輝的光芒，馬上埋沒在群星的光輝之中。

方位在L1宙域的正中央。相隔一萬公里以上的距離，是什麼東西發光只能全憑想像，不過由三十分鐘前探測到的米諾夫斯基粒子看來，一定發生了什麼不平靜的大事。不再凝視擴大視窗，奈吉爾對接觸回路呼喚：「如何？」

從「雷比爾將軍」出發六個多小時。結束最終加速的噴射座進入慣性航行，讓駕駛員有空分析光學觀測資料。雖然感應器的分析能力同等，至少解析裝置應該比「傑斯塔」來得像話，不過，『可以確定是爆炸的光芒沒錯。』駕駛員的回答，是其他什麼都不知道的意思。

『雖然確定是「Ｌ１匯合點」的方位……』

「怎麼了？」

『可是找不到「Ｌ１匯合點」。這個距離應該可以用光學感應器偵測到了啊。』

唰地一下，全身起雞皮疙瘩。奈吉爾將背靠在線性座椅上，看向背後的虛空。戴瑞的「傑斯塔」與華茲的「傑斯塔加農」，各自搭著噴射座的兩架機體似乎也查覺到這一點，轉動頭部，將防風鏡型的眼睛看向自己。米諾夫斯基粒子開始散布之後，就沒有辦法得知「擬．阿卡馬」的動向。在同樣宙域的所屬不明艦隊現在依然不明，不過既然知道「Ｌ１匯合點」可能已經消滅，那麼可想而知他們不會一直待在原地。「沒有趕上啊……」說著，奈吉爾將視線轉回正面。『隊長……』無視戴瑞透過回路傳來的聲音，「對『雷比爾將軍』回報。」他透過接觸回路說道。

「『Ｌ１匯合點』的狀況改變了。目標很可能已經脫離該宙域。對周邊的巡邏艦隊報告，盼能協助發現目標——」

『接到緊急通訊！是「雷比爾將軍」傳來的。』

聽到噴射座駕駛員打斷他的聲音，讓他再次感到全身汗毛倒豎。「讀出來吧！」奈吉爾立刻回答，同時吞了一口唾液。

『是。由於月面觀測部隊的報告，確認目標現在的位置。從「L1匯合點」出發，正往暗礁宙域移動中。立刻轉進，在燃料許可範圍內進行追擊。本艦亦急速前往預定會合處。先行特務機即將出發，結束。』

令自己不自覺地倒抽一口氣的，不是「擬．阿卡馬」改變航道前往暗礁宙域的意外行動，而是特務機這不自然的說法停留在耳邊。奈吉爾腦海中想起操控「雷比爾將軍」的畢斯特財團首魁，亞伯特的臉，對這份簡直是叫我們要領會言下之意的通訊內容皺起眉頭。害怕同伴雙方打起來——不，在這時候，意思是要我們回歸UC計畫原本的戰術去應戰嗎？因為我們搭乘的，是開發來作獨角獸型支援機的這架「傑斯塔」。

「那傢伙嗎……」

不成熟的眼神與表情，與那身黑色駕駛服一點都不搭調的背影浮現。『特務機，該不會是……』打斷華茲的呻吟聲，「就如你們所聽到的。」奈吉爾說道。

「資料從母艦傳送來之後，就改變航路追擊『擬・阿卡馬』。」

沒有必要多說，這將是漫長的任務。『了解。』一致回答的戴瑞與華茲的聲音，透露著與「獨角獸」扯上關係以來的鬱悶與覺悟，奈吉爾無言地握緊操縱桿。

不管「獨角獸」的駕駛員是不是新人類，不管新人類是不是存在，這些都不是問題。令他感到不爽的，是過度恐懼其存在，甚至造出「報喪女妖」這種機械，還容忍強化人存在的人類心性。不借它的力量，我們也能用實力打倒「獨角獸」。心中抱著決意，奈吉爾看向暗礁宙域的方向。在群星的光輝之中，他還未能找到「擬・阿卡馬」的光芒。

※

『亞納海姆公司的電波望遠鏡也確認了。從路徑看來，「擬・阿卡馬」前往「工業七號」的可能性很大。如果是基於拉普拉斯程式的行動，那麼，將那裡視為終點應該是沒問題的吧。』

亞伯特的聲音在頭盔裡響著，內容沒有自己插話反駁的餘地。一切開始的地方「工業七號」。如果拿來當中繼點，那也太剛好了。眼睛看著顯示在全景式螢幕上的系統測試視窗的同時，利迪揶揄地回他：「那不是亞納海姆的所有物嗎？」『殖民衛星是這樣沒有錯。』人應該在第二通訊室的亞伯特回應著。

『不過，殖民衛星建造者「墨瓦臘泥加」不一樣。那裡有從地球移建的畢斯特家房屋。移建作業是卡帝亞斯自行指揮，財團與亞納海姆都沒有干涉。領袖直屬的祕密機構，有可能動了手腳。』

「把寶物埋在自己家地下嗎？」

『不是不可能，別忘了我們倆都生在有夠麻煩的家族中。』

面對他擅長的嘲諷，自己的精神沒有餘裕可以苦笑。什麼都好。只要能夠打倒「獨角獸」，防止「盒子」開啟——可以證明自己的選擇沒有錯的話，做什麼都行。『閘門開放，Ｒ００８（羅密歐），前往彈射甲板。』聽到通訊員聲音的利迪，壓抑高昂的心，慎重地踩下踏板。「報喪女妖」踏出巨大的腳掌，在被真空包圍的「雷比爾將軍」出發甲板上，傳播著沉重的振動。

『從ＳＩＤＥ６出發的新吉翁艦隊也前往暗礁宙域了。這樣前進的話，會比你先接觸「擬·阿卡馬」吧。不要在意其他敵人。在抵達「工業七號」之前解決掉他。我們也會馬上追上。』

開放的閘門上方，設在門口的管制燈亮起綠色燈號。利迪讓「報喪女妖」前進，腳部與彈射器接合。沒有其他出發的僚機。搭乘在艦外待機的噴射座，先行前往目標的只有「報喪女妖」一架。當然，「雷比爾將軍」到達時，會出動四個大隊的ＭＳ部隊，不過利迪並不想拖到那時候。勝負要在我手中決定。「報喪女妖」有這種潛力。

「就算不是強化人，我也會徹底操控它的……！」

代表對沒有變化的世界持續感到煩悶的一般人操控。他心中想著的同時，『航道淨空。羅密歐００８，請出發。』通訊員的聲音傳來，利迪在丹田凝聚力量。

「羅密歐００８，『報喪女妖』，出動！」

彈射器啟動，出發的Ｇ力壓在身上。感覺到平常視野急速變窄的感覺。利迪睜開眼睛凝視正面。右手有光束麥格農、左手是護盾，背包則背著超級火箭砲的黑色機體，滑過彈射甲板被射出。金色的角反射太陽光，「報喪女妖」遠離了「雷比爾將軍」。

在它的去處，有著無數群星散落的無底空間。前往包含巴納吉、米妮瓦，集結一切因緣，決戰的宇宙中。載著裡面的人的覺悟與骨氣，「報喪女妖」劃過黑暗的虛空。

《第九集待續》

機動戰士鋼彈UC（UNICORN）8 宇宙與行星

作者
福井晴敏

角色設定
安彥良和

機械設定
KATOKI HAJIME

原案
矢立肇・富野由悠季

插畫
虎哉孝征

設定考證
岡崎昭行
小倉信也
白土晴一

協助
佐佐木新（SUNRISE）
志田香織（SUNRISE）

日文版裝訂
住吉昭人（fake graphics）

日文版本文設計
泉榮一郎（fake graphics）

日文版編輯
石脇 剛（角川書店）
大森俊介（角川書店）
永島龍一（角川書店）

驚爆危機 1~19 待續

Kadokawa Fantastic Novels

作者：賀東招二　插畫：四季童子

重要的人、信賴的伙伴、可回去的地方——
相良宗介失去這一切!?

宗介獲得雷蒙等人的協助前往奪回小要，結果神奇地與泰莎等同伴重逢。〈米斯里魯〉的成員彷彿受小要牽引而齊聚一堂，卻要面對敵方壓倒性的戰力，並且與現身的背叛者艱苦抗戰……另一方面，被幽禁的小要內心開始萌生某種決意？

各 NT$160~240/HK$45~68

國家圖書館出版品預行編目資料

機動戰士鋼彈UC. 8, 宇宙與行星/福井晴敏作；吳端庭譯.——初版. ——臺北市：臺灣國際角川,2009.12

面；公分. ——（Kadokawa fantastic novels）

譯自：機動戰士ガンダムUC. 8,宇宙と惑星と

ISBN 978-986-237-409-2（平裝）

861.57 98020081

Kadokawa
Fantastic
Novels

機動戰士鋼彈UC 8 宇宙與行星

（原著名：機動戦士ガンダムUC 8　宇宙と惑星と）

2024年6月26日　二版第1刷發行

作　者：福井晴敏
原　案：矢立肇．富野由悠季
角色設定：安彥良和
機械設定：KATOKI HAJIME
插　畫：虎哉孝征
譯　者：吳端庭

發 行 人：台灣角川股份有限公司
總　監：呂慧君
總 編 輯：蔡佩芬
主　編：林秀儒
設計指導：陳晞叡
美術設計：黃永漢
印　務：李明修（主任）、張加恩（主任）、張凱棋、潘尚琪

發 行 所：台灣角川股份有限公司
地　址：104台北市中山區松江路223號3樓
電　話：（02）2515-3000
傳　真：（02）2515-0033
網　址：www.kadokawa.com.tw
劃撥帳戶：台灣角川股份有限公司
劃撥帳號：19487412
法律顧問：有澤法律事務所
製　版：巨茂科技印刷有限公司
ISBN：978-986-237-409-2